皖籍翻译家的
文学翻译研究

高玉兰 傅瑛 著

中国科学技术大学出版社

内容简介

本书选择20世纪皖籍翻译家群体作为研究对象,从晚清安徽文学翻译的奠基之作、《新青年》皖籍译者群的出现、朱光潜的文学翻译、自由主义文学译者的贡献、抗战时期皖籍译者的贡献等方面,勾勒出皖籍翻译家群体在不同历史时期里的概貌,并就其主要译作及其影响力和意义等方面进行梳理和分析。皖人文学翻译具有首开先河的意义,有助于推动近代文学走向现代文学,皖籍名家对中国翻译事业作出了重大贡献,从实践与理论两方面大力推进了中国现代文学翻译活动。

本书可作为高校文学与翻译研究方向学生的阅读路径指南,也可供从事该方面研究的专家学者参考。

图书在版编目(CIP)数据

皖籍翻译家的文学翻译研究/高玉兰,傅瑛著. —合肥:中国科学技术大学出版社,2021.11

ISBN 978-7-312-04634-6

Ⅰ.皖… Ⅱ.①高… ②傅… Ⅲ.文学翻译—现代文学史—文学史研究—中国 Ⅳ.①I046 ②I209.6

中国版本图书馆 CIP 数据核字(2018)第 298851 号

皖籍翻译家的文学翻译研究
WAN JI FANYIJIA DE WENXUE FANYI YANJIU

出版	中国科学技术大学出版社 安徽省合肥市金寨路96号,230026 http://press.ustc.edu.cn https://zgkxjsdxcbs.tmall.com
印刷	合肥华苑印刷包装有限公司
发行	中国科学技术大学出版社
经销	全国新华书店
开本	710 mm×1000 mm　1/16
印张	10.5
字数	224千
版次	2021年11月第1版
印次	2021年11月第1次印刷
定价	40.00元

前　　言

翻译作为一种跨语言、跨文化的交际活动，是一种涉及两种或两种以上语言、文化的综合性活动，而文学翻译更是将一种文化向别种文化译介的过程，包括对原文中特有文化因素的翻译，能够实现两种文化的相互理解和对话。

在中国现代文学翻译史中，作为一类地域文学翻译群体，皖籍译者群影响重大。历史上曾涌现百余位皖籍文学翻译人员与三百余部翻译作品，其翻译贡献，特别是在中国现代文学史各个阶段呈现出的历史价值，十分引人瞩目。

本书选择20世纪皖籍翻译家群体作为研究对象，从晚清安徽文学翻译的奠基之作、《新青年》皖籍译者群的出现、朱光潜的文学翻译、自由主义文学译者的贡献、抗战时期皖籍译者的贡献等方面，勾勒出皖籍翻译家群体在不同历史时期里的概貌，并就其主要译作及其影响力和意义等方面进行梳理和分析。

本书由八章组成：第一章从安徽省地理历史与近代社会发展分析了安徽学者缘何能在中国现代文学翻译领域取得如此大的成就。第二章主要讲述了晚清安徽文学翻译活动，重点介绍了吴汝纶与《天演论》译介，皖籍学人与朗费罗诗歌翻译，胡怀琛译作与《海天诗话》。第三章细数了《新青年》皖籍文学译者群的贡献，其中以陈独秀、胡适、陈嘏、吴弱男、薛琪瑛为代表的译者群，用自己的译作与翻译见解，推动了中国现代文学翻译的发展。第四章阐述了未名社成员的翻译活动，这对开辟我国近代中西文化交流史具有重要意义，作出了巨大的贡献，其中重点介绍了李霁野。第五章对江淮左翼文学翻译进行了评介。第六章梳理了以周煦良为代表的自由主义文学译者的成就。第七章聚焦走向新中国历史时期的皖籍译者。第八章着重介绍了朱光潜的美学理论翻译研究和杨宪益的中西译介之功，朱光潜是沟通东西方文化、译介西方美学的先驱者；而杨宪益、戴乃迭在半个世纪的中文英译事业中，以他们独有的翻译思想传达出了真实的中国文化形象。附录是现代皖人文学翻译书目。

综上所述，皖人文学翻译具有首开先河的意义，有助于推动近代文学走向现代文学，皖籍名家对中国翻译事业作出了重大贡献，从实践与理论两方面大力推进了中国现代文学翻译活动。

高玉兰

2020 年 11 月于淮北

目　　录

前言 ·· (ⅰ)

第一章　绪论 ·· (1)

第二章　晚清安徽文学翻译活动 ·· (6)
  第一节　吴汝纶与《天演论》 ·· (7)
  第二节　皖籍学人与朗费罗诗歌 ······································ (9)
  第三节　胡怀琛译作与《海天诗话》 ·································· (12)

第三章　《新青年》皖籍文学译者群的独到贡献 ·························· (16)
  第一节　《新青年》文学译者群的构成 ································ (16)
  第二节　《新青年》文学翻译的指导思想 ······························ (19)
  第三节　陈独秀、胡适的身体力行 ···································· (21)
  第四节　陈嘏等人的文学翻译实绩 ···································· (23)

第四章　未名社成员的文学翻译活动 ···································· (26)
  第一节　霍邱地域文化概说 ·· (26)
  第二节　韦丛芜与陀思妥耶夫斯基小说译介 ···························· (29)
  第三节　李霁野的文学翻译成就 ······································ (32)

第五章　江淮左翼文学翻译与评介 ······································ (37)
  第一节　蒋光慈的思考与选择 ·· (38)
  第二节　钱杏邨的译作编评与翻译文献整理 ···························· (44)
  第三节　叶以群的革命文学译介 ······································ (51)

第六章　自由主义文学译者的不俗表现 …………………………（54）
第一节　被淡忘的绩溪文学译者群 ……………………………（54）
第二节　朱湘、周煦良等人的文学翻译 …………………………（58）
第三节　汪倜然、方重的欧美文学译介 …………………………（63）

第七章　走向新中国的皖籍译者 ……………………………………（71）
第一节　纪实文学的翻译 …………………………………………（71）
第二节　高植、金克木的经典文学译介 …………………………（75）
第三节　吕荧与《叶甫盖尼·奥涅金》 ……………………………（81）
第四节　刘辽逸与荒芜等人的苏俄文学译介 …………………（84）

第八章　安徽现代文学翻译的两座高峰 …………………………（89）
第一节　朱光潜文学理论翻译的伟大成就 ……………………（89）
第二节　杨宪益的中西译介之功 …………………………………（97）

附录　现代皖人文学翻译书目 ……………………………………（105）

第一章 绪 论

中国现代文学翻译史中,皖籍译者群影响重大。就数量而论,百余人的皖籍文学翻译者群体与三百余部①翻译作品也许难以与浙江、福建、广东等沿海开放地区比肩,但作为一个地域文学翻译群体,其独特的翻译贡献,特别是在中国现代文学史各个阶段均显示出的不可替代的历史价值,却十分引人瞩目。

第一,在中国现代文学史上,皖人文学翻译具有首开先河的意义。在近代文学走向现代文学的历程中,以吴汝纶、胡怀琛为代表的皖籍名家,或以其名望、地位与见解,对中国翻译事业作出了重大贡献,或敏锐地观察到中国文学未来的发展动向,积极致力于西方文学作品的译介,从实践与理论两方面大力推进了中国现代文学翻译活动。

第二,在新文化运动中,以皖籍人士陈独秀、胡适、陈嘏等为代表的《新青年》译者群,推出大量启迪民智、引导创作的文学翻译作品,提出了"以白话译名著"的伟大目标。因此,他们不仅是中国现代文学翻译的早期实践者,也是中国现代文学翻译理念的奠基人。

第三,紧随《新青年》译者群之后,中国现代文学史上第一个以翻译为中心的文学团体"未名社"脱颖而出,其主要成员除鲁迅和曹靖华二人之外,其他均为安徽霍邱人。他们致力于译介外国文学,特别是苏俄文学作品,出版了专收译作的《未名丛书》,被鲁迅赞为"一个实地劳作,不尚叫嚣的小团体"②。

第四,时至20世纪三四十年代,中国现代文学进入蓬勃发展期。此时,皖籍学人的文学翻译也随之进入高潮。一方面,以钱杏邨、蒋光慈、叶以群为代表的"左联"成员,成为中国现代文学史上倡导、译介世界无产阶级革命文学的中坚力量;另一方面,朱湘、章衣萍、程朱溪、汪倜然、周煦良、高植、金克木、方重、吕荧、荒芜、刘辽逸等人,则开始了对萧伯纳、巴甫连柯、狄更斯、高尔斯华绥、普希金、高尔基、契诃夫、托尔斯泰、泰戈尔、迦梨陀娑等名家名作的翻译,这些译著对中国现当代文学的影响,可以说是深远而广泛的。从此开始直至新中国成立,又有两位文学翻译大师——朱光潜、杨宪益从安徽土地上走出,他们以渊博的学识、优雅的文笔,搭建起

---

① 傅瑛.民国皖人文学书目[M].北京:中国社会科学出版社,2016.
② 鲁迅.鲁迅全集(编年版):第10卷[M].北京:人民文学出版社,2014:153.

中外文学沟通的桥梁,并以杰出的翻译成果和翻译理论再一次引领我国文学翻译活动的前行。

安徽学者缘何能在中国现代文学翻译领域取得如此辉煌的成就? 在这些成就背后,有什么样的地域文化作为支撑? 这是一个耐人寻味、引人深思的问题。

欲深入研究这一问题,我们不能不从安徽的地理历史与近代社会发展机遇谈起。

首先,安徽现代文学翻译活动的发展得益于近代安徽独特的人文地理条件。作为一个内陆省份,安徽拥有淮河、长江、新安江三条重要河流,更有连接北京、上海两座重要城市的京沪铁路,便捷了皖人与沿海开放地区的交通。再加上安徽旧属"南直隶""江南省",与今天的江苏、上海本为一家。历史上的亲缘关系使得皖人对苏南一带有一种发自内心的向往与认同,上海开埠以后,大批皖人,特别是徽商集聚于此,以至于沪上有人感叹:"松民之财,多被徽商搬去。"①早在乾隆年间,徽商就在上海建立了徽宁会馆,此后又有星江茶业公所、徽宁梓业公所、徽宁思恭堂、全皖公所等数不胜数的会馆、行业协会,为晚清民国大批皖籍青年奔赴上海求学奠定了物质基础。

再者,皖地自古文化昌盛。明清以来,学术发展更是引人瞩目。其中徽州与桐城是极具辐射力的两个"点",以耀眼的光芒引领着皖籍学子的行进方向。

对于徽州,现代史学名家张舜徽曾言:"余尝考论清代学术,以吴学最专,徽学最精,扬州之学最通。"②徽派学术的代表人物如江永、戴震、程瑶田、俞正燮、凌廷堪等以精湛的学术造诣名扬四海,成为数代徽州学子的榜样。时至近代,由于徽人外出经商、为宦者众,故而徽州人士虽处大山之中,却能做到视野开阔,敏锐地感知外界世事变化,汲取新事物的力量。再加上徽人乡土观念重,宗族意识强,外出商人、官员皆鼎力支持家乡的教育事业,并持续引导子侄走出大山,求学于沿海发达地区,从而使固有的新安学派在新思想、新文化的影响下不断变通,形成了既根基深厚又具开放视野的近代徽州文化,为现代翻译人才的出现奠定了基础。正是在这样一种文化氛围中,胡怀琛、胡适、汪倜然、汪原放、江绍原、姚克、吴道存、程朱溪、叶以群等现代翻译家相继走出,并开始了自己的翻译事业。

对于桐城,清代文坛影响最大的散文流派"桐城派"于清代中期崛起,主盟中国文坛二百余年,文化积淀极为深厚。晚清以来,以吴汝纶为代表的后期桐城派重要人物目睹家国危难,不再拘泥桐城"义法",而是弘扬明末清初桐城先祖以"道统"自任的精神,致力于经世实用之学,积极寻求富国强民之路,提出:

> 文者天地之至精至粹,吾国所独优。语其实用,则欧美新学尚焉。博

---

① 李绍文.云间杂识:卷一[M].上海:上海瑞华印务局,1935:9.
② 张舜徽.清代扬州学记[M].上海:上海人民出版社,1962:2.

物格致机械之用,必取资于彼,得其长乃能共勋者比肩横肱坐立不俯屈也。①

在这样一种时代新风的影响下,诸多桐城学人打点行囊、求学异邦,为日后倡导西学、从事文学翻译积累了必要条件,这其中即包括了陈独秀、陈嘏、朱光潜等杰出的翻译人物。正因为如此,周作人曾说:

> ……到吴汝纶、严复、林纾诸人起来,一方面介绍西洋文学,一方面介绍科学思想,于是经曾国藩放大范围后的桐城派,慢慢便与新要兴起的文学接近起来了。后来参加新文学运动的,如胡适之、陈独秀、梁任公诸人,都受过他们的影响很大。所以我们可以说,今次文学运动的开端,实际还是被桐城派中的人物引起来的。②

除却这两个文化辐射点的作用,近代安徽文学翻译的繁盛还得力于两个重要的历史机缘。

一为洋务运动的兴起。洋务运动兴起之初,安徽即得风气之先。1861年,安庆成立了中国近代第一个现代化的军事工业企业——安庆军械所。徐寿、华蘅芳等一批精通西学的科技人才先后来到安庆,在没有外国帮助的条件下,制造出中国第一艘蒸汽船"黄鹄"号。为满足研究的需要,他们在此设立翻译馆,致力于科技文献的翻译介绍和通晓西学人才的培养,为安庆士子打开了一扇眺望世界之窗。1862年,清政府洋务运动之中坚、合肥李鸿章正式成立淮军。首批淮军一到上海,即开始与洋人交往,在上海初步站稳脚跟后,李鸿章又建立了以务实干练、通晓洋务为基准的淮军幕府,提出:

> 中国欲自强,则莫如学习外国利器。欲学习外国利器,则莫如觅制器之器,师其法而不必尽用其人。欲觅制器之器与制器之人,则或专设一科取士,士终身悬以为富贵功名之鹄,则业可成,艺可精,而才亦可集。③

依照"中学为体,西学为用"的洋务思想,李鸿章不仅创建了中国第一支新式武装陆军,组建了中国第一支远洋海军,兴办了中国第一家大型综合工业企业——上海江南机器制造局,主持修建了中国第一条铁路,创建了中国第一个电报局,还创建了中国第一家外文翻译馆,派出了中国第一批官派留学生。与此同时,他也将学习西学的思想灌输给自家儿女:

> 近在上海设广方言馆,聘请外国之名士为教授,专授外国语言,吾儿

---

① 吴庆麟.吴汝纶传略[M]//方兆本.安徽文史资料全书:安庆卷.合肥:安徽人民出版社,2007:1121.

② 周作人.桐城派对新文学的影响[M]//薛绥之,张俊才.林纾研究资料.福州:福建人民出版社,1983:189.

③ 引自《李鸿章就学制外国火器事覆总理各国事务衙门函》,见宝鋆《筹办夷务始末(同治朝):卷25》,故宫博物院影印本,第20页。

待国学稍成之时，可来申学习西文……吾儿他日当尽力研求之。①

李鸿章的洋务观念自然而然地影响了更多的家乡士子，使得安徽涌现了一批站得高、看得远的政治文化精英。②

例如，与李鸿章同朝为官的寿州人、光绪帝师、京师大学堂首任管理学务大臣孙家鼐支持其侄孙、企业家孙多森自上海回乡创办阜财学堂；支持其侄孙孙毓筠投资创办蒙养学堂；1901年，他还捐资一千两白银与侄儿孙传楣，创办了安徽最早的现代中等学校——寿州公学，开设英文、国文、数学、地理、体育、图画等课程。保存至今的《创建寿州公学记》明确地阐述了他们的办学理念："环球欧美诸国，学校林立，人才勃兴，方以兵力称雄海上。日本一弹丸之地，亦崛起东瀛，步武泰西，凌厉无前，俨为列强之一。"

又如李鸿章幕僚、桐城吴汝纶出任保定莲池书院山长时，即聘请外籍教师，开办了"西文学堂"与"东文学堂"，其中东文学堂"专教皖人在北者子弟"③学习外语。1902年前往日本考察教育时，他特意请李光炯、房秩五等五位桐城青年随同前往。晚年归乡，他又创办了安徽较早的中学堂之一——桐城学堂，增设外语、数学、物理、化学、博物、中外史地等课程。

再如李鸿章之子、外交官李经方在父亲去世后的第二年，即回乡改庐阳书院为庐州中学堂，自任堂长，敦请英国教师，开设"西学"与"西艺"课。该校还十分重视平民教育，不但囊括了各县周边学子精英，而且吸引了阜阳、蚌埠等地青年学生，为皖籍学子打开了眺望世界之窗。

据统计，自光绪二十九年（1903）开始，安徽学堂逐年增加。其中既有专门学堂、实业学堂、师范学堂、中学堂，也有小学堂、蒙养院、半日学堂、女子学堂等。专门学堂又分为大学堂、高等学堂；实业学堂分为农业学堂、工业学堂、商业学堂及实业预科；师范学堂分为优级、初级及传习所等；小学则分为高等小学、两等小学和初等小学。由此可见，晚清安徽已初步建立了以高等教育、基础教育与师范教育为主体的新式教育体系。④

此外，推进近代安徽文学翻译的另一重要历史机缘是青年学子出国潮的兴起。时至晚清，政府开始注重外交事务，安徽士人由于科举成绩出色，淮军将领亦多任

---

① 周维世.清代四名人家书[M].台北：文海出版社，1980：148.

② 据孙燕清《风云际会之交的沪上霸业：阜丰面粉厂》记载，李鸿章大哥李瀚章的二小姐嫁到安徽寿县孙家鼐家中，即不主张子孙后代走科举老路，而要他们学洋文、办洋务。她曾教育孙多鑫、孙多森兄弟："当今欧风东渐，欲求子弟不坠家声、重振家业，必须攻习洋文，以求洞晓世界大势，否则断难与人争名于朝，争利于市……"（白青锋.锈迹：寻访中国工业遗产[M].北京：中国工人出版社，2008：34.）

③ 徐寿凯.吴汝纶在我国近代教育中定位问题之我见[J].安徽教育学院学报，2005，22(1)：94-96.

④ 引自《安徽省学堂历年增减比较表》，见《安徽学务杂志》1909年第1期。

要职,因而出国任职考察机遇自然也多于他处。譬如,广德钱文选曾任清政府学部出洋留学生襄校监试官、驻英留学生监督;泾县吴广霈曾任驻日公使馆参赞;怀远林介弼出使日本,任监督;歙县许珏历任驻英、法、意、比大臣参赞,驻美、西、秘参赞,驻意大利出使大臣;旌德江亢虎东渡日本考察政治,后出任北洋编译局总办、《北洋官报》总纂、刑部主事、京师大学堂教习;合肥蒯光典1908年赴欧洲任留学生监督;石埭杨文会两度出使欧洲;桐城吴汝纶率队赴日考察教育,随行人员李光炯、方守敦等均为桐城学人……所有这些,无疑为安徽青年带来较他省更为丰富的国外教育信息,促使安徽学子纷纷踏上出国留学之路。家境稍差者,如胡适、梅光迪、程万孚、许幸之等人,或经选拔依靠庚款出国,或赖亲友资助,或勤工俭学;而高门大户子女则成群结队自费奔赴国外,诸如淮军将领、广东水师提督吴长庆孙女吴弱男先后留学日本、英国,咸丰状元、光绪帝师孙家鼐之侄孙孙毓筠留学日本,嘉兴知府、浙江巡警道、禁烟督办杨士燮之子杨毓璋留学日本,其子杨宪益留学英国,北洋通商大臣、山东巡抚、两江总督、两广总督周馥重孙周煦良留学英国、周一良留学美国哈佛大学……

据统计,仅晚清时期安徽留日学生人数已达到千人以上,为全国大省之一,欧美留学生也达到50余人。[①] 进入民国,安徽赴欧美留学生所占比例迅速增长,1919年12月28日《时报》记载:

  此次第九届出发留学生较前为少,计男生四十四人,安徽籍占大半……

毋庸置疑,发达的文化教育、大批留学生的出现,为民国皖籍文学翻译队伍准备了人才。

---

① 王国席.晚清安徽出国留学人员考[J].安庆师范学院学报(社会科学版),2002(2):38-40.

第二章 晚清安徽文学翻译活动

与全国各地一样，晚清安徽翻译活动起自救亡图存的爱国热潮中。例如，淮军名将刘铭传曾提出"速开西校，译西书，以厉人才"[①]；1884年，他上奏《遵筹整顿海防讲求武备折》，倡导翻译出版西方科学技术书籍以引进先进技术，又乘慈禧太后和光绪皇帝召见之机，面谏清廷"设局译刻西洋实用书籍以备参考"[②]。京师大学堂的创办者和第一任管学大臣孙家鼐，曾经四次上疏，就翻译出版进行倡导，建议清廷于大学堂内附设编译局，广纳中西通才，专司纂译。1896年，严复翻译《天演论》，驻日使馆参赞、开州知府来安吕增祥亲自为《天演论》译稿润色、修改，题写书名，并将译稿从天津带到保定，请吴汝纶指正，而吴汝纶则为严复提出了中肯的意见。

此外，1898年由桐城人汪熔创刊，开安徽报业之先河的《皖报》，以"开风气、拓见闻、联官民、达中外"为办报宗旨，将译作的登载作为出版活动之一，聘请翻译"遇泰西各报之有关实际者，概行译出，摘登报中"，鉴于"泰西政学之书浩如烟海，今虽有译本尚未能该备"，他们承诺"本馆翻译拟兼译西书附馆排印，从廉发售，以便寒儒而资变法"。[③] 1904年由怀宁人陈独秀创刊并主编的《安徽俗话报》，发表了陈独秀译作《西洋各国小说党的情形》。1905年由安徽抚署创办的《安徽官报》，着力引进西方政治经济学说，拓宽了西方学说的传播途径。1908年由无为人李辛白创刊的《安徽白话报》，专门开设《译录》栏目，刊载译著，其中包括胡适译述的小说《国殇》；同年创办的《安徽学务杂志》开辟《译述》《编辑》《论说》和《撰录》等栏目，登载关于西方学制的教育译著，加速了西方学制的引进。1912年创刊的《安徽实业杂志》专设译丛栏目。1921年由寿县人高语罕创办的《芜湖学生会旬刊》，以指导学生运动为目的，以宣传新思想为办刊宗旨，专设译者栏目，在学生中影响很大。[④]

---

　① 合肥市地方志编纂委员会办公室.合肥市志（1986—2005）：下［M］.北京：方志出版社，2012：1913.
　② 姚永森.刘铭传传首任台湾巡抚［M］.北京：时事出版社，1985：95.
　③ 安徽省地方志编纂委员会.安徽省志：新闻志［M］.北京：方志出版社，1999：426.
　④ 张瑞娥.赞助翻译救亡图存，传播西学广启民智：皖籍人士百年翻译出版活动探微［J］.中国翻译，2014（5）：35-39.

特别值得注意的是,由于安徽桐城派在当时的中国文化界具有独一无二的历史地位,因此,皖人的翻译活动很快就与文学作品发生了密切联系。

第一节　吴汝纶与《天演论》

郭绍虞先生曾经说:

> 有清一代的古文,前前后后殆无不与桐城派发生关系。在桐城派未立以前的古文家,大都可视为桐城派的前驱;在桐城派方立或既立的时候,一般不入宗派或别立宗派的古文家,又都是桐城派之羽翼与支流。①

譬如,被称为"并世译才"的著名翻译家严复与林纾,都与桐城派有着密切联系,甚至"执贽请业,愿居门下"②,并在翻译生涯中深得桐城文风的滋养。严复留学归国之后,"曾就当时桐城大师吴汝纶(1840~1903)学古文,造就很深"③。1896年严复开始翻译《天演论》,吴汝纶即表示了热情支持,并为之作序,高度肯定了《天演论》的思想价值。他指出:

> 天演者,西国格物家言也。其学以天择、物竞二义,综万汇之本原,考动植之蕃耗,言治者取焉。因物变递嬗,深研乎质力聚散之义,推极乎古今万国盛衰兴坏之由,而大归以任天为治。赫胥黎氏起而尽变故说,以为天下不可独任,要贵以人持天。以人持天,必究极乎天赋之能,使人治日即乎新,而后其国永存,而种族赖以不坠。是之谓与天争胜。④

此论将原著"以人持天""与天争胜",即强调以人为的努力对抗自然状态之义,引申到国与国、种族与种族之间的关系,希望通过"人治"达到保国保种的目的。在"序言"结语处,吴汝纶再次强调了严复译介此书的现实意义:

> 抑严子之译是书,不惟自传其文而已,盖谓赫胥氏以人持天,以人治之日新,卫其种族之说,其义富,其辞危,使读焉者怵然知变,于国论殆有助乎?

他高度肯定了严复的译文:

> 抑汝纶之深有取于是书,则又以严子之雄于文,以为赫胥黎氏之指趣,得严子乃益明。自吾国之译西书,未有能及严子者也。

---

① 郭绍虞.中国文学批评史[M].天津:百花文艺出版社,1999:310.
② 郭立志.桐城吴先生(汝纶)年谱[M].台北:文海出版社,1972:325.
③ 见贺麟《严复的翻译》,发表于《东方杂志》1925年11月第22卷第21号。
④ 吴汝纶.天演论序[M]//赫胥黎.天演论.严复,译.上海:商务印书馆,1933.

这种肯定在晚清具有无可置疑的权威性,因而对于严复来说,是一种有力的支持。

然而,吴汝纶的支持不仅仅在于一篇序文,更在于对严复翻译《天演论》的多方助力,尤其是"信、达、雅"翻译准则的确立。

提到《天演论》的翻译,严复曾十分真诚地说:

> 不佞往者每译脱稿,即以示桐城吴先生。老眼无花,一读即窥深处。盖不徒斧落徽引,受裨益于文字间也。①

显然,吴汝纶这种"一读即窥深处",不是一般意义上的文字修改,而是涉及翻译的诸多原则性问题的思考。2017年闫亮亮、朱健平两位先生对比了严复《天演论》手稿本和通行本,并研读了《天演论》翻译期间严复与吴汝纶的来往信函,认为:

> "信达雅"的形成主要经历了三个阶段:严复首先在《天演论》手稿的"译例"中提出"求达"观,接着在吴汝纶的"赞助"和吕增祥的"署检"下进一步提出"信""雅"观,最后在总结"述"的翻译经验的基础上凝练成了"信达雅"观。②

例如,严复《天演论》手稿之"译例"开宗明义,明确提出的只有"求达"一点:

> 一、是译以理解明白为主,词语颠倒增减,无非求达作者深意,然未尝离宗也。
>
> 二、原书引喻多取西洋古书,事理相当,则以中国古书故事代之,为用本同,凡以求达而已。
>
> 三、书中所指作家古人多希腊、罗马时宗工硕学,谈西学者所当知人论世者也。故特略为解释。
>
> 四、有作者所持公理已为中国古人先发者,谨就谫陋所知,列为后案,以备参观。③

但是,吴汝纶并不同意严复在此提出的一些看法。首先,在以中国古书故事取代西洋古书方面,吴汝纶认为:

> 以谓执事若自为一书,则可纵意驰骋;若以译赫氏之书为名,则篇中所引古书古事,皆宜以元书所称西方者为当,似不必改用中国人语。以中事中人固非赫氏所及知。法宜如晋宋名流所译佛书,与中儒著述,显分体制,似为入式。此在大著虽为小节,又已见之例言,然究不若纯用元书之为尤美。④

---

① 严复.群学肄言·译余赘语[M]//严复.严复集:第一卷.上海:中华书局,1986:126-127.

②③ 闫亮亮,朱健平.从"求达"到"信达雅":严复"信达雅"成因钩沉[J].外语与外语教学,2017(5):122-131.

④ 吴汝纶.吴汝纶全集[M].合肥:黄山书社,2002:144-145.

遵循这一建议,严复删去原译文中"诗曰""班固曰""孔子曰"之类的文字,归入正文后的"严复案语",使译文与原著更为接近,也使译文朝着"信"的方向迈进了一大步。

此外,吴汝纶在通信中一再强调译文须"雅"的要求。他认为:

> 凡吾圣贤之教,上者遗(道)胜而文至,其次道稍卑矣,而文犹足以久。独文之不足,斯其道不能以徒存。(《天演论·序》)

他还为严复详尽地分析了"信"与"雅"之间的关联,指出:

> 来示谓行文欲求尔雅,有不可阑入之字,改窜则失真,因仍则伤洁,此诚难事。鄙意与其伤洁,毋宁失真。凡琐屑不足道之事,不记何伤。若名之为文,而俚俗鄙浅,荐绅所不道,此则昔之知言者,无不悬为戒律。①

在此,吴汝纶强调翻译文章必须讲究文采,否则就会影响"道"的传播,充分体现了桐城文派注重文章体类、行文务必求"雅"的追求。正是在此基础上,严复于1897年出版的《天演论》之"译例言"中提出了影响整个20世纪中国近现代文学翻译的三字准则"信、达、雅"。

第二节 皖籍学人与朗费罗诗歌

除却吴汝纶的翻译思想阐述,晚清至民初的皖籍学人已经从诗歌入手,开始了最初的文学翻译,尽管人们都知道"翻译本属至难之业,翻译诗歌,尤属难中之难……以中国调译外国意,填谱选韵,在在窒碍,万不能尽如原意。"②

迄今为止,学界常常提到中国近代第一首汉译英语诗是美国著名诗人朗费罗的《人生颂》,但很少有人知道朗费罗诗作的译介与皖籍学人之间的关系。1864年,有"民众诗人"美誉的朗费罗之作《人生颂》,由英国驻华使臣威妥玛译为中文,由于威妥玛汉语不精,因而请托道光进士、时任职于总理各国事务衙门的官员董恂改译。译诗采用古文,其中"莫将烦恼著诗篇,百岁原如一觉眠""天地生材总不虚,由来豹死尚留皮。纵然出土仍归土,灵性长存无绝期"③等句,颇具中国韵味,可惜与原作意义并不完全相符。在此后漫长的历史岁月里,此诗与译者险被人们遗忘,幸亏一位皖籍学者方浚师在他的随笔集《蕉轩随录》中予以记载:

> 英吉利使臣威妥玛尝译欧罗巴人长友诗九首,句数或多或少,大约古

---

① 吴汝纶.吴汝纶全集:3[M].合肥:黄山书社,2002:144-145.
② 施蛰存.中国近代文学大系(1840—1919):第11集:第28卷:翻译文学集:3[M].上海:上海书店出版社,1991:139.
③ 方浚师.蕉轩随录[M].北京:中华书局,1995:477.

人长短篇耳;然译以字,有章无韵。请于甘泉尚书,就长友底本,裁以七言绝句。尚书阅其语皆有策励意,无碍理者,乃允所请。兹录之,以长友作分注句下,仿注《范书》式也。徼外好文,或可为他日史乘之采择欤?①

方浚师(1830～1889)生于安徽定远书香官宦之家,长期任职内阁及总理各国事务衙门。《蕉轩随录》刊刻于同治十一年(1872),此书形式活泼,考订经史、品评诗文,内容广泛,极具史料价值。尽管方浚师在此书中表露了他对译作的保守看法,赞同苏廷魁"宣尼木铎代天语,一警愚聋万万古。圣人御世八荒集,同文远被西洋贾"之言,认为"长友诗"的翻译用心是要"'同文远被',吸引和鼓励外国人来学中国语文、接受中国文化,'夷而进于中国则中国之'"②,但对于此诗的保留,他还是功不可没的。

几十年后,另一位皖籍学子黄寿曾于晚清时期翻译了朗费罗的 *The Arrow and the Song*,题为《白羽红么曲》③,收录在他身后出版的《寄傲庵遗集》中。黄寿曾字念耕,安徽休宁人。曾应试为县学生,废科举后考入浙江高等学堂。毕业后任浙江西级师范学堂附属模范小学校长,一年后复入北京高等师范学堂读书。辛亥革命开始,学堂停办,他回到浙江任教育司工作,不久去世,时年27岁。《寄傲庵遗集》不仅保存了《白羽红么曲》,而且收录了《咏西史》,分别歌咏了斯巴达王列奥尼达、波斯王戴赉士及鲁意锡亚那,表现了作者对西方文化的高度热情。

此诗原文如下:

The Arrow and the Song

I shot an arrow into the air,/It fell to earth, I knew not where;/For, so swiftly it flew, the sight/Could not follow it in its flight.//I breathed a song into the air,/It fell to earth, I knew not where;/For who has sight so keen and strong,/That it can follow the flight of song?//Long, long afterwards, in an oak/I found the arrow, still unbroke;/And the song, from beginning to end,/I found again in the heart of a friend.④

黄寿曾将《白羽红么曲》翻译为:

箭辞我手,入彼太空。铁胎乍纵,歘然无踪。风翎电影,鹘逝䲧飞。秋毫易瞩,白羽难睎。

歌辞我吭,入彼太空。玲珑宛转,歘然无踪。阳关三迭,难觅其形。秋毫可察,红么谁听。

---

① 方浚师.蕉轩随录[M].北京:中华书局,1995:476-477.
② 钱钟书.汉译第一首英语诗《人生颂》及有关二三事[J].国外文学,1982(1):4-27.
③ 黄寿曾生于1887年,卒于1913年,故距离董恂改译《人生颂》应有几十年的时间。引自《寄傲庵遗集》(1930年版,安徽省图书馆藏)。
④ 黄杲炘.美国名诗选英汉对照[M].上海:上海外语教育出版社,2015:81-83.

日居月诸,言瞻古橡。狼牙没羽,赫然在望。翳我知音,心印我歌。自始徂终,一字无讹。

目前收入《美国名诗选英汉对照》的译文为:

箭与歌

我把一支箭向空中射出,但是不知道它掉落何处;因为箭飞得实在太迅疾,我没盯视它飞行的眼力。

我把一支歌向空中轻唱,但不知它飘落哪个地方;因为谁有这样的好眼力,能够跟得上歌声的飞逸?

很久之后,那支箭我找到,它扎在橡树上,依然完好;那支歌也被我重新发现——完整保存在朋友的心间。①

对比之下,可见黄寿曾的翻译具有典型的清末民初文学翻译风格,字里行间表露出对原诗的热爱,但同时也显示了译者对西方文化缺乏了解。朗费罗原作语言简练、情感质朴,表达上直抒胸怀,读起来朗朗上口,但译诗却采用汉语四言古诗体,文字晦涩难懂,显然不能很好地体现原诗的风格意蕴。

稍晚于黄寿曾,1909年,留学美国的绩溪青年胡适再一次选择朗费罗的作品进行翻译,这就是《晨风篇》。此诗原文为:

A wind came up out of the sea,/And said,O mists,make room for me.//It hailed the ships,and cried,Sail on,/Ye mariners,the night is gone.//And hurried landward far away,/Crying,Awake! it is the day.//It said unto the forest,Shout! /Hang all your leafy banners out! //It touched the wood-bird's folded wing,/And said,O bird, awake and sing.//And o'er the farms,O chanticleer,/Your clarion blow; the day is near.//It whispered to the fields of corn,/Bow down, and hail the coming morn.//It shouted through the belfry-tower,/ Awake,O bell! proclaim the hour.//It crossed the churchyard with a sigh,/And said,Not yet! in quiet lie.②

胡适首发于《竞业旬报》第39期的译文《晨风篇》如下:

晨风海上来,狂吹晓雾开。晨风吹行舟,解缆莫勾留。晨风吹村落,报道东方白。

晨风吹平林,万树绿森森。晨风上林梢,惊起枝头鸟。风吹郭外田,晨鸡鸣树巅。

晨风入田阴,万穗垂黄金。冉冉上钟楼,钟声到客舟。黯黯过荒坟,风吹如不闻。

---

① 黄杲炘.美国名诗选英汉对照[M].上海:上海外语教育出版社,2015:81-83.
② 柳士军,符小莉.论胡适对朗费罗诗歌的译介[J].盐城师范学院学报,2016(4):78-83.

有研究者指出：

> 该诗采用汉语五言古体译成，没有超越晚清的诗歌翻译方法，即文体多用文言；喜用格律体；句式或五言，或七言，或骚体。……尽管胡适翻译没有词汇上的错误，但是该译与朗费罗原诗歌相比较，部分意义相差甚远：首先，原诗是以对话体的方式，采用圣经呼语的技巧创作，胡适的翻译荡然无存。其次，该诗充满了西方宗教的色彩，宗教的词汇，宗教的思想，胡适的翻译体现出来的却是中国人的田园风光诗味了。如"the churchyard"是西方人特有的一个地方，到了中国译成"荒坟"就值得探究了，因为在西方，教堂的墓地是很有讲究的，不是荒凉可以修辞的。其三，原诗歌采用拟人的陌生化艺术手法，胡适的翻译也有所回避。其四，在整体诗歌中前8个诗节是衬托，朗费罗诗歌的色调是愉悦的，恬淡的；在最后一个诗节完全采取的是一个幽默的表达方式："它吹过教堂的墓地，一声叹息，哎，还是安静地躺下吧，不要起来。"诗行非常诙谐。胡适翻译的味道却是哀叹婉转，接近于婉约派诗风。其五，读朗费罗的诗篇，给人印象最深的莫过于他那严谨细腻的风格、整齐划一的格律。胡适由于采用五言诗翻译，省去无关的词汇，满足中国读者的需要，但是这种省略恰恰失去了朗费罗诗歌韵律美。①

由此可见，无论是黄寿曾还是胡适，他们的翻译都未能超越清末民初文学翻译的局限性，内容上对于西方文化背景缺乏深入的了解，形式上不能跳出文言文的窠臼，翻译方法上基本是以译代作、译中有作、译作合一。因此，虽然他们的努力显示了皖籍学者从翻译中寻求艺术借鉴，并使外国诗歌艺术本土化的艰难探索，但距离将外国文学转化成明白流畅的本国文字，令中国读者通过文学翻译亲密接触西方文化，还有相当远的路程。

不过，到此为止，皖籍学人与朗费罗诗歌的故事还没有结束。1948年，又一位皖籍译者与朋友一起，完成了《朗费罗诗歌选》的翻译，内选诗作32首。他们这一次采用的笔名是"简企之"（谐音"捡起之"），更多的时候，这位皖籍译者署名"荒芜"。

当然，这时候中国的诗歌翻译，已经进入一个全新的历史时代。

第三节　胡怀琛译作与《海天诗话》

正是在这一情境中，泾县胡怀琛《海天诗话》的问世，在中国诗歌翻译史上具有

---

① 柳士军,符小莉.论胡适对朗费罗诗歌的译介[J].盐城师范学院学报,2016(4):78-83.

非同凡响的意义。

胡怀琛(1886~1938)，字寄尘，皖南泾县人。其兄胡韫玉(朴安)曾为南社中坚人物，以文字、训诂研究闻名。胡怀琛幼年学诗，十岁应童子试，1905年春在兄长鼓励下，赴上海学习英文，后入育才中学就读。毕业后即开始文字生涯，笔耕不辍，文名渐显，担任《神州日报》编辑。宣统二年(1910)胡氏兄弟一起加入南社，以文字倡导革命。民国后，胡怀琛与柳亚子共主《警报》《太平洋报》笔政，历任文明书局编辑、商务印书馆编辑、上海市通志馆编纂及上海沪江大学、中国公学、国民大学、持志大学、正风文学院等校教授，抗战爆发后忧愤离世。

1911年，胡怀琛出版中国第一部专论译诗的《海天诗话》。当此之时，西方诗歌在中国的翻译还处在萌芽时期，诸多译诗问题尚未解决，"苏氏(苏曼殊)、马氏(马君武)虽然热心于翻译外国诗，但关于译诗方面的理论则几乎没有什么阐述。"[①]而《海天诗话》不仅保留了中国近代文学史上中西文化交流的许多史实，评介了日本、英国、德国、法国、意大利、芬兰、印度等诸国诗人诗作，而且明确阐述了著者的译诗见解。

首先，《海天诗话》高度肯定了译介西方诗歌的必要性。在一个文学翻译以小说为绝对大宗的时代，胡怀琛提出："孰谓西诗无益于我乎？大抵多读西诗以扩我之思想。"[②]至于其中原因，他认为"西人诗大半激发人之志气，或陈述社会疾苦，字句不嫌浅易，而以能感人为归"，他特别介绍了"善摩写小民疾苦，能使读者陨涕。彼国贫民率爱读之，而富人视若仇雠焉"的英国作家肯斯里西的诗歌。对"醉心自由"的欧西诗人拜伦(摆伦)，胡怀琛满怀崇敬之心，称他为"英国之诗豪"。当然，作为一位文学家，胡怀琛的目光不仅仅集聚在那些具有救国救民思想的诗作上，他极力推崇马君武所译歌德《阿明临海哭女诗》九章，评价这首爱情诗"苍凉悲壮，使读者泫然泪下"。

其次，《海天诗话》第一次明确地提出了文学作品是完全可以翻译的：

> 或谓文学不可译，此言未必尽然。文学有可译者，有不可译者。能文者善于剪裁锻炼，未为不可译。

但与此同时，他又提出翻译外国诗歌必须"撷其意""保其神"，即注意其文化背景、思想情感，而这一观点的提出，恰中当时晚清民初诗歌翻译之弊：

> 欧西之诗，设思措词，别是一境。译而求之，失其神矣。然能文者撷取其意，锻炼而出之，使合于吾诗范围，亦吟坛之创格，而诗学之别裁也。

联系彼时译界出现的种种问题，他举例分析：

> 相传英人译中国"驰骋文场"四字为"书桌上跑马"，如此安怪夫或之

---

① 陈福康.胡怀琛论译诗[J].中国翻译,1991(5):49-50.
② 此节所引胡怀琛《海天诗话》(张寅彭.民国诗话丛编:5[M].上海:上海书店出版社,2002:303-316.)。

言。以予所见,英文译李白《子夜歌》一诗,"总是玉关情"一句,"玉关"即译其音,不可谓错。然华人可按文而知"玉关"为若何地,英人不知也。此句精神已失。推此意,吾国人译西文,亦犹是。大抵用典愈多,愈不可译。如义山《锦瑟》一诗,虽使义山解英语,以其意口授摆伦,命译为英文,与原文丝毫不差,吾可决其不能。此文学之不可译者也。然欧西诗人思想,多为吾国诗人所不能到者。如某君译《晚景》诗云:"暮天苍紫若洪海,枯枝乱撑如珊瑚。"此种境界,若不读西诗,谁能悬想而得? 故取其意,以吾词出之,斯为杰构。又英人诗有譬清天如浅草之场,而白云片片,舒卷天际,若群羊之游戏草场者然。此意若以韵语写之,亦为绝妙之诗,而为中土诗人所未道过者也。

根据这一思想,结合当时译界广泛存在的"归化论",胡怀琛将诗歌翻译水平分为三类:

或取一句一节之意,而删节其他,又别以己意补之,使合于吾诗声调格律者,上也;译其全诗而能颠倒变化其字句者,次也;按文而译,斯不足道矣。

他特别强调文学翻译文字锤炼的重要性:

昔某君尝为予言:学一国文字,如得一金矿。其言谐而确。然余谓既得金矿,尤当知锻炼,不然金自为金,何益于我哉。

综合以上种种,可见早在晚清,《海天诗话》的翻译观念虽然还存较浓重的"归化"意向,但已能比较清晰地概括诗歌翻译之要。因而此书问世之初即有评论家表示了高度赞赏,赋诗曰:"君为广大教化主,重译伕卢作正声,看掣鲸鲵东海上,五洲大地拓诗城。"[①]此后,尽管由于历史的原因,胡怀琛其人其作被湮没多年,但改革开放以后,此作一再现于学界,就立刻获得高度评价。有人认为,此作"颇反映出清末民初中西文学交流之况",其中"区分译诗与原作之离合关系,颇为有识。"[②]也有人说:

胡氏这段议论,意蕴颇富,涉及不少重大译学理论问题。例如,这里关于文学可译与否的讨论,也许是我国译学史上最早见诸文字的,而且见解十分辩证,并作了具体分析。文中关于翻译外国诗歌有益于扩大国人思想、意境的论述,也很生动,在当时尤为难得。[③]

进入民国以后,胡怀琛一方面继续进行新诗理论的探讨与诗歌译介,另一方面努力开始进行小说翻译,推出《希腊英雄传》《孤雏劫》《黄金劫》《血巾案》等一系列

---

① 潘飞声语,见卢文芸.中国近代文化变革与南社[M].北京:社会科学文献出版社,2008:219.

② 张寅彭语(傅璇琮,许逸民,王学泰,等.中国诗学大辞典[M].杭州:浙江教育出版社,1999:271.).

③ 陈福康.胡怀琛论译诗[J].中国翻译,1991(5):49-50.

作品。只是由于外语程度的局限,此时他的小说译作基本上还是"译述",并非完全意义上的翻译。1916 年,胡怀琛又辑录完成中国第一部外来小说翻译文集——《小说名画大观》。这部书集为"近今著名小说家译撰之作"[①],分伦理、教育,以至侦探、社会、言情等凡二十类,堪称蔚为壮观,同时也是对晚清到民初中国翻译文学状态的一个集中展示。

---

① 胡怀琛.小说名画大观[M].上海:中华书局,1916.

第三章 《新青年》皖籍文学译者群的独到贡献

辛亥革命之后,中国历史翻开崭新的一页,一场新的思想文化革命开始酝酿。1915年《青年杂志》创刊,在"科学""民主"大旗的引领下,中国文学翻译迅速迈进现代历史新阶段。为实现建设"自主的而非奴隶的文化,进步的而非保守的文化,进取的而非隐退的文化,世界的而非锁国的文化,实利的而非虚文的文化,科学的而非想象的文化"①的宏伟目标,胸怀大志的皖籍学者因志向、地缘等因素集合在以陈独秀为首的《新青年》平台之上。有论者指出:

> 五四前后,安徽被视为"全国最活跃的地区之一",尤以安徽主要政治、经济和文化重心的安庆和芜湖为烈。……在中国近现代文化发展与转型时期,五四前后皖籍文人的群体性崛起及其历史影响力已成公论。②

这些皖籍人士于此展现出不凡身手,其中以陈独秀、胡适、陈嘏、吴弱男、薛琪瑛为代表的译者群,更以自己的译作与翻译见解,推动了中国现代文学翻译在对象选择、文字使用等关键问题上发生突变,于理论与实践两方面,当之无愧地充任了中国现代文学翻译的领军者。

第一节 《新青年》文学译者群的构成

《新青年》文学译者群的构成,除共同的政治、文化理想之外,还有乡土文化在其中发挥的重要作用。早在2008年即有研究者阐明:

> 初创阶段的《青年杂志》几乎是安徽人的地方刊物,……直到4卷1号演变为由北京大学的六位教授轮流编辑的同人刊物之后,才真正成为全国性的著名期刊③。

---

① 引自陈独秀《敬告青年》,见《青年杂志》1915年创刊号。
② 方习文.五四前后皖籍文人的聚结与分化[J].阜阳师范学院学报,2010(4):50-54.
③ 张耀杰.民国背影:政学两界人和事[M].杭州:浙江人民出版社,2008:111-112.

此后,又有论者谈道,"一场新文化,多半安徽人"①,其中一个很重要的原因在于:

> 在中国传统社会,一向十分重视乡土亲谊关系,一个人事业的成功离不开同乡、同门、同籍人士的帮助和提携。清末民初的中国社会,乃是由传统社会向近代社会转型的过渡阶段,传统的地缘人际纽带仍发挥着重要的作用。作为此一过渡时期创办的《新青年》也不例外,陈独秀在创办《新青年》之初所依赖的社会支持力量,主要就是以地域因缘结合而成的皖籍知识分子。②

分析《新青年》文学译者群的聚集渊源,不能不提及汪孟邹、陈独秀、胡适三位精英人物的相识。

晚清时期的徽州绩溪县,有一位金紫胡传人、著名教育家胡晋接(1870~1934)。他早年就读于东山书院,曾自学日语并尝试翻译。1912 年,胡晋接出版《中华民国地理新图》二十一幅,前两幅分别为《前清乾嘉以前中华领域图》和《前清乾嘉以后中华领域损失图》,后有植物、动物、物产、铁路、民族,甚至全世界华侨分布专项图示,是一套完整的自然地理、社会人文专项地图。在胡晋接的鼓励下,他的学生纷纷外出求取新学,汪希颜(1873~1902)就是其中较早走出安徽的一位。1897 年,正值戊戌变法前夕,汪希颜进入南京陆师学堂,接触众多新书报、新思想,眼界大开。1902 年 4 月 23 日、24 日,汪希颜在给弟弟汪孟邹的书信中,介绍自己阅读当时新报章杂志感受说道:

> 在上海购得新书、新报数种,日夕观览,大鼓志气……其得力最多者为日本新出之《新民丛报》,其宗旨在提倡一国之文明,其体制则组织学界之条理,中外双钩于笔底,古今一冶于胸中。吾谓游学六年,不如读此报一年;读书十卷,不如读此报一卷。此报一出,而一切之日报、旬报、月报皆可废矣。

他殷殷教导弟弟:

> 吾人欲为世界上必不可少之人,必为世上必不可少之事。今日之日,乃中外交通,古今变迁,新旧接续一大关键,当此将交通、将变迁、将接续之际,则必有人交通之、变迁之,而接续之。吾人生逢其会,虽不能图其人中之前茅,亦不能不充其中之小校……③

也正是在陆师学堂,汪希颜得以结识章士钊与陈独秀,并将自己的弟弟、同为胡晋接弟子的汪孟邹(1878~1953)介绍给章、陈,由此开始了陈独秀与汪孟邹几十年的革命情谊,也开始了徽州学人与辛亥革命和五四文学革命的直接联系。

---

① 陆发春.一场新文化　多半安徽人[J].新华月报,2010(11):80-82.
② 杨琥.同乡、同门、同事、同道:社会交往与思想交融:《新青年》主要撰稿人的构成与聚合途径[J].近代史研究,2009(1):54-72.
③ 汪希颜语(沈寂.时代碣鉴:胡适的白话文·政论·婚恋[M].重庆:重庆出版社,1996:445-446.)。

光绪二十九年(1903),胡晋接以绩溪学人特有的儒者兼商者两重眼光,鼓励和支持因先后丧父、丧兄而不得不放弃学业的弟子汪孟邹到芜湖去开设新书店(科学图书社),自己也与人合股在屯溪开设分店(科学图书分社)。尽管经营新书当时是蚀本生意,但胡晋接却坚持要做,以开新风。同年年底,陈独秀为增长国人见识,了解国内形势的变化,同房秩五、吴汝澄商议合办《安徽俗话报》。鉴于各项条件不成熟,资金短缺,遂致信汪孟邹及胡晋接求助,胡晋接接信后,立即要汪孟邹与图书社同人"妥商"。信中说:

> 陈君仲甫(即陈独秀)拟办《安徽俗话报》,其仁爱其群,至为可敬、可仰……此事应如何应付,本社诸同志与栋老(栋臣)会面时当可妥商也。①

1904年春,得到汪孟邹大力协助的《安徽俗话报》顺利问世,并迁至芜湖,以科学图书社为发行所,再加上陈独秀、柏文蔚创办的反清革命组织"岳王会"与安徽公学、皖江中学、徽州公学声气相求,芜湖成为全省革命的策源地,汪孟邹也被誉为"维新巨子",科学图书社因而成为会议机关。此后,汪孟邹又成为胡适走向文学革命的引路人。这位年长胡适14岁的绩溪乡亲,先是把胡适介绍给主政《甲寅》的章士钊,其时《甲寅》通信栏中已开始讨论"新文学"问题,即所谓"使吾辈思潮,如何能与现代思潮相接触,而促其猛省"②,而此时留学美国的胡适尚未提及文学工具的革新问题,他所翻译的外国小说,也还用的是桐城派古文。待陈独秀在上海创办《青年》杂志后,汪又将胡适介绍给陈,由是开始了陈、胡两位自安徽桐城与徽州走出的五四文学革命开创者的联手。此后,以陈、胡为中心,《新青年》文学译者群自然而然地吸收了陈独秀之兄陈孟吉的长子陈嘏,章士钊之妻、庐江淮军将领后代吴葆初之女吴弱男,洋务派干将薛福成孙女、桐城吴汝纶外孙女薛琪瑛等人。从表面看起来,这一群体的构成纯属偶然,完全是亲友之间的私人行为,但深入其背后,却可以清晰地发现这是桐城文化、徽州文化、庐江文化的必然结合。在他们身后,有桐城文化承儒学之教养,以淑世为志节,以匡时安民为己任的使命感;有徽州文化走向世界、走向未来、开风气之先的勇气;也有淮军文化求实求真、善于学习的特色。时至晚清民初,桐城、徽州、庐江均成为留学生集聚之地,这批大多出身于文化世家、接受了良好的传统文学教育、具有较高的文学鉴赏与写作能力的《新青年》皖籍文学译者群成员,已成为国门开放之后的新一代皖人,他们有留学经历,至少精通一门外语,具有中西相融的文化背景,对于西方文化有相当深入的了解,对于中国现代的文化需求也有切实的思考。正因为如此,这些人才能以《新青年》为平台,开创皖人文学翻译的新局面,并为现代中国文学翻译开辟了一条全新的路径。

---

① 程庸祺.亚东图书馆历史追踪[M].合肥:安徽教育出版社,2016:126.
② 张卓群,宋佳睿.民国名刊丛书:第2辑:甲寅通信集[M].福州:福建教育出版社,2016:211.

第二节 《新青年》文学翻译的指导思想

全新路径的开拓需要全新的思想。曾经直接参与晚清民主革命的留日学者陈独秀(1879~1942)与留美归来的徽州学子胡适(1891~1962),成为《新青年》文学翻译理论的最初研讨者。这是一对有志于救国救民的中国知识分子的结合,也是桐城文化与徽州文化这两个在中国极具代表性的地域文化的结合。源于血脉深处的变革中国社会的急切愿望,来自传统文化又急于打破传统文化束缚、建设现代化中国文学以求民族觉醒的理想,以及他们对于世界文学较之前人更深入的认识,共同构成了《新青年》文学翻译的基本宗旨。

1915年,陈独秀于《青年杂志》发表《现代欧洲文艺史谭》,第一次向国人描述了从17世纪到19世纪末欧洲文学发展的大轮廓,介绍了福楼拜、左拉、莫泊桑、龚古尔兄弟、都德、王尔德、萧伯纳、托尔斯泰、屠格涅夫、安特列夫、易卜生、霍普特曼等欧洲杰出作家,为翻译、研究西方文学提供了线索。

他将文学变迁与社会思想的变迁紧密联系,令人深切感受到中国文学向西方学习,加速度变革的必要性:

> 欧洲文艺思想之变迁,由古典主义(Classicism)一变而为理想主义(Romanticism),此在十八、十九世纪之交。文学者反对模拟希腊罗马古典文体,所取材者,中世之传奇,以抒其理想耳!此盖影响于十八世纪政治社会之革新,黜古以崇今也。十九世纪之末,科学大兴,宇宙人生之真相日益暴露,所谓"赤裸时代",所谓"揭开假面时代",宣传欧土。自古相传之旧道德、旧思想、旧制度,一切破坏文学艺术亦顺此潮流……

他热情洋溢地介绍著名的自然主义作家,因为:

> 此派文艺家所信之真理,凡属自然现象莫不有艺术之价值。梦想、理想之人生,不若取夫世事人情诚实描写之有以发挥真美也。故左氏之所造作,欲发挥宇宙人生之真精神、真现象,于世间猥亵之心意、不德之行为,诚实胪列,举凡古来之传说,当世之讥评,一切无所顾忌,诚世界文豪中大胆有为之士也……

他特别倡导西方戏剧之翻译,认为:

> 现代欧洲文坛第一推重者,厥唯剧本。诗与小说,退居第二流。以其实现于剧场,感触人生愈切也。①

紧接着,来自新安学派故乡的胡适也开始多方探讨文学翻译问题。1916年2

---

① 引自陈独秀《现代欧洲文艺史谭》,见《青年杂志》1915年第1卷第3号。

月 3 日他致信陈独秀,提到:

> 今日欲为祖国创造新文学,宜从输入西欧名著入手,使中国人士有所取法,有所观摩,然后乃有自己创造之新文学可言也。①

此后在《建设的文学革命论》一文中,他又再次呼吁:中国文学欲求现代化,必须虚心向西方文学学习,因为:

> 西洋的文学方法,比我们的文学,实在完备得多,高明得多,不可不取例。即以散文而论,我们的古文家至多比得上英国的倍根(Bacon)和法国的孟太恩(Montaigne),至于像柏拉图(Plato)的"主客体",赫胥黎(Huxley)等的科学文字,包士威尔(Boswell)和莫烈(Morley)等的长篇传记,弥儿(Mill)、弗林克令(Franklin)、吉朋(Gibbon)等的"自传",太恩(Tamne)和白克儿(Buckle)等的史论……都是中国从不曾梦见过的体裁。更以戏剧而论,二千五百年前的希腊戏曲,一切结构的工夫,描写的工夫,高出元曲何止十倍。近代的萧士比亚(Shakespeare)和莫逆尔(Moliere)更不用说了,最近六十年来,欧洲的散文戏本,千变万化,远胜古代,体裁也更发达了,最重要的,如"问题戏",专研究社会的种种问题;"象征戏"(Symbolic Drama),专以美术的手段,作的"意在言外"的戏本;"心理戏",专描写种种复杂的心境,作极精密的解剖;"讽刺戏",用嬉笑怒骂的文章,达愤世救世的苦心……更以小说而论,那材料之精确,体裁之完备,命意之高超,描写之工切,心理解剖之细密,社会问题讨论之透彻,……真是美不胜收。至于近百年新创的"短篇小说",真如芥子里面藏着大千世界;真如百炼的精金,曲折委婉,无所不可;真可说是开千古未有的创局,掘百世不竭的宝藏。②

为达此目标,胡适提出两个对中国现代文学翻译影响不可估量的观点:第一,"只译名家著作,不译第二流以下的著作";第二,"全用白话"③。这两点针对晚清文学翻译"原稿选择不精""多半是冒险的故事及'荒诞主义'的矫揉造作品"④之弊端,是一个有力的拨乱反正。

此外,胡适还对于晚清文学翻译严重的任意改写问题,提出了尖锐的批评。他特别强调文学翻译要忠实于原著。在给陈独秀的信中他说:

> 译事正未易言。倘不经意为之,将令奇文瑰宝化为粪壤,岂徒唐突西施而已乎? 与其译而失真,不如不译。此适所以自律,而亦颇欲以律人者也。⑤

---

① 胡适.致陈独秀信[M]//胡适全集:第 23 卷.合肥:安徽教育出版社,2003:95.
②③ 引自胡适《建设的文学革命论》,见《新青年》1918 年第 4 卷第 4 号.
④ 芮恩施语,见志希(罗家伦)《今日中国之小说界》,载《新潮》1919 年第 1 卷第 1 期.
⑤ 胡适.论译书寄陈独秀[M]//胡适日记全编:2.合肥:安徽教育出版社,2001:337.

至此,可以说《新青年》已将彼时文学翻译界面临的各项重大问题一一提出讨论,并给予中肯的意见。

第三节 陈独秀、胡适的身体力行

在陈独秀、胡适的理论倡导与身体力行的带动之下,《新青年》文学翻译很快以崭新面貌出现在读者面前,仅第1卷至第9卷就发表了40多位外国作家的文学翻译作品135篇(首),其中屠格涅夫、泰戈尔、莫泊桑以及王尔德、易卜生等世界知名作家作品,在全国产生了很大反响。

陈独秀早在1903年就以"陈由己"为笔名,与苏曼殊合作翻译了法国著名小说家雨果的《悲惨世界》,并以《惨世界》为名,连载于《国民日报》,1904年由镜今书局出版单行本。进入《新青年》时代,他又于《青年杂志》第1卷第2号推出了泰戈尔的《赞歌》、塞缪尔·史密斯的《亚美利加》(美国国歌)等文学译作。

《赞歌》是《新青年》翻译的第一首外国诗歌,陈独秀也是中国第一位泰戈尔诗作的译者。关于陈独秀为什么首先选择了泰戈尔、选择翻译《赞歌》,有研究者分析如下:

> 在那个东西方文明激烈撞击的时代,陈独秀敏锐地发现了世界发展的主潮,国家发展的方向:"诸君所生之时代,为何等时代乎?乃二十世纪之第十六年之初也。世界之变动即进化,月异而岁不同。"可是,对于世界的日新月异,国人却似乎毫无反应。面对国人的"种种恶风",陈独秀岂肯流于沉默,他高喊:"微躯历代谢。生理资无穷。……和雍挹汝美。日新以永终。"①
>
> ……在第35首诗中,泰戈尔以极为饱满的热情,描绘了自由天国里的美好图景,并在最后道出心声,渴望自己的祖国能够迅速觉醒,以便进入自由天国,不再受欺被辱。而陈独秀的翻译也是特别用心,特别是最后一句:"使我长皎皎",令读者掩卷难忘。陈独秀译文中"代谢""日新""前进""朝醒""新景""真理""奋臂"等词语的运用,颇见他的心机。在当时那个"除旧布新"的年代,以"新"为代表的词语受到了特别的推崇。尤其是译诗的最后一句"Into that heaven of freedom, my father, let my country awake",陈独秀译为"挈临自在天,使我长皎皎",my father 在文中的注释中解释为 My God,而陈独秀心中的上帝就是国家,是他的那种"国家""民族"意识,他希望用他的这种"国家"和"民族"意识来"let my

---

① 陈强.从"盗火"到"理水":《新青年》文学翻译浅探[J].晋阳学刊,2006(6):105-110.

country awake"。"使我长皎皎","我"指国家,皎皎是"白而明亮"的意思,即希望我的国家永远强盛。①

同样,对美国国歌《亚美利加》的翻译,也将陈独秀这种家国情怀体现得淋漓尽致。翻译《亚美利加》时,陈独秀别出心裁地采用了中国历史上著名爱国诗人屈原最擅长的骚体,令人一目了然地看到译者对祖国的眷念和急切盼望祖国复兴的心情:

一

爱吾土兮自由乡,祖宗之所埋骨,先民之所夸张。颂声作兮邦家光,群山之隈相低昂,自由之歌声抑扬。

二

吁嗟汝兮吾宗国,自由名族之所宅,汝之名兮余所怿。清浅兮川流,嵯峨兮岩石。森林兮莽苍,丘陵兮耸立。余悦汝兮心震摇,欢乐极兮登天国。

三

箫管作兮交远风,飞声振响群林中。自由之歌乐其雍,众口相和声融融。含生负气皆从同,巉岩破寂声宏通。

四

尊吾神兮自吾祖,自由创造汝之矩。吾曹讴歌实唯汝,万岁千秋德惠溥。自由灵光耀吾土。仗汝力兮佑吾侣,伟大之神吾共主。②

胡适此期重要的翻译作品有诗歌《老洛伯》《关不住了》,以及莫泊桑的《二渔夫》《梅吕哀》,泰来夏甫的《决斗》,易卜生的《玩偶之家》等小说、戏剧译作。其中翻译于1918年的苏格兰女诗人安尼·林德塞的《老洛伯》,以生动流畅的语言讲述了一个遥远国度的乡村爱情故事,被称为中国现代第一首白话译诗。它彻底摆脱了旧体诗的束缚,表达形式自然和谐,给诗坛带来一股清新之气。译者在"引言"中说:

此诗向推为世界情诗之最哀者。全篇作村妇口气,语语率真,此当日之白话诗也。英国诗歌当十八世纪时,以 Pope 为正宗,以古雅相尚,其诗大率平庸无生气,世所谓"古典主义"之诗,是也。其时文学革命之发端,乃起于北方之苏格兰。苏格兰之语言文学与英文小异。十八世纪中叶以后,苏格兰之诗人多以其地俚言作为诗歌。夫人此诗,亦其一也。同时有盖代诗人 Robert Burns(1759~1796)亦以苏格兰白话作诗歌,于一七八六年刊行。第一集其诗集出世之后,风靡全国。后数年,英国诗人 Wordsworth 与 Coleridge 亦倡文学革命论于英伦。一七八九年(即法国大革命之年),此两人合其所作新体诗为一集,曰 Lyrical Ballads,匿名刊行之。其自序言集中诸作、志在实地试验国人日用之俗语是否可以入诗。

---

① 陈强.从"盗火"到"理水":《新青年》文学翻译浅探[J].晋阳学刊,2006(6):105-110.
② 安庆市陈独秀学术研究会.陈独秀诗存[M].2版.合肥:安徽教育出版社,2006:167-169.

其不列作者姓名者,欲人就诗论诗,不为个人爱憎所囿也。自此以后,英国文风渐变,至十九世纪初叶以还,古典文学遂成往迹矣。推原文学革新之成功,实苏格兰之白话文学有以促进之也。①

由此可见胡适借鉴外国文学变革来推动中国文学革命的良苦用心。

与此同时,胡适继续致力于翻译外国名家的短篇小说。仅发表在《新青年》上的就有俄国泰来夏甫的《决斗》、法国莫泊桑的《二渔夫》和《梅吕哀》。此外还有刊登在《新中国》上的俄国契诃夫的《一件美术品》,刊登在《每周评论》上的莫泊桑的《杀父母的儿子》等。1919年,他的《短篇小说第一集》由上海亚东图书馆出版,内录都德的《最后一课》《柏林之围》,吉卜林的《百愁门》,泰来夏甫的《决斗》,莫泊桑的《梅吕哀》《二渔夫》《杀父母的儿子》,契诃夫的《一件美术品》,史特林堡的《爱情与面包》,卡德奴勿的《一封未寄的信》。译者"自序"称:

这些是我八年来翻译的短篇小说十种,代表七个小说名家,共计法国的五篇,英国的一篇,俄国的两篇,瑞典的一篇,意大利的一篇。……我这十篇不是一时译的,所以有几篇是用文言译的,现在也来不及改译了。近一两年来,国内渐渐有人能赏识短篇小说的好处,渐渐有人能自己著作颇有文学价值的短篇小说,那些"某生,某处人,美丰姿……"的小说渐渐不大看见了,这是文学界极可乐观的一种现象。②

胡适的这一番夫子自道,谦虚地说出自己的小说翻译对现代中国文学的影响力。至1922年,此书已发行5版,可见胡适译作受读者欢迎的程度。

第四节　陈嘏等人的文学翻译实绩

同样来自桐城派故乡的青年学子陈嘏(1890~1956),是《新青年》译者群中成就最高的一位。有学者指出:

晚清民初的翻译大多重视其社会及教育意义和故事情节的曲折离奇,而较少考虑作品的艺术水准及其在世界文学史上的地位,所以不少译家(包括林纾)都翻译过西欧和日本许多二三流乃至三四流作家的作品,他们普遍缺乏名著意识。③

而这种情况的改变,应以陈嘏译作的出现为标志。这一时期,陈嘏翻译了俄国

---

① 引自安尼·林德塞著,胡适译《老洛伯》,见《新青年》1918年第4卷第4号。
② 胡适.短篇小说:第一集[M].上海:亚东图书馆,1919:序.
③ 朱一凡.翻译与现代汉语的变迁:1905~1936[M].北京:外语教学与研究出版社,2011:50-51.

作家屠格涅夫的《春潮》《初恋》,第一次将这位优秀的俄罗斯作家介绍给中国人民。他还翻译了英国著名剧作家王尔德的独幕剧《弗罗连斯》、法国自然主义小说家龚古尔兄弟的名作《基尔米里》、挪威戏剧名家易卜生的《傀儡家庭》等,均显示了较高的鉴赏能力和文学素养。

近年来,这位几乎被文学界忘记的《新青年》译者再次回到公众视野中。人们首先注意到,他的翻译选本几乎全部扣紧了"唤起民众""咀嚼近代矛盾之文明,而扬其反抗之声"①这一核心。陈强在《从"盗火"到"理水"——〈新青年〉文学翻译浅探》一文中提到陈嘏在《新青年》上发表的第一篇文学翻译作品《春潮》,认为:

> 在清末民初这个"法日废耳,吏日贪耳,兵日乱耳,匪日众耳,才日竭耳,民日偷耳,群日溃耳"的慌乱时代,唤醒铁屋子中的大众,特别是青年人,成为觉醒的知识分子实现社会改革宏伟蓝图的首要目标。所以陈独秀要在"青年之精神界"进行一次"除旧布新之大革命",而《新青年》就是为此而创刊的。……陈嘏的译文中也反映了这种思想:"人生最初之恋爱,为精神上一大革命。平和简单之生活状态,忽粉碎如微尘,纵界铁壁以防之,而彼青年之侪辈,高揭纯爱之革命旗,绝不稍存畏怯,奋身飞越,设脚跟不牢,失足而堕,竟殒其生者有之。然岂足制若曹之野心,彼唯知突进,并不暇掉首他顾者也。"②

除了翻译屠格涅夫、王尔德的作品,陈嘏还译介了龚古尔兄弟的小说《基尔米里》(今译《热米妮·拉塞顿》),这篇译作结束了《新青年》提倡自然主义只有理论而无作品的状况。在作者自序的翻译中,译者揭示龚古尔兄弟描写下层人民生活的意义,也道出一个满怀激情的正直知识分子的心声:

> 在此十九世纪普通选举民主主义自由主义之时代,吾等所大惑不解者,一般所称"下层社会"之人,在小说上有无权利。此世间下之世间,即下等社会之人,在文学上被禁制之侮辱,遭作者之轻蔑,其灵魂其心直沉默至此时。然过此以往,彼等是否犹不能不甘受此侮辱此轻蔑?复次,敢问世之作者及读者,在此平等时代,无价值之阶级,甚卑猥之不幸,口白极污秽之戏曲,词气过夸,结穴惊人之作物,是否尚应存在?已忘之文学及已过之社会,所遗此种形式,所谓悲剧,是否已全灭?在无阶级无贵族之国家,彼贫且贱者之不幸,是否亦能如富且贵者之不幸,高声疾呼,为有兴味有感情,可悲可泣之叹诉?质言之,下等人伤心堕泪,是否能如上流人伤心堕泪,一样恸哭?③

当然,研究界更注意到陈嘏文学翻译的出色品质。叶永胜在《陈独秀文学革命

---

① 引自陈嘏《春潮》"译者前言",见《青年杂志》创刊号。
② 陈强.从"盗火"到"理水":《新青年》文学翻译浅探[J].晋阳学刊,2006(6):105-110.
③ 引自陈嘏译《龚枯尔兄弟》,见《新青年》1916年第2卷第6号。

的践行者:陈嘏及其文学翻译》一文中认为:

  《春潮》是《新青年》上的第一篇文学译作,原著几近长篇,译著以浅近文言译成,约有2万字数。原著中有一个引子,叙述萨稜社交后回到住所对现在生活的反省,在翻检旧物中见到小十字架,回忆起了往事。译著将引子略去,成为现在时态的顺时叙述;萨稜和仙玛(现译为萨宁和杰玛)在一起谈论中涉及艺术的文字省略不译,一些译者认为与二人恋爱无关的文字也略去。但是整个译作文笔优美,尤其在写景抒情方面,丝毫不失屠氏特色。在译者看来,删削与情节无关的细节,行文更简练,叙事更集中,便于显示小说所宣扬的精神内涵。

  ……与《新青年》的其他作者比较,陈嘏具有较为明确的文学意识,十几年一直"心无旁骛",专门译介文学作品。在他之前,林纾等人已经开始了对域外文学的译介。当时翻译界较普遍存在"归化"现象,将源语国文学本土化,改译成易于为本土读者所能接受的"外国文学",英国翻译理论家Gideon Toury 称之为"可以接受的翻译"(an acceptable translation),这是近代译介西方文学时的一种文化选择模式。当时人对于翻译在相当程度上是视为一种创作的,常见的如将人名换成中国人名,还有因袭传统小说的程式和套路,将之译为章回体,大段大段地删除原作中的自然环境描写、人物心理描写,也有的根据自己对外国文学作品的理解,随意增添原文所无的,即钱钟书先生所说的"加油加酱"。而陈嘏则开始具备真正的翻译意识,翻译态度严肃,除了《春潮》有一些删削减省之外,自《初恋》始就忠于原著,几乎逐字逐句地"直译",而不采用"意译"或"译述"的方式来改变原著的内容;语言也由初期的浅近、较通俗的文言而转化为现代白话,真正将外国文学创作介绍进来。[①]

《新青年》皖籍译者群中的醒目人物还有吴弱男(1886~1973)与薛琪瑛两位女性。1918年,淮军著名将领吴长庆孙女吴弱男译易卜生戏剧《小爱友夫》,发表于《新青年·易卜生专号》,成为在全国掀起"易卜生热"的一个重要因子[②]。薛琪瑛于1915年翻译英国唯美派戏剧家王尔德的《意中人》,连载于《新青年》第1卷第2、3、4、6号和第2卷第2号,为中国文坛首次译介王尔德的戏剧作品,同时开创以白话翻译西方戏剧作品之先河。

[①] 叶永胜.陈独秀文学革命的践行者:陈嘏及其文学翻译[J].安庆师范学院学报(社会科学版),2010(5):66-69.

[②] 《新青年·易卜生专号》另载易卜生剧作《娜拉》(即《玩偶之家》,胡适、罗家伦合译)、《国民之敌》(陶履恭译)及胡适论文《易卜生主义》、袁振英著《易卜生传》等文章。

第四章 未名社成员的文学翻译活动

紧随在《新青年》译者群之后，1925年8月在五四新文化运动熏陶下诞生的未名社，犹如一颗闪亮的新星出现在民国文学翻译舞台上，为开辟我国近代中西文化交流史上具有重要意义和影响的第二源流作出了贡献。遵循"以白话译名著"的原则，他们在短短几年内就集中翻译出版了一批西方文学作品，特别是苏俄文学作品，为介绍十月革命后的苏联文学作出了独到的贡献。这些作品中包括果戈理的《外套》、柯罗连科的《最后的光芒》、高尔基的《人之诞生》、陀思妥耶夫斯基的《穷人》《罪与罚》《不幸的一群》、安特列夫的《往星中》《黑假面人》、斯威夫特的《格列佛游记》、夏洛蒂·勃朗特的《简·爱》等世界文学名著，以及《近代文艺批评断片》《英国文学：拜伦时代》《文学与革命》等理论著作。其中以李霁野为代表的未名翻译家坚持忠实于原著的白话文的直译法，打破晚清古文翻译的"转述译法"局限，尽可能地使国外先进文化思想原汁原味地传入中国，堪称一大贡献。因此，有研究者认为，未名社的出现，"标志着我国翻译文学发展的新趋势，它的翻译活动在中国翻译文学史上占有特殊的地位。……它带着鲁迅的方向和战斗传统，为中国翻译文学历史写下了切切实实的一页，作出了特殊的贡献。"①

值得注意的是，这一团体的主要成员除鲁迅、曹靖华外，"未名四杰"韦素园、台静农、韦丛芜、李霁野均来自安徽六安叶集镇，且曾经就读于同一所小学，因而在中国现代文学史上令人啧啧称奇。很多人都难以想象，印象中贫穷落后的皖西大别山区一个偏僻的小镇，何以能同时走出几位著名的文学翻译家？

第一节 霍邱地域文化概说

欲解读这一问题，首先需要从霍邱县的历史文化背景说起。霍邱地处大别山北麓、淮河中游南岸的安徽西部，西与河南省接壤，北与阜阳隔淮相望，东与寿县毗邻，史、沣、汲、淠、泉诸河，均向北注入淮河，沟通了霍邱与寿县、合肥、阜阳等地的

---

① 孟昭毅.中国东方文学翻译史上[M].北京：昆仑出版社，2014：190-191.

联系。早在先秦时代,此地已设蓼邑、鸡父邑,对江淮地区早期文明开化有不没之功。汉代这里先后隶属淮南国、九江郡、庐江郡,政治、文化地位日趋紧要,以"文藻之乡"著称于世。自宋朝开始到清朝末年,霍邱共考取进士19名,其中有明代著名思想家李贽好友马经纶,也有晚清进士、著名文物鉴赏家和收藏家、《睫暗诗抄》与《河海昆仑录》的作者裴伯谦;还有翰林院编修、国史馆纂修,以嫉恶如仇、不畏权势、敢于上疏揭露袁世凯劣行而闻名四方的李肖峰;与同盟会会员庄陔兰、沈钧儒同为最后一科进士,并且由政府保送留学日本法政大学的朱点衣也位列其中。

如此,传统文化的代代熏陶为霍邱读书子弟打下了良好的国学基础。时至晚清,改革思想与革命观念,一波接一波地冲击着大别山下的霍邱。距离不远处,来自李鸿章家乡、淮军大本营合肥的洋务派思想早已深入人心;近在咫尺的淮上军大本营寿县,陈独秀、潘赞化、柏文蔚、张汇滔等中国近代民主革命家很早就与霍邱青年一代联手,走上革命道路。这些霍邱青年中,既有同盟会领导者之一、辛亥前驱郑赞丞,也有先后参与组织马炮营起义、黄花岗起义的民主革命英雄郑荃荪,以及毕业于日本早稻田大学的同盟会会员、民国元年安徽省都督府参事、革命烈士胡寅旭……

正是在这样一种氛围中,史河东岸,被称为"大别山门户""安徽西大门""小南京"的霍邱县叶集镇,以孟述思、台介人、董琢堂、韦凤章、陈伯咸、朱蕴如、管坦安为代表的革新派,于1913年创办了一座新式学堂——明强小学。"学校当时开设了国文、算术、地理、历史、卫生、体育、美术、音乐等课程",门口挂着"圣贤立之教,国民兴于斯"的对联,提出"刚日读文,柔日读史,十年树木,百年树人"的口号,处处显现出中国文化转折时期的特有印记。1914年初春,韦素园、韦丛芜、台静农、李霁野、安少轩、安仲谋、李仲勋、张目寒、陈世铎、陈东木等都进了学堂。① 在这里,他们推倒神像,接触到拿破仑、华盛顿的思想与风琴、地球仪等新式教育才有的教学设施。② 1919年1月下旬,五四运动前夕,曾在北京女子师范大学读书的高君曼——清末安徽安庆营统领副将、霍邱临淮镇人高登科的女儿,与丈夫陈独秀一起来到家乡,接触教育界进步人士和知识青年,宣传新文化新思想。"他们把带来的《新青年》《共产党宣言》《每周评论》和《独秀文存》,分别赠给霍邱高等小学堂和霍邱女子小学堂。陈独秀夫妇还应邀前往女子小学堂,高君曼在课堂演讲,宣传新文化,提倡男女平等,反对封建礼教"③。

大约在1919年前后,韦素园、台静农、李霁野、韦丛芜先后考入设在阜阳的安徽省立第三师范学校。这是皖北地区最早引进新思想的一所学校,多年后韦顺在

---

① 韦顺.远志宏才厄短年:韦素园传略[M]//韦素园.韦素园选集.合肥:安徽文艺出版社,1985:10.

② 吴腾凰.叶集调查记[M]//吴仁录.叶集文史资料.北京:中国文联出版社,2006:83-84.

③ 何怀玉.陈独秀的霍邱情缘[J].党史纵览,2000(3):38-39.

《韦素园生平》中记述:

  1917年夏,素园……到离家200多里的阜阳县去上公费的第三师范学校。那时候正值第一次世界大战,老师对帝国主义的侵略与欺压有了一定的认识,常用一些中国遭受列强侵略凌辱的事实,广泛地向学生灌输爱国主义思想。年幼的韦素园当然还认识不到这次大战的帝国主义性质,但在"班超投笔从戎""大丈夫应马革裹尸而还"等思想鼓舞下,常萌报国之志,他时常激愤高歌:"靖康耻,犹未雪,臣子恨,何时灭……"。在中国对德宣战后的1918年春,素园怀着满腔热忱,要把爱国思想、雪耻之志见诸行动;他毅然离开师范学校,到北京参加段祺瑞所办的参战军……①

李霁野也在《自传》中记录:

  小学毕业后,我于一九一九年秋考进了公费的阜阳第三师范学校。在五四运动之后不久,学校虽然偏远,也受到不小影响。韦素园在我之前考进三师,我去时他已离开,在准备去苏俄时,给我们寄了些宣传共产主义的书刊,其中有《共产党宣言》。比我先进校一年的陈素白、比我后进校一年的李何林、韦丛芜,几个人很相投,都爱读我们自己订买的《新青年》《少年中国》,有副刊《学灯》的《时事新报》和有副刊《觉悟》的《民国日报》。我们也将书刊借给同学们阅读,有时也张贴一些宣传品,不过我们并无组织。三师有个毕业生苏某,那时在武昌高等师范学校读书,有时寄来些反对共产主义的宣传品,也有人为之张贴。

  …………

  在三师时,我们同在武昌读书的几个小学同学合办了两期《新淮潮》,我写了最初发表的一篇短文,大意是说人要诚诚实实做人,脚踏实地的作事。……我安心靠查字典阅读三师高年级英文课本,《天方夜谈》,飞毡神灯的故事为我开辟了一个新的天地,我对之无限神往。我决心学文学,先掌握英文作为工具,我一点也没有前途茫茫的感觉。

  ……韦丛芜同我为《评议报》办了一个《微光周刊》,主要攻击封建主义的旧道德,特别攻击封建的婚姻制度,宣传新文化。我们亲自把周刊散发给女学生……我们又在《皖报》上办了几期《微光周刊》,我在上面发表了一首日本式的短诗。②

  也是在阜阳三师,李霁野第一次读到鲁迅的小说《狂人日记》。可以说,此时的未名社已经形成最初的胚胎。

---

 ① 韦顺.韦素园生平[M]//安徽文史资料:第36辑:往事漫录.北京:中国文史出版社,1990:184.
 ② 李霁野.自传[M]//晋阳学刊编辑部.中国当代社会科学家传略:第一辑.太原:山西人民出版社,1982:100-101.

1920年,韦素园离开段祺瑞参战军,辗转抵达上海,进入外国语学院补习俄语,并加入中国社会主义青年团。次年与刘少奇、萧劲光、任弼时、曹靖华、蒋光慈等人同赴莫斯科,作为列席代表出席了共产国际第三次社会主义青年团代表大会。会后,韦素园进入莫斯科东方劳动者共产主义大学学习政治经济学。也就是在苏联,他写道:

> 学习并目睹了俄国革命的现实之后,坚信:只有走十月革命的道路才能救中国。他曾对友人谈过,要以研究介绍俄罗斯古典文学和苏俄进步文学唤醒民众为终生事业。①

1922年韦素园回国,考入北京俄文专修学校学习,韦丛芜、李霁野、台静农也先后抵达北京,并因老同学张目寒的介绍,聚集在鲁迅身边,参与发起中国现代文学史上"一个实地劳作,不尚叫嚣的小团体"②,虽然鲁迅日后写道:

> 那存在期,也并不长久。然而自素园经营以来,绍介了果戈理(N. Gogol),陀思妥也夫斯基(F. Dostoevsky),安特列夫(L. Andreev),绍介了望·蔼覃(F. Van Eeden),绍介了爱伦堡(I. Ehrenburg)的《烟袋》和拉夫列涅夫(B. Lavrenev)的《四十一》。还印行了《未名新集》,其中有丛芜的《君山》,静农的《地之子》和《建塔者》,我的《朝花夕拾》,在那时候,也都还算是相当可看的作品③。

第二节 韦丛芜与陀思妥耶夫斯基小说译介

"未名四杰"中,台静农以文学创作著称于中国现代文坛,在文学翻译方面,韦素园(1902~1932)、韦丛芜(1905~1978)、李霁野(1904~1997)的贡献最为显著。初登译坛之时,他们对于苏俄文学作品有着浓烈的兴趣,这固然与韦素园的经历、鲁迅的引导有关,同时更因为19世纪俄国的社会现状与我国当时的社会现状有相似之处,且俄国19世纪的批判现实主义文学在世界文学史上取得的辉煌的成就令世界瞩目。其中陀思妥耶夫斯基的作品,以描绘社会底层小人物的悲苦,揭示病态社会里人性的堕落、毁灭为主,"他把小说中的男男女女,放在万难忍受的境遇里,来试炼它们,不但剥去表面的洁白,拷问出藏在底下的罪恶,而且还要拷问出藏在那罪恶之下的真正洁白来"④,这种能够"将人的灵魂的深,显示于人的"创作,对于

---

① 韦顺.韦素园传略[J].新文学史料,1980(3):231-236.
② 曹靖华.《苏联作家七人集》序[M]//鲁迅.且介亭杂文末编.北京:北京联合出版公司,2014:56-57.
③ 鲁迅.忆韦素园君[M]//鲁迅散文全集.哈尔滨:哈尔滨出版社,2016:394-395.
④ 鲁迅.陀思妥夫斯基的事[M]//鲁迅.且介亭杂文二集.上海:上海三民书屋,1937:192.

身处重重社会矛盾之中,渴求未来光明的青年人具有巨大的吸引力。正如韦素园所说:

> 假如"俄土的伟大作家"托尔斯泰结束了旧时代贵族生活文学底最后尾声,"那残酷的天才作者"陀思妥夫斯基却开始了资产社会新兴文学底开场白。他们两位是俄国文坛上无比的对峙的双峰,无匹的并立的巨人。①

但是,在诸多俄罗斯知名作家中,陀思妥耶夫斯基进入中国却有些姗姗来迟。尽管早在1918年1月15日《新青年》第4卷第1号上,周作人就已发表译英国学者W. B. 脱利特司(W. B. Trites)所写《陀思妥夫斯奇之小说》一文。此后,田汉在1919年《民铎》第1卷第67合刊所发表的长篇论文《俄罗斯文学思潮之一瞥》中,再次以洋洋六千余言介绍陀思妥夫斯基。沈雁冰又先后在1920年1月1日《时事新报》副刊《学灯》与1920年《小说月报》第11卷第1期上,发表《我对于介绍西洋文学的意见》(署名为冰)、《小说新潮栏宣言》(以记者署名),郑重提及要将陀思妥耶夫斯基的四部作品《少年》《地下室手记》《白痴》《罪与罚》"作为需要急切绍介的对象放入计划之中"。与此同时,报刊上却只也有短篇译作零星问世,分析其中最重要的原因,鲁迅一针见血地指出,这是因为"马克思的《资本论》,陀思妥夫斯奇的《罪与罚》等,都不是啜末加加啡,吸埃及烟卷之后所写的"②,当然也就不是"啜末加加啡,吸埃及烟卷之后"所能译的、所能读的。没有对作品深挚的热爱,没有坚毅执著的努力,难以完成这一任务。

1924年,来自安徽霍邱的19岁青年韦丛芜,根据康斯坦斯·迦内特(Constance Garnett)的英译本,参考美国现代丛书社(Modern Library)的英译本,完成了《穷人》的译介。这是陀氏第一个完整的中文译本,虽然译者并不懂得俄语,但此书经熟悉俄语的韦素园"悉心地用俄文原本从头至尾地校阅",鲁迅先生再次校改、作序,于1926年由未名社出版后,深受读者欢迎,1934年即出至第4版,至1949年出至第8版。从此之后,译介陀氏小说成为韦丛芜终身努力的目标。

1929年,韦丛芜自燕京大学毕业,又翻译出版了陀思妥耶夫斯基的重量级小说名著《罪与罚》。此书分别于1930年6月、1931年8月由北平未名社出版部出版,1933年改由上海开明书店出版,1946年出至第6版,1950年出至第8版,受欢迎程度可想而知。在第8版中,韦丛芜信心满满地在序言部分中向读者谈到了自己的宏伟计划:

> 我希望再花三年工夫,根据Constance Garnett的公认最佳的英译本,把陀思妥耶夫斯基小说全集译完。然后专修俄文,重校一遍,完成一

---

① 韦素园.《罪与罚》前记[M]//韦素园选集.合肥:安徽文艺出版社,1985:101.
② 鲁迅.并非闲话三[M]//鲁迅.华盖集.北京:中央编译出版社,2012:149.

生中的一件最有意义的工作。①

就这样,几十年中,从热血贲张的青年时代到贫病交加的晚年,韦丛芜译介、出版了陀思妥耶夫斯基小说《穷人》(1926,未名)、《罪与罚》(1930,未名)、《穷人及其他》(1947,正中,收入长篇小说《穷人》和中篇小说《女房东》)、《死人之家》(1947,正中,1950年重版名为《西伯利亚的囚犯》)、《卡拉玛卓夫兄弟》(1953,文光)、《陀思妥耶夫斯基短篇小说集》(1953,文光,包括《女房东》《白夜》《淑女》《不欢的故事》),以及陀思妥耶夫斯基夫人所著《回忆陀思妥耶夫斯基》(1930,现代)。终于在"生前已将陀思妥耶夫斯基全集(共二十四部小说)全部译出"②。可以说,在中国现代文学翻译史上,韦丛芜的名字,与陀思妥耶夫斯基紧紧联系在一起,永远不可分离。

总览韦丛芜翻译的陀思妥耶夫斯基作品,贡献与不足都十分明显:

首先,就整体而言,韦丛芜是中国现代陀氏小说译介的先行者,他的工作有力地推动了陀思妥耶夫斯基作品进入中国的进程,正像鲁迅在韦丛芜译作《穷人》出版的时候所说:

> 中国的知道陀思妥夫斯基将近十年了,他的姓已经听得耳熟,但作品的译本却未见。……这回丛芜才将他的最初的作品,最初绍介到中国来,我觉得似乎很弥补了些缺憾。③

近年来也有学者评说:

> 尽管在二十年代陀思妥耶夫斯基的短篇和长篇的片段在报刊上已有零散的译作发表,但韦丛芜仍可算作是把陀氏作品汉译出版的第一个翻译家。④

其次,韦丛芜的坚韧不拔、精益求精,也使他的译作尽可能地贴近原著。尽管自己不懂俄文,而且"发现英译本中也常有错,《穷人》的英译本一样,不禁叹翻译之难"⑤,但他却并没有知难而退或搪塞完工,而是坚持请人依照俄文原本对所译作品进行校阅。《穷人》由精通俄语的三哥韦素园"悉心地用俄文原本从头至尾地校阅"全文。《罪与罚》翻译完成时,韦素园病重,他只能"根据Constance Garnett的英译本重译","时常也用俄文原本对照"⑥,虽然出版后极受读者欢迎,连连再版,但他还是在第6版再版前,请"张铁弦先生用俄文从头至尾详加修正一遍,费时一年","1960年,他又根据文光书店1953年第8版作了全面修订,译文质量有较大提高"⑦。这使他翻译的陀思妥耶夫斯基小说达到了比较高的水平。

但韦丛芜所译陀思妥耶夫斯基的作品,毕竟系从英文转译,许多地方的理解还

---

① 陀思妥耶夫斯基.罪与罚[M].韦丛芜,译.8版.上海:文光书店,1950:序言.
② 陀思妥耶夫斯基.罪与罚[M].韦丛芜,译.杭州:浙江文艺出版社,1979:出版说明.
③ 鲁迅.集外集·穷人小引[M].上海:前进书店,1935:45.
④ 李今.陀思妥耶夫斯基在三四十年代的中国[J].鲁迅研究月刊,2004(4):55-65.
⑤⑥ 陀思妥耶夫斯基.罪与罚[M].韦丛芜,译.北京:未名出版部,1930:序言.
⑦ 毛本栋.穿越时空的灵魂交流[J].公关世界,2016(21):124-125.

不够准确。因此,当更多的具有较高俄文水准的译者,如耿济之、邵荃麟、南江、荣如德等人相继开始陀氏小说译介,韦丛芜的译本渐渐淡出读者视野,这是完全可以理解的。但是,中国翻译史却永远不能忘记这位为陀思妥耶夫斯基作品的中文翻译作出了杰出贡献的翻译家。

除却译介陀思妥耶夫斯基的小说作品,自1920年代开始,韦丛芜还译有英国作家斯威夫特的《格列佛游记·卷一》(长篇小说,1928,未名)、俄国作家葛宁的《张的梦》(短篇小说集,1929,北新)、英国葛斯的文学史《英国文学:拜伦时代》(1930,未名)、法国贝罗的儿童故事集《睡美人》(1940,北新),1949年以后,又翻译了多种苏联文学作品与理论集。

第三节　李霁野的文学翻译成就

与韦丛芜一样,李霁野也是在鲁迅与韦素园的引领下,开始了文学翻译活动,他最早的选择同样是苏俄文学作品。

1924年,李霁野开始翻译俄国文学作品,第一部就是革命作家安德烈耶夫的戏剧名著《往星中》,1926年作为"未名丛刊"之一,由北新书局出版。出版广告写道:

> 这是安特列夫的反映一个时代的名剧,表现一九〇五年革命失败后充满绝望与革命,坚信与怀疑的精神的俄国社会中矛盾和混乱的情绪,作者追询人生的意义之深刻与对于人生的态度亦可于此书中见出。①

在这部剧中,天文学家赛尔该认为生活是无意义的,把天文学作为自己的避难所,而赛尔该的未婚儿媳马露莎却完全不同,她时刻关心着未婚夫尼古拉的命运,在知道尼古拉去世后,还是不顾一切要去找他。她感受着现实生活的不幸与苦楚,是冲锋在前的女子。在五四运动过后,中国革命处于低潮的1926年,此书的出版,显然具有强烈的现实意义。李霁野也在"译后记"中说,这本书的翻译,正是因为:

> 觉得在"五四运动"后,青年中确实有两种趋势,或者走向实际革命斗争,或者像天文学家一样脱离现实。②

就这样,怀抱着"博取域外'天火',照亮中华'暗室'"的愿望,李霁野的文学翻译始终以"立国""立民"为目标,且呈现出高效态势。继《往星中》之后,1928年他翻译出版了俄国作家安德烈耶夫的《黑假面人》、短篇小说集《不幸的一群》、文论合集《近代文艺批评断片》,并与韦素园合作,译成苏联作家托洛茨基的《文学与革

---

① 安特列夫.往星中[M].李霁野,译.北京:北新书局,1926:出版广告.
② 安特列夫.往星中[M].李霁野,译.北京:北新书局,1926:译后记.

命》;1934年翻译出版了俄国作家陀思妥耶夫斯基的《被侮辱与被损害的》;1936年翻译出版了英国作家夏洛蒂·勃朗特的《简·爱》;1936年翻译出版了俄国作家阿克萨科夫的《我的家庭》;1941年翻译完成《战争与和平》(因香港沦陷,出版社丢失译稿);1944年翻译出版了苏联作家维什涅夫斯基的代表作《卫国英雄故事》、格鲁吉亚诗人绍·鲁斯塔维里的名作《虎皮武士》以及苏联短篇小说集《死后》和散文集《忙里偷闲》;1947翻译出版了英国作家吉辛的散文集《四季随笔》与英国作家斯蒂文森的中篇小说《化身博士》;1949年翻译出版了苏联作家涅克拉索夫的《史达林格勒》(后改名《在斯大林格勒战壕中》);1951年翻译出版了苏联作家维什涅夫斯基的《难忘的一九一九》;1953年翻译出版了苏联短篇小说集《山灵湖》;直到1984年,还翻译出版了英国抒情诗《妙意曲》。

除了"高效率",李霁野的文学翻译还表现出"高水平",其中最有代表性的就是《简·爱》的汉译本。此书自1935年8月起在《世界文库》上9次连载,1936年由生活书店辑为单行本出版,1945年由文化生活出版社推出第3版,于20世纪40年代末至60年代初由上海文艺等多家出版社数次再版,1982年,陕西人民出版社出版了修订本,2004年该修订本又由百花文艺出版社出版,多年来受到国内读者的热烈欢迎。近年来评论家更从多方面评价了李霁野翻译《简·爱》的意义,认为:

> 李译《简·爱》使得中国读者知道除了狄更斯之外还有一位叫做夏洛蒂·勃朗特的批判现实主义作家,尤其可贵的是,这位作家还是女性主义文学的先驱人物。这样一来,李霁野先生对《简·爱》的翻译使得中国读者和中国文学界不仅对英国19世纪批判现实主义这一文学流派及其作品有了更深入的了解,而且较早地接触到了女性主义文学的作品(尽管当时还没有女性主义文学这一说法)。而译作中所蕴涵的男女平等、人道主义等理念则进一步地塑造了五四为人、为人生的文学精神。于是,文的觉醒和人的觉醒共同熔铸了中国文学的现代性。[①]

就翻译原则而言,李霁野是在鲁迅、周作人、瞿秋白、茅盾等翻译大师影响下成长起来的直译派。他一贯主张"直译为主,意译为辅",展示了与林纾为代表的晚清"译述"者的极大不同,力求以最大可能在译介故事的同时展现西方文化的神韵,也就是不仅"译意",而且"译味"。与此同时,长于创作的李霁野又能够使得译笔流畅自如。因此,早在1937年,李译《简·爱》的译文就得到茅盾的高度评价。他指出,李霁野是依据"直译法"原则翻译的《简·爱》,其"谨慎细腻和流利是不能否认的"[②]。茅盾选取了李霁野与伍光健的同一段译文进行比较:

---

① 王洪涛.译路先行·文学引介·思想启蒙:李译《简·爱》之多维评析[J].天津外国语学院学报,2005(6):9-15.
② 引自茅盾《〈简·爱〉的两个译本:对于翻译方法的研究》,见《译文》1937年第2卷第5期。

There was no possibility of taking a walk that day. We had been wandering, indeed, in the leafless shrubbery an hour in the morning; but since dinner(Mrs. Reed, when there was no company, dined early) the cold winter wind had brought with it clouds so sombre, and rain so penetrating, that further outdoor exercise was now out of the question.

（伍译）那一天是不能出门散步的了。当天的早上，我们在那已经落叶的小丛树堆里溜过有一点钟了；不料饭后（李特太太，没得客人来，吃饭是早的）刮起冬天的寒风，满天都是乌云，又落雨，是绝不能出门运动的了。

（李译）那一天是没有散步的可能了，不错，早晨我们已经在无叶的丛林中漫游过一点钟了，但是午饭之后——在没有客人的时候里德夫人是早早吃饭的——寒冷的冬风刮来这样阴沉的云，和这样侵人的雨，再做户外运动是不可能的了。

这两段译文都是直译，但有一同中之异，即李译是尽可能地逐译了原文的句法的。如果细校量起来，我们应当说李译更为"字对字"；第二句中间的"indeed"一字，两个助词"so"，以及"penetrating"一字，在伍译是省过了。然而这是小节。如果我们将这两段译文读着读着，回过去再读原文，我们就不能不承认李译更近于原文那种柔美的情调。①

2005年，南开大学王洪涛就此再次进行专门研究，他认为：

李译《简·爱》具有鲜明的译语风格，……译语直白，多用欧化句式是整部译作最明显的译语风格之一，这表现在译文不仅试图保持源语词汇的词性和用法，而且还常常因袭源语的语义结构和句法结构，比如（括号内附以修订版译文，以资参照）：

（1）"I should indeed like to go to school", was the audible conclusion of my musings. (Chapter Ⅲ)

李译："我实在愿意进学校"，是可以听到的我的默思的结论。（修订版无改动）

（2）I discerned in the course of the morning that Thorn field was a changed place ... (Chapter ⅩⅢ)

李译：在一早晨的功夫中，我看出桑恩费尔得是一个改变了的地方……（一早晨，我看出桑恩费尔得就改了观……）

在例（1）中，李译不仅保持了 audible 的词性，而且整个直接引语的后续部分几乎按照原句语序一字不落地译出来，欧化气息十足；而在例（2）

---

① 引自茅盾《〈简·爱〉的两个译本：对于翻译方法的研究》，见《译文》1937年第2卷第5期。

中,李译对于 Thorn field was a changed place 的翻译则简直是亦步亦趋的字字对译,甚至源语每一词汇的词性在译文中都得以保留。如此一来,李译的用语便显得直白,在句法结构上也紧扣源语。再来看下面两个句子:

(3) ... the stout one was a little coarse, the dark one not a little fierce, the foreigner harsh and grotesque, and Miss Miller, poor thing! looked purple, weather-beaten, and over-worked ... (Chapter Ⅴ)

李译:那个胖教师有些粗鄙,黑教师颇够凶的,外国教师严厉而古怪,米勒(米勒)女士呢,可怜的人呵(啊)! 看来是发紫(看来脸色发紫),饱经风霜,而且操劳过度……

(4) When I looked up, on leaving his arms, there stood the widow, pale, grave, and amazed. (Chapter ⅩⅩⅢ)

李译:我离开他的怀抱,向上看望的时候,那位寡妇站在那里,苍白、庄严(严肃)、吃惊。

在例(3)中,李译似乎惜墨如金,用"粗鄙""够凶的""严厉而古怪""饱经风霜""操劳过度"等既凝练又不乏文采的寥寥数言便将罗沃德学校女教师群像栩栩如生地勾勒了出来;而例(4)也是用简洁的译笔刻画了女管家费尔法克斯太太目睹简·爱与罗契司特亲吻后的惊讶表情,可谓洗练而传神。这种简洁凝练、生动形象的译笔贯穿整个译作始终,形成了李译本又一鲜明的译语风格。[①]

另外,方华文的《20 世纪中国翻译史》也指出:"李霁野的翻译是严肃和严谨的,无论是对我国的翻译事业还是汉语的发展,都作出了贡献。"[②]

正因为如此,李译《简·爱》以踏实、严谨的风格影响深远,当代著名出版家龚明德曾说:"其后出现的几个译本我都核校过部分文字,所下的功夫大多不及李霁野……这些后来的译者在翻译《简·爱》时,手头大多摆有一部李霁野译本《简·爱》。"[③]

在翻译英国诗人威廉·华兹华斯(William Wordsworth)的诗歌《水仙花》(The Daffodils)时,李霁野同样认为:"尽力保存原诗的形式。我觉得译诗主要是借鉴,要保持原始的行节和全诗的形式,包括脚韵在内。"但他进一步指出,诗歌翻译需要充分发挥译者的主体性,因为"译诗比译散文要稍自由些",且"保存原诗的形式不能绝对化,自由些也有程度之差,这只能由译者自己去掌握分寸了"[④]。此诗

---

① 王洪涛.译路先行·文学引介·思想启蒙:李译《简·爱》之多维评析[J].天津外国语学院学报,2005(6):9-15.
② 方华文.20 世纪中国翻译史[M].西安:西北大学出版社,2005:364.
③ 龚明德.昨日书香[M].南京:东南大学出版社,2002:106.
④ 李霁野.译诗小议[M]//李霁野文集:第 8 卷.天津:百花文艺出版社,2004:575.

原文与译文如下:

The Daffodils《水仙花》

I wander'd lonely as a cloud,我一个人独自徘徊,
That floats on high o'er vales and hills,像小山幽谷上漂浮的云彩,
When all at once I saw a crowd,突然间我一眼看见,
A host,of golden daffodils;千丛万丛金黄的水仙,
Beside the lake,beneath the trees,在树下,在湖边,
Fluttering and dancing in the breeze.[①]在微风中跳跃招展。[②]

　　华兹华斯是英国杰出的浪漫派诗人代表,其佳作《水仙花》一直被学界视为是一篇伟大的自然诗。原诗属于典型的格律诗,主要以抑扬格为主,每行为四个音步,押韵模式为 ababcc,"节奏明快舒扬,韵律简洁工致"[③]。鉴于诗歌翻译既讲究"译意",也讲究"译味",李霁野的译文与原诗韵式基本保持一致,每行保持相等的音顿,"'顿'数以英诗的'步'对应"[④],从而真正做到了形式、音韵、风格一致。

---

① William Wordsworth.The daffodils[M]//孙梁.英美名诗一百首(英汉对照).北京:中国对外翻译出版公司,1987:103.
② 李霁野.妙意曲英国抒情诗二百首[M].成都:四川人民出版社,1984:197.
③ 袁宪军."水仙"与华兹华斯的诗学理念[M].外国文学研究,2004(5):59-64,174.
④ 金春笙.论诗歌翻译之韵味:从美学角度探讨华兹华斯《水仙》的两种译文[J].四川外语学院学报,2007(4):95-99.

第五章　江淮左翼文学翻译与评介

进入20世纪30年代，随着国家政治形势的急剧变化，皖籍译者群如同全国文坛一样，也发生了重大变化，这一时期中，皖人左翼文学翻译十分引人瞩目。从历史上看，安徽一直都是重要的革命根据地。由于深受经国济世思想影响，他们较早、也较深入地受到西方经济、政治、文化影响，早在辛亥革命时期，安徽就出现了鼓吹革命的"岳王会"、《安徽俗话报》，爆发了"启武汉之先声"的马炮营起义，诞生了威震全国的淮上军。此后，安徽又培育了中国共产党首任书记陈独秀，以及诸多中共早期领导人，如高语罕、王明、许继慎等。1927年以后，热血贲张的安徽青年很快行动起来，以太阳社主要发起人——芜湖钱杏邨、六安蒋光慈为代表，包括歙县叶以群等"左联"骨干成员，积极倡导无产阶级革命文学。这一时期，他们的翻译作品带有明确的革命目的性，认为五四时期陈独秀、胡适等人提出的"世界先进文学思潮"和名家名著已经成为过往，重要的翻译目标只是当下流行的国外左翼文学理论与作品。1928年，钱杏邨就曾著文声称：

(五四)那个时代的文坛，思想是模糊不清的，对于文学的时代意义，大都没有认识清楚的，只不过表现了模糊的反抗精神而已。[①]

他豪情满怀地向批评界呼吁：

文艺批评家的职任就是一个革命家的职任，批评家的任务就是促进革命的进展与成功，批评家要把握住他们的这一种伟大的使命！[②]

叶以群在他的《文艺创作概论》中，也明确阐述：

文学发展的历史证明，文学的纯粹性或中立性，完全是空虚的神话，……最近国际文学的形势，也明确地澄明，一切的文学都有意识无意识的带有党派的性质。……所以，在这时代中，一切文学都具有党派性……[③]

以此为目标，他们的译作选题主要是来自苏联、日本的左翼文艺理论与创作。

---

① 钱杏邨.批评的建设[M]//中国社会科学院文学研究所现代文学研究室."革命文学"论争资料选编：上.北京：人民文学出版社,1981:384.

② 钱杏邨.批评的建设[M]//许觉民,张大明.中国现代文论：下卷.合肥：安徽教育出版社,2010:77.

③ 叶以群.文学的艺术性、倾向性和党派性[M]//文艺创作概论.上海：上海天马书店出版社,1933:37-46.

如钱杏邨化名"钱谦吾"翻译了高尔基的小说《劳动的音乐》《母亲的结婚》《伏尔加河上》；蒋光慈翻译了苏联作家索波里的《寨主》、爱莲堡的《冬天的春笑》、谢芙林娜的《信》、谢廖也夫的《都霞》、里别丁斯的《一周间》、曹斯前珂的《最后的老爷》、富尔曼诺夫的《狱囚》、罗曼诺夫的《技术的语言》《爱的分野》，集为《冬天的春笑：新俄短篇小说》出版；叶以群翻译了高尔基的小说《隐秘的爱》《高尔基给文学青年的信》《给初学写作者及其他：高尔基文艺书信集》，苏联作家塞唯林的《苏联作家论》及《苏联文学讲话》，苏联作家维诺格拉多夫的《新文学教程：到文学之路》，日本左翼剧作家洼川绮妮子的剧本《祈祷》，村山知义的《全线》……所有这些，虽然不乏译文的粗疏，但对沟通中国文学与世界文学，特别是与世界无产阶级文学的联系，还是起到了重要作用。

第一节　蒋光慈的思考与选择

　　蒋光慈(1901～1931)，安徽金寨(原属霍邱)人，原名蒋儒恒，曾用名光赤、侠生等。1917年秋进入安徽芜湖省立五中读书，在一批进步教师的影响下，接受了新思想，积极投入五四爱国运动，并成为芜湖学生运动的组织者和领导者之一。1920年冬，蒋光慈加入社会青年团，次年被派往苏俄东方共产主义劳动者大学学习，1922年12月转为中共党员，1924年回国在上海大学任教。1925年，根据党组织的安排，蒋光慈离沪北上，在冯玉祥部任苏联顾问的翻译，期间出版了诗集《新梦》《哀中国》，小说《少年漂泊者》《短裤党》《冲出云围的月亮》等。

　　蒋光慈是向中国读者系统介绍苏联文学的第一人。早在莫斯科留学期间(1921～1924)，他就十分关注俄国十月革命期间的文学活动，1924年夏回国后，怀抱着"把俄罗斯文学详细地向国人介绍一下"①的意愿，他用当时所能掌握的革命文学理论来分析十月革命后的苏联文学，写成十余万字的《十月革命与俄罗斯文学》，介绍了布洛克、伊利亚·爱伦堡、叶赛宁、谢拉皮翁兄弟、杰米里扬·别德内依、皮涅克、马雅可夫斯基，以及十月革命后涌现出的里别丁斯基等一批作家和诗人。有论者认为：

　　　　在20世纪20年代初，不但是在中国，就是在苏联，研读这些受攻击、受毁谤的革命作家的作品，也需要明智和敏锐。蒋光慈具有应有的勇气和智力。他那为真理而献身的热情，决心排除中国黑暗世纪的尘垢，给他一种追求知识的无所顾忌的科学方法，使蒋光慈成为较早地总结苏联十

---

① 蒋光慈.俄罗斯文学[M].上海：创造社出版部，1927：序言.

月革命后革命文学发展史的中国作家,后来并使它在中国传播下去。①

此书稿自1926年4月起,连载于《创造月刊》,1927年10月与屈维它(瞿秋白笔名)所撰《十月革命前的俄罗斯文学》一道结集出版,定名为《俄罗斯文学》。此后,蒋光慈还发表大量理论文章,如《经济形式与社会关系之变迁》《唯物史观对于人类社会历史发展的解释》《现代中国社会与革命文学》《现代中国文学与社会生活》《论新旧作家与革命文学》等,指出要从经济角度来阐释文化的发展,文学是社会生活的反映,要反映新旧冲突的斗争时代。"革命文学"以及"革命文学作家"要走到时代的前列等苏俄马克思主义文艺理论,在当时社会产生了重大影响,也成为"太阳社"的思想理论基础。

当然,欲使国人真正了解苏联文学,仅有"介绍"还是不够的。留苏期间,蒋光慈就开始了苏联诗歌的翻译。1922年,他对照《俄华大词典》,以歌词形式精心翻译了一首比较适合中国读者口味的《劳工歌》,这首诗歌成为了他翻译俄语诗歌的处女作。这篇作品的译文努力采用中国民歌风,译者选取的通俗路线显而易见,前半部分可称得上是朗朗上口:

谁个给大家饭吃,给大家酒醉?
谁个终日劳动着不息?
谁个拿着犁儿犁地?
谁个拿着锄儿挖煤?
谁个给一些老爷们的衣穿,
自己反露着脚儿,赤着身体,

这些都是我们的劳动兄弟!
我们硬被迫着负着一担,
我们硬被迫着闭着眼睛,
我们硬被拉着走向坟墓去!

谁个天天因在劳苦的工作里,
消磨自己的生活;
终日在汗里作工,血里作工,
总都是为着别个?
太阳的热光晒在谁人的背上?
谁个连点法律,自由都得不着?

这些都是我们的劳动兄弟!

---

① 马德俊.蒋光慈传[M].合肥:安徽人民出版社,2001:44.

我们的命运——奴隶的压迫,
　　我们硬被迫着闭着眼睛,
　　任着懒惰人们的打击!

　　谁个这样柔顺地
　　忍受长时期的暴虐?并且为着俄国"查里"的残杀,
　　谁个的血如水也般地流啊!
　　谁个替自己造了铁锁?
　　谁个将自己儿捆束?

可惜的是,作品后半部的译文比较生硬,也较为标语口号化:

　　我们要得着优美的部分,
　　在这生活的宴会里;
　　并且得着光阴的、意志的自由,
　　行一个健全的得胜礼!
　　我们好好锻炼我们犁儿,剑儿,
　　好同那新的生活过日子!

　　起来罢,劳动兄弟!
　　看啊!——红霞升了,
　　宣开黑夜的沉阴,——
　　这——光明的白昼来了!

　　我们拿着自己的标帜——
　　自由的红旗!
　　他照耀,如火焰一般,
　　震骇他的仇敌。
　　早晨鲜红的霞光,
　　这个标帜——恐怖啊,为着"查里"!
　　前进啊,劳动兄弟!
　　把"查里"的压迫抛尽!
　　我们的眼睛放开了,
　　前进,前进,前进!①

此后,蒋光慈又翻译了那特孙、涅克拉索夫、布留梭夫、布洛克、巴尔茫特等人的诗歌。其中,《在俄罗斯谁能过好日子》是涅克拉索夫(Negrasoff)花了12年时

---

① 马德俊,方铭.蒋光慈全集:第1卷[M].合肥:合肥工业大学出版社,2017:47.

间写成的大型叙事诗。原诗叙述了来自 7 个不同穷苦村落的穷苦庄稼人,为了"在俄罗斯谁能过好日子"的问题,争论不休:有的说是神父,有的说是地主,有的说是当官的人,还有的说是皇上。最后,他们决定借助神奇的桌布漫游全国,亲眼看看那"过好日子"的人究竟是谁。长诗分为 4 部 19 章,描述这些穷苦庄稼人的所见所闻,但蒋光慈仅仅翻译了此诗的片段,采用的是整齐的韵律、浅易的文言:

在此世界中,心路有两支;请君量智力,到底向何之。一为康庄道,宽阔复逍遥;一些争利者,群起互相挠;生活与目的,乱不分丝毫;因些罪恶物,争斗逞凶豪。精神已被锁,生活已枯槁;阴沉长夜里,黑暗叹迢迢!一为狭窄道,行人须奋勇;精神壮健者,方能敢冲锋;战为劳动者,奴隶与贫穷;挺身代伸雪,扫尽不平种!愿做苦人友,热血化为虹![①]

在此,他忽略了原诗广阔的画面和极富吸引力的民间传奇色彩,也忽略了原作者对各阶层人物形象的刻画,而是紧紧抓住"说理"部分进行翻译,或者干脆说是借原诗内容表达了自己的社会见解和革命愿望。

同样的译介选择还有以白话新诗体翻译的布留梭夫的《暴动》:"破坏旧的,新的就昂起了;打碎锁环,自由就来到了。抛去那一切旧的,——不中用的,残忍的,我们的精神就畅快了……";德国诗人那特孙(Nadson)歌颂光明到来的无题诗:"伊也不带着荆冕,也不负着重担,也不曲着肩儿背着十字架,——伊来到世界上全仗着自己的神力和荣誉,持着闪灼命运的光辉在手里。世界上永没有血泪和仇敌……";亚历山大洛夫斯基的《在火中》:"满城为胜利所沉醉,死者的血已润泽了土地……一点血痕将化成鲜艳的宝石,闪耀于红色的旗帜";以及布洛克的《我要拼命地活着》、巴尔茫特的《人生的格言》、叶贤林的《新的露西》,这些诗都炽烈地表达着诗人为光明和自由而奋斗、歌唱的愿望。

多年来,文学批评界多注意蒋光慈的小说创作,对于他的新诗创作研究寥寥,译诗更没有引起大家的关注,但是,透过这 6 首译诗,我们可以清晰地看到他创作起步时的状态:就内容而论,他更关注的是革命而不是艺术,正如有些研究者所说:"他们的文学活动就是他们政治活动有机的组成部分,这在世界文学关系史上可能是不多见的"[②]。就艺术手法来看,蒋光慈这 6 首译诗无疑是一种创作上的探索,或模拟民歌,如《劳工歌》,或使用整齐的格律,如《无题》(涅克拉索夫),或模仿"湖畔诗社"诗风,如《无题》(那特孙),或为自由体新诗。此间既可看到蒋光慈对国内文坛动向的密切关注(《湖畔》问世于 1922 年 4 月,蒋光慈翻译那特孙诗在同年 8 月),也可以看到译者对于革命文学形式的思考、研究以及风格难以形成时的犹豫不定。

---

① 马德俊,方铭.蒋光慈全集:第 1 卷[M].合肥:合肥工业大学出版社,2017:47-48.
② 刘文飞.俄罗斯文学在中国的接受和传播[M]//朱少华.俄罗斯经典文学作品欣赏.芜湖:安徽师范大学出版社,2011:239.

1924年蒋光慈回国,全身心地致力于无产阶级革命,但是对于苏联文学的关注,依然热情不减。他认为:

> 俄罗斯不但给世界以伟大的革命,而且在现今的时代给了世界以伟大的文学。欧战后欧洲各国的文坛都呈着衰颓的现象,独有俄罗斯一国的文坛异常地振作,异常地勃兴,不断地在生长着。似乎伟大的革命为文学开辟了一条伟大的路;顺着这条路走去,俄国文学的发展更有难以预料的伟大的将来。①

1929年1月1日,蒋光慈以"魏克特"为笔名,在新创刊的《海风周报》上发表《革命后的俄罗斯文学名著》一文,推荐了包括哥尔基(高尔基)的《沙苗根的一生》《阿尔托曼诺夫的家事》《回想录》,阿·托尔斯泰的《爱丽达》《在苦恼中的行程》,爱莲堡的《库尔波夫之生与死》《呼宁尼陀及其学生》,谢拉菲莫维奇的《铁流》,里别丁斯基的《一周间》,罗曼诺夫的《爱的分野》,里丁的《落伍者》,普里司文的《阿尔巴托夫的青年时代》,谢门诺夫的《饥饿》等21位作家的32部作品。他诚恳地告诉读者,自己先"将革命后的俄罗斯文学的名著择要地列出一个表来,待有机会时再一部一部地详细介绍。"②此后,在主编《新流月报》的同时,他翻译了索波里的《寨主》、爱莲堡的《冬天的春笑》、谢芙林娜的《信》、谢廖也夫的《都霞》、里别丁斯基的《一周间》、曹斯前珂的《最后的老爷》、弗尔曼诺夫的《狱囚》、罗曼诺夫的《技术的语言》,结集为《冬天的春笑:新俄短篇小说》,1929年由上海泰东图书局出版。此后《一周间》《爱的分野》又分别于1930年、1932年由北新书局、亚东图书馆出版了单行本。

值得注意的是,蒋光慈介绍给国内读者的21位作家的32部作品,并非全部是苏联革命家的著作——

> 原作者们的派别是不同的,有的属于革命的同路人(谢拉波昂兄弟),有的属于所谓老人派,有的属于青年卫队,有的属于十月,有的无所属。不过这些作者都是倾向于革命的,至少是革命的同情者或不反对革命的。③

实际上,蒋光慈对译作的选择,在以表现革命、歌颂革命为主要标准的同时,也有艺术的考量。譬如,《阿尔托曼诺夫的家事》(后译为《阿尔塔莫诺夫家的事业》)是高尔基晚年创作的一部长篇小说,在高尔基的整个创作生涯中占有重要地位。它"塑造了没有认清正在发生的事情,但背负罪孽的人,背负罪孽回忆的人",有人评价认为"长篇小说的前三部分之一写得不错,构思十分新颖"④。阿·托尔斯泰因善于描绘大规模的群众场面,安排复杂的情节结构,塑造各种不同类型的人物形

---

① 马德俊,方铭.蒋光慈全集:第6卷[M].合肥:合肥工业大学出版社,2017:85.
② 引自魏克特《革命后的俄罗斯文学名著(国外文坛消息)》,见《海风周报》1929年第1期.
③ 马德俊,方铭.蒋光慈全集:第6卷[M].合肥:合肥工业大学出版社,2017:86.
④ 巴赫金.巴赫金全集:第7卷[M].万海松,夏忠宪,周启超,等译.石家庄:河北教育出版社,2009:304.

象,被公认为俄罗斯文学的语言大师。他的《在苦恼中的行程》(后译为《苦难的历程》),创作历时二十余年,"写风景,写环境,写氛围,笔力甚强。作者特别注重衬托、烘托的效果,用曲笔用得极好"①,书中第二部的开篇语"在清水里泡三次,在血水里浴三次,在碱水里煮三次。我们就会纯净得不能再纯净了",流传久远。谢廖也夫所著的《都霞》能够进入蒋光慈的选择范围,是因为:

> 《都霞》白色圈中所悟到的党人的崇高,比在"红"的环境中觉悟的更有价值……这种从侧面表现的方法感动人的地方,比从正面写来得深刻。②

当然,最为突出的当属里别丁斯基的代表作《一周间》。这部作品尤其得到译者的重视,一方面是因为据蒋光慈所说,它是:

> 新俄文学的第一朵花,也就是说从这一部书出世之后,所谓普罗文学得了二个确实的肯定。

它的主题是:

> 最高的道德是要将自己的生命中所有的都献于革命,是死的结果能够促成事业的成功,能够对于革命有利益。

> 它表现从事英雄的、悲壮的、勇敢的行动之主人翁,并未觉得自己的行动是英雄的、悲壮的、勇敢的。所谓伟大的,证明有道德力量的冒险事业,成为日常必要的工作,因此从事冒险的英雄,也就不觉得自己是英雄!③

但耐人寻味的是,这样一部在蒋光慈口中满是革命与牺牲的作品,几乎是在同一时间,得到"雨巷诗人"戴望舒的喜爱,他与苏汶合作翻译,并于1930年出版译作。日本评论家岛村辉在2015年所发表的《李别金斯基著〈一周间〉的接受研究:以英、日、中的国际传播为视角》一文中提出:

> 作为作品中随处可见的、或者说贯穿全篇的色调之一,其感伤的、象征的描写却显示了受陀思妥耶夫斯基、高尔基、别雷等以往俄国作家的影响,从这点来看,作品在很大程度上继承了俄国文学的传统。④

这恐怕才是《一周间》特别受到蒋光慈青睐而没有说出口的内在原因。可以作为佐证材料的是,1929年秋蒋光慈已在《异邦与故国》日记中特别提到,如何使"艺术家能够看得见、认识出,而且艺术地将某一期间之社会生活的主要的脉搏,根本的源泉,表现出来……"⑤也就是革命文学如何避免"政治宣传大纲"加"公式主义的

---

① 丁浩.丁浩文集[M].南京:南京大学出版社,2013:297.
② 引自蒋光慈《新流月报》1929年第1期编后语.
③ 蒋光慈.一周间[M].北京:北新书局,1930:译者后记.
④ 岛村辉.李别金斯基著《一周间》的接受研究:以英、日、中的国际传播为视角[J].东北亚外语研究,2015(2):3-9.
⑤ 蒋光慈.蒋光慈全集:第1卷[M].合肥:合肥工业大学出版社,2017:219.

结构或脸谱主义的人物"的弊端,是一个十分需要关注的问题。同样在 1929 年,蒋光慈推出长篇新作《丽莎的哀怨》,有评论者认为,蒋光慈在此书中描写白俄贵族悲惨生活的反面表现手法,使小说形成散文诗的风格,它以独特的叙事角度彻底冲决了蒋光慈的革命文学创作范式,给读者以惊异与新鲜。① 这种"反面表现方法"的采用,正是蒋光慈受苏联作家影响的结果。

可以说,蒋光慈的译作,表现了中国左翼翻译家译介视野的变化,以及译介对象选择与判断标准的日渐成熟。

第二节 钱杏邨的译作编评与翻译文献整理

钱杏邨(1900~1977),原名钱德富,又名钱德赋,主要笔名有阿英、钱谦吾、张若英、阮无名、鹰隼、魏如晦等。他不仅著有小说、散文、戏剧、文学批评等多种形式的作品,其文学史料建设更是中国现当代文学史上的重要成果。与此同时,他也是 20 世纪 20 年代末、30 年代初在"无产阶级文学"翻译倡导与批评方面有重大影响的人物,是中国现代文学翻译史料搜集整理的功臣。

钱杏邨之所以能取得如此众多的文学成就,离不开家乡水土的哺育。他的家乡安徽省芜湖市是位于长江之滨的历史文化名城。吴家荣先生在《阿英传论》中指出了安徽芜湖这方家乡土地对钱杏邨成长的影响。他说:

> 环境塑造人。植根于阿英心灵深处的文人情结是环境的产物。阿英出生于手工业者家庭,5 岁时,其父钱聚仁就将他带在身边,教他断文识字,7 岁阿英入私塾,两年后,阿英又跟一个学识渊博、诲人不倦的姜老夫子研习四书五经。由此,阿英打下了较为扎实的古文根基,也养成了他一生爱读书的习性。当时,政局动荡、晚清覆灭、科举废止、新学兴起。钱聚仁有点文化,思想也不保守,还与牧师有点交往。阿英 10 岁那年,钱聚仁顺应形势送他到徽州小学接受资产阶级的新学教育。以后又利用各种关系,先后送阿英到教会办的芜湖圣雅各中学、安徽省立第一商业中学以及耒复会办的萃文中学读书。在教会学校,阿英接触到西方的先进文化,并对一些欧美文学名著发生了强烈的兴趣。15 岁时,阿英就在上海的《中外日报》等报刊上用"梅隐"笔名发表译作。他还在《南社》《民权素》等报刊的影响下,如饥似渴地熟读了不少古代诗歌、散文以及《水浒》《三国演义》《红楼梦》等小说。阿英从此与文学结下了不解之缘。②

---

① 胡金凤.谈蒋光慈的早年译著苏联短篇小说《都霞》[N].文艺报,2018-09-17.
② 吴家荣.阿英传论[M].合肥:安徽教育出版社,2009:14.

由于交通便利,芜湖很早就成为通商口岸,人们也较早地接受了新思想、新文化的熏陶。早在晚清时期,这里就活跃着一批思想激进的革命民主主义战士。1903年,皖南绩溪人汪孟邹怀揣"匡时济世"的抱负,在芜湖长街开设了名为"芜湖科学图书社"的书店。它既是陈独秀主编的《安徽俗话报》的"总发卖所",也曾经销《向导》《新潮》《创造周刊》《湘江评论》《语丝》《拓荒者》《生活周刊》《北斗》,被赞为"给新文化做了几十年媒婆,为旧世界播下数千颗逆种"。1904年,陈独秀来到芜湖,编辑出版《安徽俗话报》,开启民智,宣传革命。同年底,安徽旅湘公学从长沙迁至芜湖,改名安徽公学,聘请陈独秀、陶成章、刘师培、张伯纯、苏曼殊、谢无量、柏文蔚等一批誉名海内外的革命党人担任教师,吸引了各地进步青年,培养了一批革命力量。1905年8月,反清革命团体岳王会在芜湖成立,陈独秀任总会长,随后又成立南京、安庆分会和淮北分部,芜湖成为江淮流域革命党人的大本营和革命舆论宣传的中心。1906年,岳王会集体加入同盟会,成为同盟会安徽分会的发展基础,有力地推动了安徽的反清革命运动。同年4月,公立徽州初级师范学校由陈独秀在芜湖创办,着力培养具有革命理论的师资力量,以深入传播革命思想。

辛亥革命胜利后,1912年10月30日,孙中山亲临芜湖考察,在欢迎大会上发表演讲,要求芜湖人民以国家主人翁的地位,用各人的爱国之心,群策群力,尽心办好国家的事情,"能如是,中国前途,自有莫大之希望"[①]。之后,中山先生又根据他对芜湖的考察,在其所著《建国方略实业计划》中,对芜湖建设远景提出了设想和规划。五四运动爆发之后,芜湖反响迅速而又强烈。被胡绳先生在其主编的《从鸦片战争到五四运动》一书中,称为与北京、上海、汉口、长沙、南京、济南同样的全国7个五四运动的典型城市。

从这样一方充满革命激情的土地走出,钱杏邨1926年就参加了中国共产党,1927年大革命失败后到达上海,长期从事革命文艺活动。他与安徽同乡蒋光慈等发起成立了"太阳社",编辑《太阳月刊》《海风周报》等期刊,积极宣传马克思主义文艺思想,广泛介绍苏联、日本等国的无产阶级文学,大力倡导革命文学。

正是在此期间,钱杏邨以"钱谦吾"等为笔名,开始了他的革命文学译介工作。与一般作家的翻译不同,他的主要精力在于对各国"无产阶级文学"译作的"编评",在编辑与评论的过程中进行"无产阶级文学"的理论建设。他认为:

> 我们只要看一个译家所译的书,往往可以想见他的思想,他的信仰,以及他在技巧方面的修养。译品与译家的关系是和创作与创作家的关系一样的。
>
> 至于倾向无产阶级的译家,他们译品的内容和译家的思想也往往是一致的。对于这样的译者,从他们当中的一位的译品里,最近,我得到一

---

① 孙中山.在芜湖各界欢迎会的演说[M]//孙中山全集:第2卷.北京:中华书局,1982:537.

个这样的结论:没有把握得无产阶级的意识,而倾向于无产阶级的小资产阶级作家,他们所译的在他们自己认为是无产阶级的创作,假使不是被大众共同指出的无产者作品或偶而的例外,往往有取着小资产阶级的立场或破产的小资产阶级立场的。

因此,我们希望这样的译家,应该和这样的无产阶级作家一样,先要根本抛弃立场,要把握得无产阶级的意识,这样,才会有良好的无产阶级文艺的译品产生出来。①

对于五四运动以来的中国现代文学翻译选择的"译品",他提出了与《新青年》时期陈独秀、胡适完全不同的看法:

我们目前所有的翻译,究竟能代表什么呢?由于历史的必然性,最惹起读者注意的,不外改良主义的代言者高尔斯华绥,虚无主义的代言者阿尔志跋绥夫,不彻底的人道主义的卑污说教者托尔斯泰,进步的贵族的代言者屠格涅夫,以及紧密的穿着从来的小资产阶级——民治主义的靴子的易卜生……一类作家的著作。这些著作是在不断地影响着我们的读者。②

为了能够使国内革命者了解世界"普罗文学"的创作风貌,更为了青年人"应用着 Marxism(马克思主义)的方法去从事于过去的文艺的检讨"③,钱杏邨编评了多种国外文艺理论与作品并汇集出版,在文坛上产生了异乎寻常的影响,成为中国现代无产阶级文艺批评的主将。

1930年钱杏邨以"钱谦吾"为笔名在上海南强书局出版的《怎样研究新兴文学》一书,可称是其编评无产阶级文学理论的代表作。全书第一章汇集了许楚生译苏联作家布哈林的《史的唯物论理论》、林柏译苏联作家普力汗诺夫④的《艺术论》、冯宪章译日本作家青野季吉的《新艺术概论》、王任叔译日本作家藏原惟人的《组织生活的艺术与认识生活的艺术》、刘一声⑤译苏联作家伊里奇⑥的《党的出版物与文学》,介绍了"新兴阶级"⑦文学的性质。编评者首先借助布哈林的话指出:

"艺术是感情系统化而见之于印像者,艺术之直接的作用,就是感情之社会化的一种手段,就是传播感情,普及感情的一种手段。"

然后,节选藏原惟人的理论进一步推演:

---

① 阿英.小说的起讫与翻译的取材[M]//阿英文集:第1卷.合肥:安徽教育出版社,2003:279-280.
② 阿英.自序[M]//阿英文集:第1卷.合肥:安徽教育出版社,2003:42.
③ 阿英.自序[M]//阿英文集:第1卷.合肥:安徽教育出版社,2003:43.
④ 现译为"普列汉诺夫"。
⑤ 博古笔名。
⑥ 现译为"列宁"。
⑦ 现译为"无产阶级"。

> "艺术,在任何等的意味里,——藏原惟人写着:——都是生活的组织。这无论关于布尔乔亚(Bourgeois)艺术,无论关于新兴阶级(Proletariat)艺术,都可以这样说。……而新兴阶级艺术也以结合或抬高在现在被压迫大众的感情、思想、意志,为它的意识的目的。"

在此基础上,他提出:

> 所以,新兴阶级的艺术,也可以说新兴阶级的文学,要把组织生活的一件事,作为"意识的活动"的最基本的事。

接下来,他援引青野季吉等人的理论指出,新兴阶级的艺术应当是具有鲜明的阶级性的,是作为布尔乔亚的艺术的对立面存在的——

> 第一,在新兴阶级的艺术里,——青野季吉说着:——必须是新兴阶级的思想,即新兴阶级的意识形态为它的内容。所谓以布尔乔亚的阶级的思想为新兴阶级艺术的内容,是从头矛盾的。
>
> 第二,新兴阶级的意识形态,……它的感觉或感情的言辞,不待说不是其他任何的,必须是新兴阶级的。
>
> 所以说,新兴阶级的艺术的发展,就是使艺术内容,新兴阶级意识形态,越发尖锐,充实的意思,是使它的内容作为艺术的手段,新兴阶级艺术家的感觉及感情越发新兴阶级化的意思。

最后,钱杏邨依据刘一声译自列宁的文章,进行总结:

> 所以伊里几说道:"文学活动应当是新兴阶级工作的一部分。它应当是工人阶级前卫军所推动的大机器当中的一个轮齿。文学应当成为集团的工作的一部分,组织的,计划的,统一的,与革命的。"①

显然,这种以"编评"方式集中推介苏联与日本等国的无产阶级文学理论的做法,在看似具有充分的理论依据的表象下,隐含了"取我所需,为我所用"的强烈的革命功利主义思想。仅以刘一声所译苏联作家伊里奇的《党的出版物与文学》为例,此文最初刊载于1926年12月6日出版的《中国青年》杂志第6卷第19号(总第144期),由于译者没有注明原作出典,译文也并非紧贴原文的直译,因此很难反映列宁原作风貌。20世纪80年代中央编译局对此文进行了重新翻译,上述被钱杏邨引用的一段改译为:

> 写作事业应当成为整个无产阶级事业的一部分,成为由整个工人阶级的整个觉悟的先锋队所开动的一部巨大的社会民主主义机器的"齿轮和螺丝钉"。写作事业应当成为社会民主党有组织的、有计划的、统一的党的工作的一个组成部分。②

---

① 阿英.怎样研究新兴文学[M]//阿英文集:第5卷.合肥:安徽教育出版社,2003:3-8.
② 列宁.党的组织和党的出版物[M]//胡钰.新闻理论经典著作选读.北京:清华大学出版社,2016:30.

从"文学"一变而为"写作事业",差异显然是巨大的。

同在 1929 年,钱杏邨还编辑了《力的文艺》与《作品论》,评论国外作家译作。其中《力的文艺》一书收录 14 篇对于俄、日、德、英、法作家译作[①]的批评介绍,显示了此期以"太阳社"为代表的激进的左翼作家的译介选择。在《力的文艺·自序》中,钱杏邨阐述了此书结集出版的主旨:

> 这一部集子诚然的幼稚,不充实,而且关于新的批评方法运用的不纯熟,但是,它是我个人开始学习文艺批评的纪念碑,它也是中国无产阶级文艺批评坛的关于研究各国文艺的最初的一块奠基的泥土,我想用这质地不纯的泥土,来引出几块健全巨大的础石。所以我把它印行了。
>
> ……青年的读者诸君!我现在把这部批评集献给你们,对于你们研究各国文艺,自信是不无一助的。我所批评的著作,都是每个研究各国文艺的人应该精细的研究的。[②]

他从阶级斗争的角度审视这些译作,认为高尔基的创作:

> 他最值得我们称赞的地方,就是他表现其他作家所不肯表现的被压迫者,尤其是被压迫者的活力。被压迫者遭统治阶级的迫害已经很久很久了,但是他们的真面目,因高尔基而介绍给世界的民众,他们的生命的活力,也因着高尔基的表现而在人间活跃起来。他是 Lowest depths 所要求的唯一的作家。[③]

他赞美普希金的《情盗》:

> 在普希金小说集里所收的小说,最能代表普希金的伟大的,只有叙述杜布罗夫斯基的故事的《情盗》。这一篇在全部里最有生气,最能动人。里面的事实,表现了当时俄罗斯帝国的两种对抗的力:大地主的穷凶极恶,与农奴们不屈服的抗斗。他写出了当时俄罗斯人命运的全部,用缩写的方法,说出最后的胜利归于有产者,无产者只有悲愤和失望。我们若把事实都哲理化起来,那就是公理与恶魔的对仗。
>
> ……虽然俄罗斯的旧势力那样猖狂,但农奴们是始终不肯屈服,继续不断的用生命去抗斗,去寻找出路;这是俄罗斯的一点生命,这是天地间最伟大的力。假使没有这一点,仅止于悲哀和浩叹,那是我们所不取的。[④]

他认为《强盗》和《尼伯龙根之歌》特有的精神是:

---

① 这些作品有:塞门诺夫《饥饿》,高尔基《曾经为人的动物》,普希金《情盗》,阿志巴绥夫《朝影》《宁娜》《血痕》,米伦《劳动儿童故事》,席劳《强盗及尼拔龙琪歌》,高尔斯华绥《争斗》,萧伯纳《华伦夫人之职业》,林房雄《牢狱的五月祭》,藤田满雄《波支翁金》,金子洋文《地狱与火鸡》,大仲马《苏兰殊》。
② 阿英.力的文艺·自序[M]//阿英文集:第 1 卷.合肥:安徽教育出版社,2003:43-44.
③ 阿英.曾经为人的动物[M]//阿英文集:第 1 卷.合肥:安徽教育出版社,2003:73.
④ 阿英.情盗[M]//阿英文集:第 1 卷.合肥:安徽教育出版社,2003:74.

两书里所表现的力都是狂风暴雨时代的力,都是伟大的英雄的力的表现的象征,姑无论其为人性的抑非人性的,终竟是人间所不可缺少的力的表现。我们试想,在现代的世界上,能找到几个这样火热的健者呢?能找到几部这样火热的著作呢?我们读的时候,觉得每一个字都在震动,都在咆哮,都成了一把火,都深深的侵入读者的内心。这样的著作,是能够表现人类永久不死的精神的著作,我觉得是我们目前所急切需要的食料。①

而谈到高尔斯华绥的《争斗》——

这剧本所表现的,我们只要细读一过,就可以认识这不是单纯的表现一个罢工事件,是全世界过去的劳资冲突的整个表现,是整个的罢工时代各方面的心理分析;理论的根据,以及所酿成的一切一切的现象,都足以说明二十世纪初期的劳资冲突的实际,这是一部重要的劳动剧。②

在同一思想指导下,钱杏邨1929年出版的《作品论》中有"现代日本文艺的考察""关于俄罗斯文艺的考察""各国文艺考察的断片",1930年出版的《文艺批评集》中有"从浪漫主义到写实主义""新兴创作与日俄文坛",收录了有关日本作家田村俊子的《压迫》、小岛勖的《平地风波》、小川未明的《暴风雪》和《无产阶级者》、叶山嘉树的《卖淫妇》、松田解子的《矿坑姑娘》、山田清三郎的《难看的苦闷》、烟本秋叶的《人形之家》,苏联作家班轲的独幕剧《白茶》、叶贤林(叶赛宁)的新诗、谢廖也夫的《都霞》、高尔基的《拆尔卡士》、奥斯特洛夫斯基的话剧《贫非罪》、安德列夫的《红笑》、达尼烈夫斯基的话剧《流血的日曜日》,以及霍甫德曼、罗曼诺夫、李别金斯基,法国作家嚣俄(雨果)、佐拉等作家的大量文学评论,尽管这些评论大多基于大革命失败后国内革命者激进情绪所需,成为"情绪至上""政治至上"的选择,评价标准基本上都在于是否对倡导政治功利与阶级斗争色彩的"无产文学"有利,但它们的汇集本身,也为后来者提供了研究那一历史时期中国现代文学译介新动向、新潮流的重要线索。

进入左联时期,在革命文学活动的跌宕起伏中,钱杏邨快速地丰富了自身的学养,加深了对文学艺术本质的认识,自觉摒除思想上"左"的错误,不再像前期那样一味强调文学作品的政治价值、宣传工具作用。在国外文学译介方面,也采取了全新的策略,不再仅仅对已经翻译为中文的外国文学作品进行"编评",而是一方面汇集有关译文,编辑出版《安特列夫评传》《高尔基印象记》《托尔斯泰印象记》,另一方面直接投身到翻译之中。自1932年至1941年,他先后翻译出版了《劳动的音乐》《巴士金》《棕色马》《可笑得很》《读书班》《我的教育》《伏尔加河上》《可笑得很》《地

---

① 阿英.《强盗》及《尼伯龙根之歌》[M]//阿英文集:第1卷.合肥:安徽教育出版社,2003:110.
② 阿英.争斗[M]//阿英文集:第1卷.合肥:安徽教育出版社,2003:119.

狱城》《秋天的深夜》《那个迷路的人》等作品,集为《劳动的音乐》《母亲的结婚》《高尔基名著精选》《伏尔加河上》出版。有评论者指出,钱杏邨等人:

  在译介苏联对高尔基形象的阐释和树立上,不仅为中国左翼作家制造了一个革命作家所能取得的巨大成就,所能达到的光辉顶点的神话,也为鼓励他们转变立场,站到无产阶级革命一边树立起一个活生生的榜样。①

  1938年,钱杏邨以独特的章回体形式写作杂文《翻译史话》,内有"普希金初临中土　高尔基远涉重洋""莱芒托夫②一显身手　托尔斯泰两试新装""虚无美人款款西去　黑衣教士施施东来""吟边燕语奇情传海外　蛮陬花劫艳事说冰洲"四节,回顾了西洋文学自光绪年间进入中国的翻译历程。值得注意的是,此文标题虽然颇有戏谑色彩,然而内容确是严谨的考据和分析。如第一节关于普希金作品的译介:

  只要说到俄国文学,从史的发展上,谁都会首先想起亚历山大·普希金。普希金著作之最初译成中文的,是他的名著《甲必丹之女》,时间是光绪二十九年(一九○三)。
  译本封面,题作《俄国情史》,本文前才刻上全称:《俄国情史斯密斯玛利传》,一题《花心蝶梦录》,原著者的名字写作"普希罄"。大宣书局发行。重版时,把封面改题为《花心蝶梦》。
  译者是房州戢翼翚。系就日本高须治助本重译。据吴建常暖国行记》(一九○三),译者姓戢,名翼翚,字元丞,湖北人,留日甚久。全书意译,十三章,约二万言。十九年后(一九二一),才有安寿颐的直译《甲必丹之女》(商务刊本),可是现在也绝版了……③

  1949年以后,他不仅继续写作了《俄罗斯和苏联文学在中国》《易卜生的作品在中国》《关于歌德作品初期的中译》《关于〈巴黎茶花女遗事〉》《赫尔岑在中国》等一些有关文学翻译的专论性文章,而且投入更多精力致力于文学翻译的史料建设。在编辑出版的《晚清小说目》中,他特辟"创作之部"和"翻译之部"两类,翻译类就包括中文译作628部之多。而在接下来汇编的《晚清文学丛钞》九卷中,属于翻译文学的就占了两卷,即中华书局1961年9月初版的《域外文学译文卷》和1961年10月初版的《俄罗斯文学译文卷》。在《域外文学译文卷》卷首的《叙例》中他说:

  本书是晚清域外文学译文的选本。内容收各国诗歌译文一卷,希腊、英、法、德、美、印度及挪威小说、戏剧译文十一种。内林纾译本六种。除

---

① 杨义.二十世纪中国翻译文学史三四十年代:俄苏卷[M].天津:百花文艺出版社,2009:9-10.
② 现译为"莱蒙托夫"。
③ 阿英.翻译史话[M]//阿英文集.第5卷.合肥:安徽教育出版社,2003:781.

俄罗斯文学译文已另编专册外,这些作品都是当时有广大影响的名著、名译或早期译本。①

而《俄罗斯文学译文卷》则收录了克鲁洛夫、普希金、莱蒙托夫、屠格涅夫、托尔斯泰、契诃夫、高尔基等对中国文学影响深远的作家作品。由此可见,此时钱杏邨的选编标准已经较青年时代发生了重大变化,这反映了他对于世界各国文学的中文翻译的冷静谛视,体现出一定的世界文学眼光和民族文学意识。

这些努力,无疑为中国文学翻译史提供了重要的文献资料。于此,我们仿佛透过钱杏邨,看到了曾经活跃在清代历史上的安徽文献学家的身影。

第三节 叶以群的革命文学译介

叶以群(1911~1966),乳名志泰,又名叶元灿,笔名以群、华蒂,出生于历史文化底蕴深厚的安徽歙县蓝田村。这是一座山川秀丽,人才辈出的千年文化古村落,叶氏始迁祖叶孟,后梁时曾官拜大司农、户部尚书。相传蓝田鼎盛时期曾达到"千户万丁"的规模,建有多个当铺、钱庄、诊所药店和很多社稷活动场所,是北宋状元叶椿、清代名医叶天士、清乾隆年间扬州盐纲总商叶天赐、近代教育家叶元龙的故乡。

叶以群少年时代就读于清宣统年间创办的蓝田正谊小学,后随父到杭州,就读于杭州蕙兰中学,积极投身青年学生运动。1929年,他在《浙江潮》上公开发表文章,因号召青年学生冲破社会禁锢遭到逮捕,出狱后留学日本,就读于东京法政大学经济系,在此期间他对革命文学产生了极大兴趣,参加了日本无产阶级科学研究会和中国问题座谈会,阅读和翻译了不少左翼文艺论著和进步作品。1930年叶以群在日本加入了中国左翼作家联盟并成为负责人,回国后,在上海任左联秘书处干事,曾主编《北斗》《青年文艺》等进步文学杂志,以及左联机关刊物《十字街头》,并与丁玲、田汉等人一起加入中国共产党。

在中国现代文学翻译史上,叶以群最大的贡献是对无产阶级文学理论的译介,但他从事文学翻译却是从日、苏文学作品开始的。1929年,叶以群以"华蒂"为笔名,翻译了日本左翼作家村山知义的戏剧作品《全线》(又名《暴力团记》),发表于《战旗》杂志。这部四幕九场话剧描写的是1923年中国工人二·七大罢工事件,曾于东京左翼剧场演出,被日本著名的无产阶级文学批评家藏原惟人赞为"显示了现代日本无产阶级戏剧的最高水平"②。1933年,他又翻译出版了日本无产阶级文学

---

① 阿英.《晚清文学丛钞·域外文学译文》叙例[M]//阿英文集:第4卷.合肥:安徽教育出版社,2003:502.

② 刘德有,马兴国.中日文化交流事典[M].沈阳:辽宁教育出版社,1992:736.

中领军人物洼川绮妮子①的小说《祈祷》。这部作品是作家描写女工生活的五部曲之一：

> 她以自己曾经从事过的女佣生活为素材创作了《洛阳餐馆》(1928年)，以东京毛纱工厂的争议为素材创作了小说《强制归乡》《女工干部的眼泪》《小干部》《祈祷》，这五部作品生动地描写了女工阶级意识的觉醒和成长经历，以及她们所表现出来的独立意识和活力②。

同一阶段，他还与森堡合作，依据外村史郎的日译本转译了高尔基小说《隐秘的爱》《英雄底故事》《嘉拉莫拉》和《逸话》。

自1936年开始，叶以群将自己的精力更多地集中于革命文艺理论译介之中。1936年，他翻译出版了《高尔基给文学青年的信》，收录高尔基致文学青年信23通。1937年，他与邵荃麟合作，翻译出版了《怎样写作高尔基文艺书信集》。此书收录高尔基给初学写作者的信11封，给契诃夫的信4封，给安特列夫的信7封，均为切实讨论写作问题之作。叶、邵之译文流畅简洁，平实易懂，对传播高尔基文学思想极为有利。

同年12月，叶以群还翻译出版了苏联文学史家塞维林、多里福诺夫所著的《苏联文学讲话》，内分"十月革命前的俄国文学""国内战争时期的苏联文学""复兴期的苏联文学""改造期的苏联文学""苏联文学发展底基本道路及其前途"等五章。前四章均包括"总论"和"作家论"两部分，"作家论"介绍该时期苏联代表作家高尔基、白德内③、玛耶可夫斯基④、里白丁斯基、绥拉菲莫维支、里亚西科、潘菲洛夫、倍兹明斯基8人，末附《近代俄国文学年表》及译者《后记》。尽管此书据日译本转译，但在那个年代，已足称是一部影响深远的苏联文学创作介绍。该书多次再版，1941年，译者将书中"作家论"部分节选出来，题名《苏联作家论》，再次出版发行。

实际上，几乎与叶以群的翻译同步，1937年1月，读者书房出版了戴何勿翻译的《苏联文学》，与叶以群所译《苏联文学讲话》为同一书。戴译本虽然也是依据日译本转译而来的，但"中有删除处，都参照俄文原本填补上去了"⑤。此书分为《大俄罗斯文学》和《苏联诸民族的文学》两编，第一编与《苏联文学讲话》基本相同，第二编题为《苏联诸民族的文学》，内有"十月革命前后的诸民族""乌克兰文学""白俄罗斯文学""犹太文学""阿美尼亚文学"及"结论"，末附《苏联文学年表》，中间配有11幅插图及苏联文坛漫画。相比之下，叶译本只有前一编，戴译本显然更为完善；而从文字上考论，叶译本更为流畅易懂。有关这一问题，姚辛在《左联史》一书中作了

---

① 又译为"佐多稻子"。
② 刘春英.日本女性文学史[M].北京：商务印书馆，2012：190.
③ 现译为"别德内依"。
④ 现译为"马雅可夫斯基"。
⑤ 绥维林，托里伏诺夫.苏联文学[M].戴何勿，译.上海：读者书房，1937.

较为详尽的比较①。但从社会影响上来看,叶译本显然流传更广,影响更大。1948年戈宝权著《苏联文学讲话》,在自序部分的注释中提到:

> 塞唯林的书有两种译本:以群译的,题名为《苏联文学讲话》,现改名为《苏联作家论》,上海杂志总公司版;戴何勿译的,题名为《苏联文学》,现已绝版。②

而1947年12月,叶译本则再版,并于全国各大书店发行。

1937年6月,上海读书生活出版社出版了叶以群翻译的《新文学教程》,原著为苏联文学理论家维诺格拉多夫,译者根据熊泽复六的日译本转译,在国内发行10万余册③。有趣的是,同在1937年6月,上海天马书店出版了署名楼逸夫翻译的《新文学教程》,对比两书,除个别小节外,内容基本一致。因此两书均自熊泽复六日译本转译。楼逸夫在《译者的话》中说明:此书也依据日译本转译,由于"原书第四五两篇讲述语言,诗歌方面,因纯为语文声韵问题,无法改译成他国文学,故日译即已删节。"④查叶以群译本,同样没有这些内容。在此后的多次修订中,叶以群就原译本"译文生硬、欧化的地方,尽可能加以修改,希望读起来较为省力、易懂","有一些原来译得不很正确的术语,加以修正,有一些名词,当时因为政治环境所迫,不能不故予隐晦的,都加以改正","因为至今没有找到俄文原本,所以无法作进一步的校正"。这不能不说是本书翻译中的一大缺憾。

1938年,叶以群据苏联《文艺百科全书》"小说"条目的日文本,转译了匈牙利马克思主义文艺理论家卢卡契所著《小说理论》中的部分内容,题名《小说》出版。尽管这并不是卢卡契全书,仅仅是其中节选,但还是受到中国读者的热烈欢迎。

就整体而言,叶以群的文学理论译介因大多为转译,因此难称严谨、准确。但是,他的及时译介,以及译介本的广泛传播,对于中国现代文艺理论的建设,还是具有重要意义的。正如叶子铭先生评说《新文学教程》时所说:

> 今天看来,内容虽已陈旧,一些观点与提法也有明显的历史局限性,但它批判了"拉普派"的唯物辩证法的创作方法这一错误口号,力图对马克思主义的文学原理与文学的基本知识作通俗简明的解释,仍不失为苏联早期的一部有一定价值的文艺理论教材。以群同志从抗战前夕就把它翻译过来,解放前多次重版,解放后又两度修订重印,在国内产生过广泛的影响,成为他文艺理论译作中流传最广、影响最大的一部。如果我们采取历史唯物主义的态度,不以今天的水平苛求前人,那么就应该承认以群同志当年所做的这项工作,是有益的,在历史上起过一定的积极作用的。⑤

---

① 姚辛.左联史[M].北京:光明日报出版社,2006:691-692.
② 戈宝权.苏联文学讲话[M].沈阳:读者书店,1949:自序.
③ 叶以群.新文学教程[M].上海:上海文艺出版社,1959:后记.
④ 楼逸夫.新文学教程[M].上海:天马书店,1937:译者的话.
⑤ 叶以群.以群文艺论文集[M].上海:上海文化出版社,1983:575.

第六章　自由主义文学译者的不俗表现

自20世纪20年代末开始,皖籍文学译者队伍呈现出前所未有的壮大之势。一方面,在陈独秀、胡适等新文学前驱人物的影响下,众多皖籍青年投身于新文学运动,赴北京、上海、南京等地学习创作,至此已臻于成熟。在五四精神的培育下,他们充分意识到译介外国文学作品、为国人获取丰富精神食粮的重要性,于治学、创作之余开始了文学翻译工作。另一方面,众多留学国外的皖籍学子回到祖国,他们大多家境优裕,幼年便接受了良好的传统文化训练,青年时代深受五四运动影响,继而在海外接受了更为深入的人文主义教育,具有扎实的英文功底,拥有从事文学译介的得天独厚的条件。

这两支翻译大军共同的特点是:接受过五四时代所倡导的"人的文学"的口号,对于中国传统文化有比较清醒、客观的认识,既绝对拥护以白话翻译经典,又注意汲取中国传统文学精华。因此,他们的文学翻译在译品选择方面注重经典,注重家国情怀,虽然距离国内政治纷争较远,但距离人类命运的思考和美的追寻目标却很近,能使读者在一个动乱喧嚣的年代里,体会到探究人生与追寻美好的强大吸引力。身处一个动荡的年代,皖籍文学译者群以顽强、坚忍的努力取得不俗的成就,值得在中国文学翻译史上留下自己的足迹。

第一节　被淡忘的绩溪文学译者群

在此期安徽文学翻译史上,一批来自徽州绩溪的学人十分引人瞩目,但却由于种种原因被历史淡忘。这些从青山绿水中走出的译者,不仅向祖国献上了诸多英、美、意、俄著名作家作品的汉译本,而且令人看到了传承千年的绩溪文化在中国现代文学译介中发挥的神奇力量。

崛起于20世纪二三十年代的绩溪文学译者群是一个松散聚落、没有结社、没有统一活动的团体,唯一的特色是成员均出身于万山之中文脉悠久的皖南绩溪县。继新安理学与乾嘉朴学之后,绩溪文人在进入历史新时期的道路上依然奋勇向前。他们是较早睁开眼睛看世界的民众,早在光绪年间,绩溪学者邵作舟(1851~1898)

就著有《邵氏危言》28 篇,直陈当道之腐败,极言变法之必须,胆识超人地将批判矛头直指中国数千年的君主专制,认为:

……泰西之势在民,不能遽强,而亦不可遽弱……中国之势在君,可以一朝而乱,亦可以一朝而治。

……君不甚贵,民不甚贱。其政主于人之自得,民诉诸君,若诉诸其友。国有大事,谋常从下而起,……一兵之发,一钱之税,一条教之变,上不能独专也。中国不然,尊至于天而不可仰视,贱至于犬马鸟兽,鞭挞斩刈,惟上之欲也。

围绕国家制度改革这一目标,他坚决主张普遍引进西方文化:

诚大译诸国史乘、地志、氏族、职官、礼乐、学校、律令事例、赋税程式,一切人情风俗、典章制度与夫伦常教化义理之书,官为刊集,遍布海内,则天下之有志于时势者,不必通其文字语言,而皆可以读其书,究其事,朝得而学之,夕可起而行之。①

在前辈的导引之下,一批批绩溪青年外出求学,同时再将外面的世界告知家乡子弟。怀抱着"中外双钩于笔底,古今一冶于胸中"②的志向,他们携手走出山外广阔的世界。时至五四运动发生,绩溪之子胡适留学归来,任教于北京大学,成为中华文学革命的旗手,这对于新一代绩溪青年而言,其影响力、感召力是巨大的。而他那"今日欲为祖国创造新文学,宜从输入西欧名著入手,使中国人有所取法,有所观摩,然后乃有自己创造新文学可言也"③的号召与身体力行的翻译实践,更促使越来越多的绩溪学子走上外国文学译介之路。

自 20 世纪 20 年代中后期开始,在五四新文学影响下的绩溪青年开始登上译坛。他们多与胡适有着千丝万缕的联系,在求学与创作路上得到过胡适的帮助。

这些青年译者如章衣萍与章铁民。章衣萍(1902~1947),绩溪人,就读于安徽省立第二师范学校时,因思想活跃被除名,辗转上海,投奔亚东图书馆老板汪孟邹。汪孟邹出于同乡情缘,将他介绍给胡适,赴北大预科学习,课余兼做胡适的助手,帮助抄写文稿,厚酬颇丰,不但解决了生活困难,更因接近名教授,知识水平大增。章铁民(1899~1958)同为绩溪人,1917 年入北大理预科,1918 年入北大数学系,1921 年与章衣萍、胡思永在北大成立读书社,1922 年毕业。其间他曾在胡适家居住三年,不仅多受胡适教诲,而且与当时文坛上著名人物鲁迅、周作人等均有交往。1927 年,章衣萍与章铁民翻译了弗洛伊德大力推荐的《少女日记》,由北新书局出版。此书作者是奥地利维也纳一位少女,原序中有弗洛伊德致编者的一封信,认为:

---

① 邵作舟.邵氏危言[M]//危言三种.上海:上海古籍出版社,2013:432-423,473.
② 沈寂.时代碣鉴胡适的白话文·政论·婚恋[M].重庆:重庆出版社,1996:446.
③ 胡适.致陈独秀信[M]//胡适全集:第 23 卷.合肥:安徽教育出版社,2003:95.

> 这日记是一个宝物。我相信，从古以来，没有一种作品像这日记这么使我们能够透彻地看出一个属于文明社会当春情发动期的少女的心灵……不能不使教育学家和心理学者们发生至高的兴趣。①

显然，这是一部真正关注"人"，关注人的心灵与教育的作品，从章衣萍所写《小记》中可见，它的名字进入中国，最早是在《语丝》第 80 期周作人的一篇文章中。"二章"敏锐地感受到此书的价值，认为"这书的译出或者可使中国的道学家教育家和正直的绅士们长些见识"②，于是克服种种困难着手翻译。《少女日记》出版后显然很受欢迎，至 1928 年已有第 4 版问世。2010 年金城出版社出版《少女日记：弗洛伊德推荐的青春期成长故事》，依然给予此书很高的评价，认为它是"第一本也是唯一一本'心理学发展基本文献'系列的书"，再一次从今人认知角度证明了它的价值。但是，此译本称"这本在世界各地以不同语言再版数次的《少女日记》终于有了第一个中文版本"③，淡忘了 83 年前两位前驱者的努力，又不能不说是一个遗憾。

1929 年，章铁民又译英国女作家娜克丝所著《少妇日记》。此书原名为 The Diary of a Young Lady of Fashion in the Year 1764—1765，章铁民介绍：

> 这日记不仅是显示着娜克丝女士的个性和反抗的精神，同时显示着她的卓绝的文艺的天才；她一面绘出当时英吉利和大陆诸国的资产阶级者和绅士们的真面目，一面绘出自己的生活，自己的声音笑貌，和自己的活跃着的心。④

至于翻译背景，他只用一句话就概括出来——"我当着这恢复旧礼教的最高潮中，却来漫译这种缺乏卫道精神的书"⑤——毫无疑问，这是一种对于摧残人性的旧礼教的严肃的文学抗争。

1930 年，章铁民再译挪威作家哈姆生的小说名作《饿》，交由上海水沫书店出版。此书作者哈姆生是 1920 年诺贝尔文学奖获得者，被认为是 20 世纪初期新浪漫主义革新的带头人，而诞生于 1890 年的《饿》则是他的成名作。这部小说"开创了挪威小说的新时期，对整个斯堪的那维亚文坛产生了一定影响"，它的出现，"成了挪威文学的重要事件，使挪威文学摆脱了'问题文学'的一统天下，使'心理文学'脱颖而出"⑥，而章铁民就是此书第一位汉译者⑦。

1928 年，章铁民还翻译出版了《波斯故事》，后改名《波斯传说》再版。本书系据英国罗利谟兄弟辑的《波斯传说》下部《巴克第里亚传说》译出，呼应了 20 世纪 20

---

① 佚名.少女日记上[M].衣萍,铁民,译.4 版.北京：北新书局,1928：原序.
② 佚名.少女日记上[M].衣萍,铁民,译.4 版.北京：北新书局,1928：小记.
③ 佚名.少女日记弗洛伊德推荐的青春期成长故事[M].吴丽萍,陈小齐,译.北京：金城出版社,2010.
④⑤ 娜克丝.少妇日记[M].章铁民,译.北京：北新书局,1929：译者序.
⑥ 吴元迈.20 世纪外国文学简史[M].北京：译林出版社,2013：87-88.
⑦ 1934 年 10 月方有署名"叶树芳编述"的哈姆生《饥饿》，由中学生书局出版。

年代的民间文学与儿童文学的倡导。

就整体而言,章铁民的文学翻译的主题是对五四运动中"人的文学"的延续,而且在一定程度上将"人的文学"从表层引向深入。

与章铁民同中有异,程万孚(1904~1968)、程朱溪(1906~1952)①兄弟的文学翻译,一直遵循胡适提出的"只译名家著作,不译第二流以下的著作"②的原则,对"名家名作"进行翻译。自1927年至1929年,程朱溪翻译出版了高尔基的《我的旅伴》《裁判官的威严》《草原上》(后改为《廿六个和一个》),契诃夫的《决斗》,并与章衣萍合译完成《契诃夫随笔》,程万孚也在1927年翻译了契诃夫的《决斗》,继而于1930年翻译出版了契诃夫的《柴霍夫书信集》。这本书信集的价值在于——

> 小说是作者得了某种印象或想象到时所写的,而一个作家的通信就可以看出他得某种印象或是其所以会有某种想象的情形与原因。小说是虚构的,通信是事实。作者的个性与思想有时可以借小说中的主人翁表出,但远不如在通信上来得真切。③

正因为如此,《柴霍夫书信集》的翻译出版对于我国读者深入认识与研究契诃夫具有重要意义。

同为绩溪人的汪原放(1897~1980),本是亚东图书馆的编辑,在胡适的鼓励与支持下,为中国古典小说的新式排版与标点的使用立下汗马功劳。自20世纪20年代末开始,他也投身于外国文学译介,并且取得了可观成绩。

1928年,汪原放出版他的第一部文学译作《仆人》,内录俄国作家西梅亚乐甫的《仆人》、托尔斯泰的《只有上帝知道》、契诃夫的《赌东道》、梭罗古勃的《捉迷藏》,法国作家莫泊三的《过继》《一个女疯子》等6篇短篇小说,由亚东图书馆出版发行。

1930年,亚东图书馆再出版汪原放根据美国金因公司A.L.Lane的英译本译出的《一千零一夜》(原译本"零"作"〇")。《一千零一夜》的故事在我国译介已久,早在林则徐著《四洲志》时,就曾提到此书;1905年,严复就在其译著《穆勒名学》中将之意译为《天方夜谭》。1900年,近代著名翻译家周桂笙在《采风报》上节译了其中两个故事;1903年5月6日至9月1日,《大陆报》开始连载《一千零一夜》的故事;1904年至1905年,《女子世界》第8至12期连载了周作人用文言文翻译的《侠女奴》(今译《阿里巴巴与四十大盗》)④……但是,直到汪原放的译本出现,才有了首次使用原书名的中译本。此书收录21个阿拉伯民间故事,书中有插图,至1937年已印3版,至1941年该译本就已印行了9版之多,其受欢迎程度可以想见。

---

① 程万孚、程朱溪之父程修兹与胡适有同乡之谊,交情甚笃。
② 引自胡适《建设的文学革命论》,载《新青年》1918年第4卷第4号。
③ 程万孚.柴霍夫书信集[M].上海:亚东图书馆,1931:译后志.
④ 王向远.东方各国文学在中国译介与研究史述论[M].南昌:江西教育出版社,2001:132.

同一年,汪原放根据萧野曼·升喀(Shyama Shankar)英译本所译的《印度七十四故事》问世,内收印度民间故事74篇。1933年,他翻译出版儿童文学作品《六裁判》。1947年,他翻译出版英国作家笛福的名作《鲁滨逊飘流记》。在译介《鲁滨逊飘流记》的过程中,汪原放又将当年标点古典小说的劲头用在此书的翻译编排上。他不仅保留了颇有考据意义的原序,而且附上各种语言版本上的著者传略文字,成为传略之一、之二和之三,严谨而又执著。如此,读者将不仅阅读故事,而且还可以了解各种视角中的笛福。

新中国成立后,汪原放译有高尔基《我的旅伴》与《流浪人契尔卡士》。

综上所述,对五四传统的继承,再加上敢为天下先的进取精神与勤奋的努力,成为绩溪文学译者群的鲜明特征。

第二节　朱湘、周煦良等人的文学翻译

同在这一历史阶段,安徽各地一批少年时代经历了五四新文化洗礼,而后奔赴国内外高等学府求学归来的皖籍学子,纷纷加入文学译介队伍。例如,曾经留学美国密西根(今译"密执安")大学研究院,获法学博士学位的望江学子何世枚(1896～1975),译有英国作家汤姆·盖伦的《当他出生时》和美国作家约瑟夫·霍普金斯的《汤姆与雅典的少女》;从旌德县江村走出,先后赴美国加利福尼亚州、美国芝加哥大学、意林诺大学研究院学习求学的江绍原(1898～1983),1929年译有苏联作家N.欧根涅夫(N. Ognyov)的《新俄大学生日记》,1932年从学者角度翻译了英国作家瑞爱德等的《现代英吉利谣俗及谣俗学》;早年留学日本和美国的怀宁人邓以蛰(1892～1973),1928年以弹词方式译莎士比亚名著、五幕悲剧《罗密欧与朱丽叶》之一段,题为《若邀玖袅新弹词》;出自黟县书香之家的吴道存(1905～1995),译有印度作家尼鲁的《狱中寄给英儿的信》、美国作家根室(John Gunther)的《世界三大独裁》等一系列纪实文学之作;歙县学子姚志伊(笔名姚克)(1905～1991),译有美国作家艾迪博士原著《世界之危境》,英国作家萧伯纳的戏剧《魔鬼的门徒》,1932年,他还与美国友人斯诺一起,共同完成了鲁迅《短篇小说选集》的英译本,向世界介绍了中国的优秀作家,鲁迅亲自为之作序。

在这些人中,朱湘毫无疑问地当属前驱者之列。

朱湘(1904～1933),字子沅,原籍安徽太湖,父亲朱延熺翰林出身,曾任江西学台、湖南道台。朱湘生于湖南沅陵,幼年父母双亡,经济困顿。他1921年在清华学习期间开始新诗创作,1925年出版第一本诗集《夏天》,1927年至1929年,由二嫂

薛琪瑛①资助赴美留学。回国后,朱湘曾任教于国立安徽大学外文系。其第一本译作为 1924 年出版的《路曼尼亚民歌一斑》,为"文学研究会丛书"之一。1929 年,他翻译出版了《英国近代小说集》,并在扉页上题字:"此书呈与我的嫂嫂薛琪瑛女士,赞助我读英文的人。"1936 年,朱湘翻译出版了著名的诗歌译作《番石榴集》。他的生前好友罗念生介绍:

> 朱湘翻译的世界各国的诗歌,包括印度的,在 1930 年集成一部短诗集,取名《若木华集》,开明书店想印又没有印。当即由译者取回,加进一些新译的诗,更名为《番石榴集》。至于现存的《番石榴集》下卷中的长诗,则是诗人在美国留学期间翻译的,其中,《迈克》《老舟子行》《圣亚尼节之夕》,原来命名为《三星集》,这个集子开明书店没有接受,歧山书店接受了,又没有印成。诗人逝世后,商务印书馆把《三星集》和《索赫拉与鲁斯通》附入原来的《番石榴集》,于 1936 年出版。②

不过,正如罗念生所说,诗人朱湘的翻译手法有时等于创作,例如他曾把本·琼生的《给西里亚》第三、四两行译成:

> 我要抱着空杯狂吸,
> 倘若你曾吹气轻呵:

本·琼生的原诗是:

> Or leave a kiss but in the cup
> And I'll not look for wine.

(大意是:"你在杯中留下一吻,我就不再找酒喝。")

这两行借用六世纪希腊诗人阿伽提亚斯的碑铭体诗的意境。希腊文原诗大意是:

> 我不嗜酒;如果我喝得醉醺醺,
> 你先尝一口,递过来,我就接受。
> 只要你用嘴唇抿一抿,那就不容易
> 教我戒酒,同甜蜜的斟酒人分手。
> 这酒杯会从你唇边给我带来亲吻,
> 向我示意它享受过多么大的愉快。

朱湘不直接从英文翻译,而取阿伽提亚斯的原意,近于自己创作,和本·琼生的诗有距离。③

尽管如此,《番石榴集》问世后还是得到各方好评。《大公报·文艺副刊》1936 年第 249 期刊登的《〈番石榴集〉书评》认为:

---

① 见本书第三章"《新青年》文学译者群的构成"一节。
② 罗念生.朱湘译诗集序[M]//罗念生全集补卷.上海:上海人民出版社,2007:416.
③ 罗念生.朱湘译诗集序[M]//罗念生全集补卷.上海:上海人民出版社,2007:418-419.

朱湘氏是位诗人,不过他最早得名似乎是因为翻译诗。这部翻译是极值得称赞的。从曼殊大师翻译外国诗开始以迄今日,没有一本译诗赶得上这部集子选拣的有系统,广博,翻译的忠实。……以一人而译了这些重要的长篇叙事诗和短诗真是惊人的努力。①

除朱湘之外,现代安徽文学翻译史上,还有一位译者与诗歌翻译结缘,他就是周煦良。

周煦良(1905～1984),安徽至德(今池州市东至县)人,出生于天津。其祖父周馥初为李鸿章文案,助其兴办洋务30余载,在北洋海军、武备学堂、天津电报局及开平煤矿创办过程中均有作为,是后期洋务运动实际上的操盘手,曾任两江总督兼南洋大臣,两广总督。身为安徽人,周馥不仅自己嗜好读书,能诗能文,而且极重教育。对外,他助开复旦公学(复旦大学前身)与安徽公学;对内,他严格督教子女,谆谆教导他们"读书如尝食,甘苦在心领;一步一从容,即事即思省;久久心自明,豁然开万顷;矢志金石坚,造物难为梗。"②

良好的家风造就代代有为子孙。东至周氏家族自周馥始五代百年,群英荟萃、人才辈出。周馥长子周学海是晚清进士,更是一名颇有声望的医学家。周学海五个儿子中,长子周今觉为著名数学家、诗人和中国邮票大王,著有《今觉庵诗》四卷;三子周叔弢既是著名实业家,又是一代藏书大家,曾任全国政协副主席。周今觉长子周震良,既是收藏家,又是山东工学院电机系教授;次子即是著名文学翻译家周煦良。

周煦良3岁识字,12岁读英文,15岁进上海大同学院,1926年春考进上海光华大学化学系,1928年春赴英留学,进爱丁堡大学学习哲学、心理学和文学,1932年获文科硕士学位回国,历任上海暨南大学、四川大学、上海光华大学、武汉大学教授。1934年,他翻译了著名的英国天体物理学家金斯的通俗著作《神秘的宇宙》,几年后,又翻译了美国作家E.马尔默(E. Balmer)和P.威利(P. Wylie)的科幻小说《地球末日记》。

如果说《神秘的宇宙》还是周煦良从事文学翻译工作的小荷初露,那么,1947年他对英国诗人艾尔弗雷德·爱德华·豪斯曼(Alfred Edward Housman)作品《西罗普郡少年》的翻译,则令人看到他不可小觑的翻译潜力。由于自幼学习中国古典诗文,周煦良具有深厚的古代文学造诣,尤其精于诗词格律。译介《西罗普郡少年》时,他自然而然地感受到中西诗词在思想韵味上的异同:

……英国菲茨杰拉德译的这位波斯诗人的《鲁拜集》与豪斯曼的《西罗普郡少年》有一点不同。像许多中国诗人一样,欧玛尔强调人生无常,因此要及时行乐:

---

① 引自常风《〈番石榴集〉书评》,见《大公报·文艺副刊》1936年第249期。
② 引自周馥《示海铭两儿四首》其四,见《东至周氏家乘之一第1分册》第8页。

> 来啊！我的亲爱的，把酒杯斟满，
> 一洗过去的悲恨和未来的愁烦，
> 且莫管明朝！怎么？明朝我也许
> 和昨天一同并入已往的七千年。

而中国诗人也说：

> 对酒当歌，人生几何！
> 譬如朝露，去日苦多。

又说：

> 生年不满百，常怀千岁忧，
> 昼短苦夜长，何不秉烛游。

但是豪斯曼的冬天踢足球，夏天打板球，装作高兴的少年心里却想：

> 装装就装装，装装没害处，
> 不懂有多大乐趣，
> 这样拿人的骨头硬竖着，
> 不躺进泥土里去。

像这样了无生趣的心情，在中国诗歌中比较不多见。也许李清照那首有名的《声声慢》词，特别是当我们了解到是她老年住在金华时之作，有点近似，可远不及豪斯曼那样沉痛：

> 看哪，高空和大地挣扎于远始的病苦；
> 一切心思只椎心欲裂，一切都枉然；
> 到处是恐怖，侮蔑，恨毒，忧虑，和愤怒——
> 啊，我为什么要醒转？何时我再得安眠？
>
> （西·四十八）①

在《西罗普郡少年》译者序里，我们还可以看到周煦良对作者人生、心理、情感方方面面的深入了解。正因为有了如此深入的阅读理解，周煦良的翻译自然能够把握原诗的"意境"。比如在"Wearing white for Easter tide"的对应译文中，作者并没有将"Easter"直译为复活节，而是用"佳节"替代，并用"似雪"将其主题思想补充完整，将原文"樱花在复活节时，就像少女穿上白色的衣服那样美"的描述，转化为国人熟悉的"佳节近素衣似雪"的美好意境。

又如此诗第 28 节有：

> High the vanes of Shrewsbury gleam
> Islanded in Severn stream;
> The bridges from the steepled crest
> Cross the water east and west.

---

① 周煦良.周煦良文集 1：舟斋集[M].上海：上海译文出版社，2007：183-184.

周煦良译为：
> 映目的风标闪闪高照，
> 西鲁堡为塞文河水环绕；
> 山头矗尖塔，山侧接长桥，
> 东西横隔千古塞文潮。①

这显然已经打破了原文的语言次序，将"风标"的位置提到"西鲁堡"之前，第三行甚至直用两句"五古"。但这一调整，却在中国读者眼前完美地显现出一派英格兰古老乡间的美丽风景。当然，如此措意，非有深厚的中国古典文学修养者不能为之。

而这正是周煦良的特长。根据这一特长，在维护诗歌"意境"的同时，他更注重译诗的格律，认为与其将原诗韵律一成不变地翻译出来，不如将其转换成本国民众熟悉的韵律和用词方式，才能使译诗更加自然生动。

例如《西罗普郡少年》第二首的翻译：
> Loveliest of trees, the cherry now 樱桃花｜树中｜最娇，
> Is hung with bloom along the bough，日来正｜花压｜枝条，
> And stands about the woodland ride 林地内｜驰道｜夹立，
> Wearing white for Easter tide. 佳节近｜素衣｜似雪。
> Now, of my threescore years and ten，姑许我｜七十｜可俟，
> Twenty will not come again，二十岁｜已不｜再至，
> And take from seventy springs a score 七十春｜除去｜二十，
> It only leaves me fifty more. 我仅有｜五十｜能得。
> And since to look at things in bloom 若伊人｜赏花｜情致，
> Fifty springs are little room，五十春｜殊不｜够多，
> About the woodland I will go 我其去｜林中｜走走，
> To see the cherry hung with snow. 看樱树｜垂垂｜厚雪。②

周煦良解释这一段诗的译法时说：
> 我觉得译诗时不要把原诗的格律看作是那样神圣不可侵犯。我一直主张诗要有格律，有格律才便于吟咏，便于记忆，但不一定非是某一种格律不可，不一定原诗是四音步句就不能译成三音组句，或者扩充为五音组的。③
> ……
> 我觉得原诗有整齐的格律，译诗也应当有整齐的格律，但是译诗的格

---

① 周煦良. 周煦良文集1：舟斋集[M]. 上海：上海译文出版社，2007：51-52.
② 周煦良. 周煦良文集1：舟斋集[M]. 上海：上海译文出版社，2007：41-42.
③ 周煦良. 周煦良文集1：舟斋集[M]. 上海：上海译文出版社，2007：43.

律要不要符合原诗的格律,就得看情形而定。事实上,古今中外译诗的人所关心的,与其说是表现原诗的格律,还不如说是把原诗纳入本国人民所熟悉的格律。①

正因为如此,《西罗普郡少年》的汉译本既有优美的意境,又有严整的格律,既不失霍思曼的风格,又有中国格律诗的特色,读起来余香满口,历久而弥新。

新中国成立后,周煦良的译作不断出版。1951年译有苏联考塞夫泉考夫的《活命的水》,保斯托夫斯基的《金羊毛的国土》,1952年译有法捷耶夫的报告文学《封锁期间的列宁格勒》,1954年与叶封合译东德史梯芬·海姆的《理性的眼睛》,1956年译成英国金斯莱的《水孩子》,1957年译成法国凡尔纳的《天边灯塔》。1982年译有英国作家威廉·萨默赛特·毛姆所著的《刀锋》。这期间他最为辉煌的成就当属1956年至1963年翻译出版的英国著名小说家高尔斯华绥的《福尔赛世家》三部曲:《有产业的人》《骑虎》《出租》。1932年,高尔斯华绥因此书的写作荣获诺贝尔文学奖,周煦良对此三部曲的翻译与汪倜然对《现代喜剧三部曲》的翻译,完成了高尔斯华绥最重要的两个小说系列的译介,不能不说是中国现代翻译史上安徽译者的伟大贡献。

第三节　汪倜然、方重的欧美文学译介

稍晚于朱湘和周煦良,从黟县宏村走出的汪倜然(1906～1988)也是此期安徽文学翻译界十分值得关注的一位译者。

早在1928年,毕业于东吴大学的22岁的汪倜然就开始撰写多部著作,向国人介绍外国文学,先后出版《希腊神话ABC》《俄国文学》《俄国文学ABC》《托尔斯泰生活》《吉诃德先生》以及介绍了法国、瑞典、挪威、意大利、爱尔兰、英国、美国、西班牙、俄国11位外国女作家的《现代女文学家》,介绍巴尔扎克、柴霍夫(契诃夫)、迭更司(狄更斯)、安徒生、萧伯纳、左拉等天才作家事迹的《天才底努力》。这是一位时刻以敏锐的目光扫描欧美文坛的年轻人,仅以他1931年在《前锋》杂志第5期发表的《最近的世界文坛》就可以强烈地感受到这一点②。正因为如此,他总是能以最快的速度抓住最有价值的翻译对象,并将其介绍给国内读者。

1933年,他将1929年以来所翻译的波兰作家显克微支的《忠于艺术》、法国作家都德的《打弹子》、波兰作家伯鲁士的《心灵电报》等13篇短篇小说汇集出版,题

---

①　周煦良.周煦良文集1:舟斋集.上海:上海译文出版社,2007:45.
②　在此文中,汪倜然介绍了挪威作家哈姆生、奥地利作家里尔克、英国作家班乃德、夏芝、萧伯纳等人的近著和近况,以及罗马尼亚、荷兰、爱尔兰文坛的动态。

为《心灵电报:世界短篇杰作选》。同在1933年,汪倜然还翻译出版了英国作家萧伯纳的《黑女寻神记》。当时,萧伯纳的这部长篇小说仅仅问世一年。在1937年版的《译者小言》中,汪倜然提到翻译此书的原因:

> 一是因为他的剧本译文已很多,他的小说却还没有人译过;一是因为这本小说乃精心之作,宛如他著作中的一件"珍品",不但足以表现他的一切特点,抑且充分泄露他的思想意见。所以我觉得,译出此书以介绍于读者,不但能使读者认识文学家的萧伯纳,还能使读者认识思想家的萧伯纳,这当然是一举两得之事。①

就这样,经过汪倜然的努力,《黑女寻神记》可以说是以最快的速度完成汉译本,与广大中国读者见面,这不能不说是中国读者的幸事。

在西方诸位优秀作家中,汪倜然似乎特别钟情于英国小说家、剧作家、1932年诺贝尔文学奖获得者高尔斯华绥。早在1928年10月,他就在孙伏园主编的《贡献旬刊》第4卷第4期发表高尔斯华绥《苹果树》的汉译本。这部小说被作者认为是"我最好的故事之一"②。小说冷静客观地叙述了一个哀婉动人的爱情故事,深刻地揭示了爱情背后所隐藏的人性与情感的困境,营造了充满浪漫主义色彩的、细腻优雅的美学意境,引导读者体会人生的悠长韵味。也许,在那个风云激荡、斗争频频的岁月里,这样的作品多少会显得与社会现实格格不入,但正因为有了它们的存在,才会使人感受到任何历史时期都不会缺少美的存在,不会缺少人们对美好人性的追求。由此开始,汪倜然一生译介了高尔斯华绥的多部著作,并在新中国成立后出版了《高尔斯华绥文集·现代喜剧三部曲》的汉译本,包括《白猿》《银匙》和《天鹅之歌》,这是作者继《福尔赛世家》后的第二个三部曲,它与前一个系列一起,通过一个家族的历史反映了时代和阶级的变迁,在高尔斯华绥的创作史上具有举足轻重的作用。

同样钟情于英国文学的方重(1902~1991),是国内研究乔叟的第一人。他出生于安徽芜湖,因家境清贫,自幼寄养于江苏常州外祖父家。1916年他考入北京清华学校(现清华大学),插班入中等科二年级。1919年,在五四运动热潮中,方重矢志献身文艺,升入高等科时选择主修英国语言文学。1923年,方重于清华结业后赴美留学,先入斯坦福大学,跟随著名学者、乔叟研究专家塔特洛克(John Strong Perry Tatlock)教授攻读英国中世纪文学,后进入加州大学继续攻读。1927年冬,方重归国,由清华同窗闻一多介绍,至南京第四中山大学(即中央大学之前身)执教英国文学。1931年,方重应聘赴武汉大学任外文系主任,1944年应邀赴欧讲学,先后在英国剑桥大学、伦敦大学、爱丁堡大学以及比利时布鲁塞尔大学讲学暨考察,并出任英国三一学院客座教授。1947年,方重又一次回国,执教浙江大

---

① 萧伯纳.黑女寻神记[M].汪倜然,译.上海:启明书局,1937:译者小言.
② 约翰·高尔斯华绥.苹果树[M].黄子祥,译注.北京:商务印书馆,1963:1.

学。新中国成立后,方重教授先后执教于安徽大学、华东师范大学和复旦大学。

早在 1934 年,方重就曾翻译出版《现代英国散文集》,1939 年出版《英国诗歌与散文研究》。他对英国中世纪诗人乔叟及其作品的研究深有造诣,也是国内外公认的乔叟学者。

作为英国文学之父,乔叟在欧洲中古文学中地位极其重要。早在乔叟生前,诗人霍克里夫(Thomas Hoccleve or Occleve,1368~1450?)就誉之为"英语之父",赞颂其创建英语文学语言的伟绩。乔叟去世后,声誉日隆。德莱顿(John Dryden,1631~1700)盛赞他为"英语诗歌之父",布莱克(William Blake,1757~1827)喻他为"文学领域的牛顿和林奈",20 世纪初,高尔基称他为"现实主义文学的奠基人"[1]。早在五四新文学酝酿时期,胡适就曾将乔叟和但丁并举,称"但丁(Dante)之创意大利文,却叟(Chaucer)诸人之创英吉利文,马丁路得(Martin Luther)之创德意志文,未足独有千古矣"[2]。这样一位伟大的英语文学和意大利语文学的开创者,我国文学翻译界自然不能忽视。1916 年就有清末秀才孙毓修在《小说月报》4 卷 1 号的《欧美小说丛谈》一文中,专辟一节为"孝素之名作",介绍乔叟及其《坎推倍利诗》。同年 12 月,林纾与陈家麟也在《小说月报》上发表了《坎特伯雷故事》的部分译作[3]。此后,朱湘也曾雄心勃勃地购买了乔叟全集,打算着手翻译《坎特伯雷故事》,并且已经译好了第一篇的开头 170 多行[4],但最终未能如愿。

20 世纪 30 年代,方重"有感于当时尚未有人把乔叟这位英国文学史上为现实主义文学奠基、为文艺复兴运动铺路的承前启后的伟大作家的作品介绍到中国来,遂发愿翻译。"[5]他第一个将作者 Geoffrey Chaucer 的名字取音译加意译定为"乔叟",巧妙地以"叟"字象征为英国文学始祖之意。这一译名自问世后相传至今,被

---

[1] 曹航.论方重与乔叟[J].中国比较文学,2012(3):32-43.

[2] 胡适.胡适留学日记:1916 年 4 月 5 日[M]//胡适全集:第 28 册.合肥:安徽教育出版社,2003:337.

[3] 林纾、陈家麟合译的九个故事在《小说月报》刊载情况如下:《鸡谈》(*The Nun's Priest's Tale*),载 1916 年第 7 卷第 2 号;《三少年遇死神》(*The Pardoner's Tale*),载 1916 年第 7 卷第 12 号;《格雷西达》(*The Clerk's Tale*),载 1917 年第 8 卷第 2 号;《林妖》(*The Wife of Bath's Tale*),载 1917 年第 8 卷第 3 号;《公主遇难》(*The Man of Law's Tale*),载 1917 年第 8 卷第 6 号;《死口能歌》(*The Prioress's Tale*),载 1917 年第 8 卷第 6 号;《魂灵附体》(*The Squire's Tale*),载 1917 年第 8 卷第 7 号;《决斗得妻》(*The Knight's Tale*),载 1917 年第 8 卷第 10 号;《加木林》(*The Cook's Tale*),载 1925 年第 12 卷第 13 期。其中只有《林妖》一篇署"英国曹西尔原著",其余诸篇均未表明出处。

[4] 朱湘.白朗宁的《异域乡思》与英诗:一封致《文学旬刊》编辑的公开信[M]//朱湘全集:散文卷.合肥:安徽文艺出版社,2017:294.

[5] 方重.坎特伯雷故事[M].上海:译文出版社,1983:25.

中国翻译界普遍认可。1943 年,方重在重庆古今出版社出版《屈罗勒斯与克丽西德》[①],1946 年,他又以英国学者斯基特(W. W. Skeat)编订出版于 19 世纪末的七卷本《乔叟全集》(*The Complete Works of Geoffrey Chaucer*)为主要依据,参考美国学者罗宾逊(F. N. Robinson)编订出版于 20 世纪 30 年代的《杰弗里·乔叟的诗作》(*The Works of Geoffrey Chaucer*),翻译完成《康特波雷故事》,于上海云海出版社出版,内选《坎特伯雷故事集》中的六篇诗体故事《巴斯妇的自述》《林边老妪》《童子的歌声》《意大利故事》《三个恶汉寻找死亡》《腔得克立》,均以散文体译出,卷首有译者序《乔叟和他的康特波雷故事》。半个世纪以后,批评界依然认为:

> 在译文文体的选择上,方重先生以白话文的"评书"文体演绎乔叟善讲故事的五步抑扬格英雄对句诗体,以凸显乔叟诗歌的叙事特征,而篇中的抒情短诗,方先生则对以新诗之形式,使其烘托故事情节发展的抒情性得以兼顾。译文充分发挥了汉语的优势,如影随形,富含韵律,清丽若水,流转娴然,含诗歌般的感染力,亦不失乔叟故事中闾巷异闻的情节跌宕之风采。此外,译文在分段上也能顾及叙述的节奏与情节的连贯性和完整性之间的微妙关系,在艺术性与通俗性的结合上达到很高的境界。[②]

此言诚为不虚。仅以 1955 年译本为例,开篇的文字已堪称精美。作者介绍各位旅伴的文字,在译者笔下不仅性格鲜明,而且诙谐有趣,摇曳多姿:

> 他的儿子和他同路,是一个年轻的侍从,一个情场中人,也是一个活泼的青年战士。他满头的卷发,似乎是压榨机里的出品。他的年龄可能是二十岁,身材不高不矮,十分灵活而富有臂力。……他的衣服上缀着许多红白花饰,好像一片开满鲜花的园地。一天到晚他唱着歌,或吹着笛儿,他像五月的天气一样新鲜。他所穿的短袍,张着两只袖,又长又宽大。他很善于乘骑,能作歌曲,能比武、跳舞、绘画和写作。他热情地求爱,夜晚同夜莺一样不睡。懂礼貌,谦卑,好助人,上餐桌时他在父亲面前代切着盘中的肉。
>
> …………
>
> 还有一位女尼,是女修道院长,……礼拜时她唱得最好,从鼻中哼出调来,十分悦耳,她讲得一口文雅的法语,不过是斯特拉福修道院里的法语,巴黎的法语她并不会讲。她学了一套道地的餐桌礼节,不容许小块食物由唇边漏下,喝汤时她至多让她的指尖沾湿。她能撮起碎块而不让一片落在胸前。她最爱讲礼貌。她的上唇擦得干净,不使杯边留下任何薄层的油渍;她进食时一举一动都极细腻。的确,她是一个饶有志趣,温雅,

---

① 此书现名《特洛勒斯与克丽西德》。1946 年再版时更名为《爱的摧残》,原本的正题改为副题。
② 曹航.论方重与乔叟[J].中国比较文学,2012(3):32 - 43.

举止柔和的人物。她竭力学着宫闱礼节,行为庄重,令人起敬。讲到她的心肠,温柔娇嫩,只消见到一只小鼠挟上了捕机,流着血或是死去,她就禁不住要哭起来。她养育着几只小狗,喂的是烩肉,牛乳和最佳美的面包。如果死了一只,或有人用棍子打了一下,她就要伤心流泪。她富于情感,一副柔肠。她的头巾上叠起整洁的摺痕。细匀的鼻儿,玻璃似的灰色眼珠,红软的小口。上额丰满,足足有一手的宽度;确实,她的身材不能算矮小的了。我还注意到她的外衣十分雅洁。臂膀上套着一串珊瑚珠,夹着绿色的大颗,串珠上挂有一只金质的饰针;针上刻的是第一个字母,后面接着一句拉丁成语,意思是"爱情战胜一切"……①

但是,方重并不因此满足。此后的几十年里,他孜孜矻矻,坚持对乔叟与《坎特伯雷故事》进行深入研究,不仅译出了乔叟的全部诗作,还对他做了系统而深入的研究。其所著所论,开创了我国英美文学研究领域系统研究乔叟的先河。经过长时间的磨砺和精心整理,1955年,上海新文艺出版社出版了他翻译的《坎特伯雷故事集》。1962年,他终于郑重推出上下两册的《乔叟文集》,上卷有《特罗勒斯与克丽西德》,系《屈罗勒斯与克丽西德》的改译本,此外还包括《公爵夫人之书》《声誉之堂》《恩纳丽达与阿赛脱》《众鸟之会》和《善良女子殉情记》;下卷厚厚455页篇幅中,除《坎特伯雷故事集》外,还包括20首经考证确为乔叟所作的短诗。1983年,《坎特伯雷故事》再版,方重写了一篇长序,向读者介绍了乔叟其人及其生活年代、作品创作的历史背景、作品的意义与价值,展示了他多年研究乔叟的深厚底功。

例如,关于译作底本及参阅文献,1955年版是:

> 本译作主要依据英国牛津一九一二年版,一九四六年重印版,史凯脱(W. W. Skeat)编订的乔叟全集本,同时参考牛津版美国刊印的鲁宾森(F. N. Robinson)所编乔叟全集本、和一九四〇年孟莱(J. M. Manly)所编《坎特伯雷故事集》、以及一九四三年美国纽约出版的塔脱洛克与玛凯(Tatlock & Mackaye)两氏所作乔叟全集今译本。②

1983年译本作者序则为:

> 译者所根据的版本,主要是鲁宾逊(F. N. Robinson)所编、牛津大学出版社在美国刊行的一九五七年《乔叟全集》第二版。译者参考过的版本,有牛津大学一九一二年初版、一九四六年重印的史基脱(W. W. Skeat)编订的《乔叟全集》本,一九四三年美国纽约出版的塔脱洛克与玛凯(Tatlock & Mackaye)的英文今译散文体本,一九四〇年孟莱(J. M. Manly)编、美国出版的注释本,并参考了美国一九三四年出版的尼哥尔生(J. U. Nicolson)和一九三五年与一九四六年出版的希尔(Frank

---

① 乔叟.坎特伯雷故事集[M].方重,译.上海:新文艺出版社,1955:1.
② 乔叟.坎特伯雷故事集[M].方重,译.上海:新文艺出版社,1955:版本说明.

Ernest Hill)两人的英文今译诗体本。①

两两对比,可见译者不断学习、不断增益的翻译态度。

实际上,在方重的翻译过程中,除却底本与参考文献的变化、增加,他的译笔也在不断变化之中。上海外国语大学曹航的研究文章特别关注到这一点,他说,方重开始翻译《坎特伯雷故事》的时候,"其时文言犹在,白话成了不可阻挡的时尚。受过严格文言训练的先生,面对着铺天而来的白话,心中却依然荡漾着浓浓的古意",因此:

> 《康特波雷故事》所选 6 个故事篇名的翻译,多带浓重的汉语归化的痕迹,如首篇《巴斯妇的自述》中,以"自述"译"Prologue",次篇以《林边老姬》译"The Tale of the Wyf of Bathe",从中不难看出林纾译笔的影子及其影响。但上述二译,方重先生在《坎特伯雷故事集》中分别改为《巴斯妇的开场语》和《巴斯妇的故事》。译名的变更,无形中彰示的,与其说是翻译标准的时代性问题,即文字形式在某一历史时期自身的可能性问题和读者的可接受性问题,倒不如说是先生对翻译的性质在认识上的一个飞跃。②

出于同一原因,初版译作中以会意的《童子的歌声》译"The Prioresses Tale",以彰示其故事出处的《意大利故事》译"The Tale of the Clerk of Oxenford",以揭示故事道德主题的《三个恶汉寻找死亡》译"The Pardoners Tale",以及以动物的名字《腔得克立》译"The Nonnes Preestes Tale of the Cok and Hen, Chauntecleer and Pertelote"。

> 以上 4 个篇名,方重先生在 50 年代推出的《坎特伯雷故事集》里,分别改译为形式上能与原文并齐驱、且能体现当代特色的《女修道的故事》《学者的故事》《赦罪僧的故事》和《女尼的教士的故事》。③

2017 年,人民文学出版社出版印刷《中国翻译家译丛》,精选杰出文学翻译家的代表译作,以纪念那些"学贯中西,才气纵横""以不倦的译笔为几代读者提供了丰厚的精神食粮"的文学译者,《方重译坎特伯雷故事》赫然在列。

除却乔叟研究与译介,方重先生对莎士比亚也颇有研究。他在 1959 年翻译出版莎士比亚名剧《理查三世》,在序言中不仅介绍了莎士比亚其人,而且讲述了《理查三世》的题材的主要来源和艺术构思,甚至循循善诱地引导读者欣赏其中的经典段落:

> 《理查三世》的题材的主要来源是贺林希德的《英吉利苏格兰与爱尔兰编年史》(Holinshed: The Chronicles of England, Scotland & Ireland)的第二版(1587 年 1 月)以及霍尔的《朗卡斯陀与约克两王室结合记》

---

① 乔叟.坎特伯雷故事[M].方重,译.上海:上海译文出版社,1983:译本序.
②③ 曹航.论方重与乔叟[J].中国比较文学,2012(3):32-43.

(Halle: *The Uinon of the Noble and Jllustriaus Families of Lancaster and York*, pub. by Grofton, 1548)。其中从爱德华四世死后到勃金汉姆叛变的一段事迹,贺林希德又依据了穆尔的《理查三世王朝史》(More: *The History of King Richard the Third*, 1557)。在某些地方,我们有证据说莎士比亚是着重取材于霍尔的。在作者的艺术构思上,他所以会选取这一长段的史迹写出这两套连续的四部曲,且以理查三世与亨利五世作为两个重点来处理,其主要原因固然由于时代现实使诗人内心有所感受,也还可能是由于霍尔的史料中曾用了两个富有戏剧性的对照命题而使他得到了一定的启发。

....

剧情的开展,在开场白之后,一个场面紧跟着一个场面,十分迅速。全剧五幕,理查这个形象自始至终,占据着观众的心灵,使得人人对他充满了厌恶憎恨,而同时又欲罢不能,不能不看下去。在第一幕里我们见他骗取克拉伦斯的由衷的感激,挑唆克拉伦斯和爱德华兄弟间的感情,拨动仇家媳妇恩娜的弱女的心弦,而转过脸来就把她当作笑柄,恶毒地说:"何曾有女子是这样地让人求? 何曾有女子是这样地求到手? 我要娶她,但不要久留着她。"他竟如此的阴险刻薄,人面兽心! 接着他又气愤地跑进宫中,在皇后和她的亲属面前将下一军,咬定她和他们曾在国王耳边"无中生有,挑唆……视我为敌,疑我心狠"。当老后玛加勒在谩骂诅咒的时候,理查却一忽儿对骂,一忽儿开玩笑,弄得观众对他在憎恨之余又不免要发笑起来。这一幕的最后一场是通过克拉伦斯的惨死写出理查的狠毒手腕……①

更难得的是,方重还不辞艰难,将我国古代著名诗人陶渊明的诗文译成英文,介绍给世界人民。谈起向世界译介陶诗的动机,他诚恳地说:

1947年底从伦敦返国之前,我在剑桥、伦敦等地大小旧书店购得多种有关汉诗外译的国外学者的译著,全部带回祖国。其中有克兰默·宾(Cranmer-Byng)的一本1916年出版的汉诗选译集,在序里他说:"西方学者忽视了陶渊明,其实陶诗中值得翻译的诗品不在少数。"

……亚瑟·威利(Arthur Waley)刊行了他的《170首中国诗集》……书中陶诗他仅译了十二首。他在序言里称陶渊明……"不是有所创见的一位思想家,不过由于他别有风趣地反映了当时的社会风尚,因而不失为一个伟大的诗人。"他这类模棱两可的评语不免令人费解……那时他尚未意识到在我国的诗歌传统中陶渊明所处的时代背景和诗人对后世的影响。

---

① 莎士比亚.理查三世[M].方重,译.北京:人民文学出版社,1959:译者序.

……(北京大学王瑶教授)很热诚地告诉我:"国外已译成的陶诗……有梁宗岱的法译本,杨业治的德译本,以及日文、俄文、朝鲜文的译本,……但未见到有系统的英译本"①

于是,为了不让我国古代这位伟大诗人的高风亮节"被世人忽视,或甚至曲解"②,方重下定决心,将陶渊明的大部分诗文译成英文,尽管"译诗不容易,译陶更难"③,但他还是克服种种困难,完成了这一伟大工作。1980年香港商务印书馆出版了方重编译的《陶渊明诗文选译》(*Gleanings from Tao Yuanming, Prose & Poetry*)。1981年美国《华侨日报》专文介绍方重教授,其标题是《乔叟——陶潜——方重》,对方重先生的翻译和研究成果给予了高度评价。

---

①②③ 方重.陶渊明诗文选译[M].上海:上海外语教育出版社,1984:序.

第七章 走向新中国的皖籍译者

1937年8月13日,日本帝国主义侵略军悍然进犯中国最大的城市上海,淞沪抗战爆发。次日,日军军机开始轰炸安徽境内的广德机场。11月12日上海沦陷后,日军分三路合围国民政府首都南京,以一部进犯广德和芜湖。南京沦陷后,日军从长江南北大规模侵入安徽境内,安徽省省会安庆失陷。当此之时,安徽人民纷纷组织起来,大江南北均有英勇抗战的子弟兵。而接受过良好教育的安徽译者,也以手中之笔参与抗战,翻译出一批解读时局、鼓舞人心的纪实文学作品,在中国人民抗战史上留下了自己的印记。

抗战胜利后,安徽文学翻译进入一个硕果累累的历史收获期。一方面,世界各国的经典文学依然以恒久的光芒吸引着安徽文学译者的目光,他们继续着五四运动以来现代文学翻译的优秀传统,将完成托尔斯泰、普希金等文学大家的译介列为自己的奋斗目标;另一方面,新中国的曙光召唤并激发着更多青年译者对苏联文学的热情,十月革命后的苏联文学译介成为安徽译坛一道靓丽的风景线。

越来越多的新中国文学翻译家,正在此时走向成熟。

第一节 纪实文学的翻译

自1931年抗战爆发以后,皖籍文学译者自然而然地集结在反侵略战争大旗之下,意气昂扬地翻译了大量与二战相关的文学作品。其中尤为突出的是纪实文学的译介。他们以译作向中国读者介绍国外与战争相关的人物、事件,更通过译作鼓舞国人反侵略战争的士气,起到了积极的作用。

在这方面行动最早的是姚克。1933年他翻译了美国艾迪博士原著的《世界之危境》,由上海良友图书印刷公司出版。此书著者"生平足迹遍天下":

> 九·一八日本侵入沈阳的时候,艾迪博士恰在当地,一·二八上海战事爆发,他又来上海,所以他对于日本军阀的暴行野心和当地实在的情形是明如观火的。他曾在一九三一年十月十二日以个人的名义发电报至国联及美政府,证明日本军阀之阴谋侵略及一手造成傀儡组织之事实,和中

国方面之无辜及不抵抗。

  他这一次在远东费了五个月的时间在苏俄,高丽,中国,日本观察,才写了这本《世界之危境》(The World's Danger Zone)。

正因为如此,姚克认为

  一个站在中日两国立场之外的第三者的忠实见解是值得我们注意和研究的。①

  抗战时期纪实文学译介中另一位值得关注的安徽学者,当属1931年毕业于复旦大学历史学系的吴道存。1933年他曾参与翻译《英国史》《近代欧洲史》《阿比西尼亚国》《苏联国际生活》等史学著作,抗日战争开始后,他与朋友及时翻译了《日本在华的赌博》,评论中日战争的缘由、战争前夜的中国、日本人口过剩问题,英、日、中、德的远东政策,以及中日战争的前途等,书末还附有介绍1938年5月日本内阁政况等文章三篇,于1939年在商务印书馆出版。次年,吴道存再次翻译出版了琼斯(F. ElwynJones)所著的《民主与法西②的斗争》,揭示法西斯侵略的新技术、法西斯阵线的后面——侵略国家中的和平岁月、民主国家的现阶段,直接服务于世界反法西斯斗争。当然,出于形势的需要,为了动员更多的人投身于反侵略事业,吴道存此时的译介也多了些文学色彩。1936年他译介出版尼赫鲁的《狱中寄给英儿的信》,内容主要为印度政治家尼赫鲁在狱中写给女儿的信,尽管所说问题涉及政治、经济、历史、地理等方面,但父女之间的谈话还是娓娓道来。1937年他与余楠秋根据美国《哈泼斯》(Harpes)杂志翻译了《世界三大独裁》,介绍墨索里尼、希特勒和斯大林三人的身世、性格、生活和政治主张,是一本极富文采的人物传记,余、吴二人的译笔也生动活泼,摇曳生姿:

  每个人是一个各种志愿的决斗场,各种志愿的池沼。慕索里尼初年的志愿,大部份是文学的和智识的。嗜好学问而天资聪敏的他,读过马克斯(Marx),黑格尔(Hegcl),马基雅弗利(Mschia),康德(Kant),尼采(Nietzsche),巴利多(Pareto),索勒尔(Sorrel),他像吸墨水纸一样地吸收了他们的思想,从尼采他学到恨群众,而从马克斯他学到爱他们。他记在他的少年时代,他总是将他的马克斯奖牌放在衣袋里。

  …………

  似乎是没有理性而自己矛盾的阿多夫·希特勒(Adolf Hitler),为一个很复杂的人物——一个不容易敲碎的硬壳果。许多人看起来他是没有什么大了不得的;但是他将六千五百万人民握在他的手里,这六千五百万人民中很有一部份以奴隶姿势来崇拜他,这种奴隶状态是包括爱好,畏惧,和爱国的成份。很少人像他那样由有尊严而到可笑的整个阶段的。

---

① 艾迪博士.世界之危境[M].姚克,译.上海:良友图书印刷公司,1933:序.
② 即法西斯。

他是一个骗子,一个煽动家,一个遭失败的患歇私的里亚者,一个不相配的幸运儿,他又是数百万诚实而头脑清楚的德国人民所极端尊敬的一人。他的非常力量是从何而来呢?①

1940年,吴道存翻译出版了《贝登堡》。此书为"名人传记丛书"之一,记载了英国陆军中将、作家、童军运动的创始者贝登堡的事迹。全书开头就是一段趣味横生的文字:

> 一个微笑与一根短棍能使你对付世界任何的困难,但假使你照西方的古谚"慢慢的,慢慢的捉猴子吧"那格外的好。一个对于国家的稳固原则,对于个人也同样的有用。②

1941年吴道存在病中翻译了美国作家马莎托德(M. Dodd)所著的《德国四年记》,由于当时国际国内环境极其恶劣,他下决心要让读者看到侵略者的本来面目:

> 目前在欧战中,德国取得了局部的胜利。由于德国先后灭了十四个国家……许多人便以为希特勒是如何伟大(他是怎样一个人,本书已有说明),而对他盲目崇拜……其实这是大错特错!希特勒算是成功吗?莫说最后胜利尚成问题,即使他征服了欧洲,他在历史上只是一个文明的摧残者,他的"丰功伟业"也不过是把人类带回"黑暗时代"!③

与吴道存相仿,来自寿县的朱海观(1908~1985)也曾就读于金陵大学历史系,但他同时还在英文系学习。1941年,在抗日战争的相持岁月里,他首先翻译了卡里考斯著的《戴高乐》。在《译者序》里他说:

> 这本书是一位理想家所写,用来献给一位积极,勇敢的人,而这人,正在凭仗他的伟大的进取的精神,将他的祖国从奴隶的命运中拯救出来。
>
> ………………
>
> 凭借着对于胜利的不可动摇的信念,凭借着法兰西的生命的活力,他号召他的同胞,在事业、牺牲、希望方面,和他联系在一起。④

1945年,正风出版社出版了朱海观翻译的苏联作家格罗斯曼所著的《不朽的人民》,这部书以18章的篇幅讲述了苏联卫国战争英雄的事迹,极具鼓舞力量。郭沫若称它是"这次苏德战争中的优秀的成果""它把苏联精神和真理必胜的原因充分地形象化了。"⑤

在抗战时期皖人的纪实文学译作之中,另一个醒目的存在是歙县汪倜然化名华侃翻译的美国作家斯诺夫人的《西行访问记》(原名《革命人物传》),作者热情洋溢地向世界人民介绍了陕北八路军的精神风貌,展现了朱德、徐向前、萧克、贺龙、

---

① 根室.世界三大独裁[M].余楠秋,吴道存,译.上海:中华书局,1937:3,38.
② 吴道存.贝登堡[M].上海:中华书局,1940:1.
③ 马莎托德.德国四年记[M].吴道存,译.北京:国民出版社,1941:译者序.
④ 卡里考斯.戴高乐[M].朱海观,译.北京:中国编译出版社,1941:译者序.
⑤ 格罗斯曼.不朽的人民[M].海观,译.上海:正风出版社,1945:郭序.

罗炳辉、项英、蔡树藩等将领的形象,许多细节的描写十分精彩,译文也相当成功。例如关于作者初见毛泽东与朱德的印象:

> 毛泽东是冷静的,高傲的,奥林匹亚式的,出色地而且智慧地坚强的。他披着他的民主主义,宛如一块未琢的宝玉,藏在璞石里一样。他那长而散乱的头发和不平整的衣服,正显露出一种卓越的自信心,这自信心就是全部人类历史中,学术与艺术天才底特征。高高的身材而两肩微俯,他那耸起的颧骨和特异的容貌,立刻使一个美国人想到亚伯拉罕林肯。而且他也像林肯似地,充满着朴实的风趣,并且是个态度真挚富有吸引力的演说家。他是个民众的"人",但是就个人而论,他却是高特于他的同伴们之上,而和他们分开的。毛氏是个错综的人物,直觉而且敏感,但是具有哲学的头脑和广大的眼光,而不是拘于琐细的认识的。

> 朱德是热心快肠,憨厚而言语沉静;尤其是谦虚,甚至谦虚到抹杀自己的程度——这恰恰和一般人对他的想像完全相反,人们以为他总是一个凶猛的战士,挥动着红缨须的大刀,率领了他的军队冲锋陷阵哩。他具有那种不可多得的富于魔力的个性,能够立刻而且普遍地使得几乎每个人都被其所吸引。在外表上,朱德是普通的身材,长得很结实,很强壮。最特异的一个特点是,他那水汪汪的棕色眼睛,似乎是含有无限的怜悯。我便有这样的一个印象,就是:他在心底里实在是个人道主义者。而这样的人在中国却是很难得的;而且,更难得的是,他虽是一个军人,他却不把战争当作一种事务,而当作一种终止痛苦的方法。他无疑地是一个富于情感且极宽大的人。

尽管我们未能见到著者原稿,但这些风趣的语言、恰当的比喻,也得益于译者高度的文学修养。

此书还有一点尤其值得注意,它是:

> 承作者于本书尚未出版以前,先以原稿全文交给译者,使译者有这机会先译出来,以献给我国的读者。

"译者序"还提到:

> 承斯诺先生以新脱稿而尚未发表过的"项英"一章,先交给译者在本书中发表,使此书底范围能包括到最近的抗战动态,实大足为本书生色。①

此外,1940年代皖籍译者的纪实文学中还有高植译介的《女罪人》。该书深入揭示了二战时期纳粹女间谍的特异活动;而他署名"高地"所译的报告文学《七十一队上升》,则生动形象地描写了二战期间美国飞行员肯莱纳在反侵略战争中的不凡经历;金克木署名止默翻译的《甘地论》,展示了印度领袖甘地在太平洋战争中的方方面面,1941年他又以"维古"为笔名,翻译出版英国作家格林原著的《炮火中的英

---

① 妮姆·韦尔斯.西行访问记[M].华侃,译.上海:光明书局,1939:译者序.

帝国》,令人看到英国人民反法西斯的决心;青年翻译家刘辽逸所译捷克作家尤利斯·伏契克的反侵略战争的优秀作品《绞索勒着脖子时的报告》,苏联作家科夫巴克的《从布其维里到喀尔巴阡山》、列昂捷夫的《第二次世界大战的起源和性质》、科涅楚克的《前线》,这些作品均为深入解读第二次世界大战的来龙去脉,鼓舞民众士气,再现反侵略战争的辉煌作出了贡献。

第二节　高植、金克木的经典文学译介

高植(1911~1960)是一位来自安徽中部,巢湖之滨,被著名作家沈从文称作"以诚实底严肃底态度而创作……把文学当成一种事业"[①]的青年翻译家。

高植13岁时,就读于芜湖萃文中学,后转入南京汇文中学读书。这是一所教会学校,十分重视外语教学,为高植日后的外语学习打下了很好的基础。此后,他再入金陵大学附中读高中,并开始在《申报·自由谈》发表杂文。中学毕业后,高植以优异成绩考入金陵大学社会系,成为费孝通的弟子,日渐成长为一位通晓英、日、俄三国语言的不可多得的人才。恰在此时,他因抗婚与家庭断绝了经济关系,不得不依靠翻译与写作谋生。1932年,高植大学毕业,先在凤阳中学任教,后至中山文化馆任编译。1936年,上海中华书局出版发行了他的小说集《树下集》和中篇小说《黄金时代》。抗战开始后,高植来到重庆,任教于中央政治学校。

1941年,抗日战争进行到第五个年头,人民群众十分关心抗战的前途。高植决心翻译托尔斯泰的文学巨著《战争与和平》,以书中描述法俄战争中俄国爱国者的英雄形象和保卫莫斯科的英勇斗争精神,激励中国人民的抗战意志,去夺取最后胜利。他经常感到,当年俄国的战争与今日的中国,"虽事在两国,时隔百年,却宛然似是今日中国的事情":

> 俄国当时抗战的情形,也可以让我们借鉴。那时,帝俄受侵略,今日中国受侵略;那时,帝俄的军队向后退,甚至宁愿放弃了莫斯科,为的是要长期抗战,如总司令"库图索夫"所说的,"能够救俄国的是军队,与其为了保守一个城市而损失军队,毋宁失城而保留军队"……他是守着这个原则"时间——忍耐"与拿破仑周旋,终于获得最后胜利。这一点诚然与我们的长期抗战原则相合,而将士的英勇(例如主人翁之一的安德来郡王)更是今日中国战士们的写照。中国虽然失去若干城市,但主力尚在,且在加强中,为了在文学杰作上,给中国读者们一个"抗战必胜"的例子,也是我

[①] 沈从文.高植小说集序[M]//沈从文.沈从文全集:第16卷.太原:北岳文艺出版社,2002:318-319.

译此书的一个原因。[1]

但是，译介托尔斯泰的皇皇巨著，毕竟不是一件简单的事情。虽然俄罗斯文学早在五四时期已经引起中国文学界的广泛关注，但那时候的白话翻译，"多集中在能够便捷地翻译出来的短篇小说和中篇型的长篇上"[2]，托尔斯泰的长篇著作中，只有《复活》于1922年出版汉译本。此后，郭沫若依据英文本翻译了《战争与和平》的四分之一，终因不懂俄文，没能全部完成，已完成译本也因"不忠实于原文""在艺术上改变了原作的面目"，受到茅盾尖锐的批评[3]。

高植译介的《战争与和平》，以1935年莫斯科学院版为底本，参考迦纳特（Garnett）的英译本，全部译完后，又以更权威的毛德（Maude）本作为参考。"这个译本不仅解决了高植的不少问题，更有价值的是这个译本中的毛德注释，高植在他的中译本里几乎全部译出。"[4]郭沫若高度评价了高植的译作，认为：

> 在目前军事扰攘时期，高君竟有了这样的毅力来完成了这样宏大的一项工程，并且工作态度又那样有责任心，丝毫也不肯苟且，这怎么也是值得令人佩服的。

他肯定高植的译文：

> 译笔是很简洁而忠实，同时也充分表现着译者性格的谦冲与缜密。

对于高植一定要请郭沫若署名，郭沫若郑重声明：

> 我在这次的全译上丝毫也没有尽过点力量，这完全是高君一人的努力的结晶。假使这里面的前半部多少还保存了一些我的旧译在里面，那也只是经过高君淘取出来的金屑。金屑还混在沙里的时候，固是自然界的产物，但既经淘取出来，提炼成了一个整块，那便是完全是淘金者的产物了。[5]

但是，高植对于《战争与和平》的关爱并没有到此为止。1951年，他以莫斯科国家出版局1941年版为蓝图，参阅1923年和1943年版毛德英译本以及董秋斯译文重新加以修订，译文质量大大提高，1957年新文艺出版社，1981年上海译文出版社都重新出版了这个版本。[6]很多年后，仍有书评人说：

> 如果读者注重译文对原著作者神韵与气质的把握，老翻译家高植的

---

[1] 托尔斯泰.战争与和平[M].郭沫若,高地,译.上海:骆驼书店,1947:译校附言.
[2] 杨义.二十世纪中国翻译文学史三四十年代:俄苏卷[M].天津:百花文艺出版社,2009:212.
[3] 引自味茗（茅盾）《郭译〈战争与和平〉》，见《文学》1934年第2卷第3期.
[4] 杨义.二十世纪中国翻译文学史三四十年代:俄苏卷[M].天津:百花文艺出版社,2009:311.
[5] 托尔斯泰.战争与和平[M].郭沫若,高地,译.上海:骆驼书店1947:郭序.
[6] 杨义.二十世纪中国翻译文学史三四十年代:俄苏卷[M].天津:百花文艺出版社,2009:317.

旧译本《战争与和平》是一个不错的选择。由于译得早,有些地方难免与现在的阅读习惯、语言表达上有差异,但高植译本明显体现出译者厚实的文化底蕴。新译本虽然显得更流畅,更符合现代人的阅读习惯,但多半还是参考了旧译本。从这一点上看来无论如何都无法抹去旧译的开创之功。①

自《战争与和平》汉译本问世之后,高植就将译介托尔斯泰著作作为自己生活的主要目标。1943年,他翻译出版了《复活》,1944年翻译出版了《幼年·少年·青年》,1949年翻译出版了托翁的巅峰之作《安娜·卡列尼娜》,新中国成立后,再与人合作,完成了《论托尔斯泰著作》一书的译介。

杨义主编的《二十世纪中国翻译文学史三四十年代:俄苏卷》介绍了高植翻译《复活》的过程:

> 高植是根据1937年莫斯科国家出版局所印,附有精美插图的"艺术文学"版和毛德英译本翻译的。经过比较他发现这两个译本虽然都是最权威的本子,却在字句和段落上颇有差异,二者均有不少地方是另一本所没有的。高植以原文为主,如遇毛德英译本有多出,或差异之处,即斟酌上下文,加以比较,相互参阅,各取所长。俄文本和英文本的比较,似乎对高植产生了负面影响。因为他看到"英文译本颇能保持原文风格句法,有时全句构造次序几竟相同,而同时又很流利"。英译本的成功使他将之奉为典范,可落实到中译上就成了近乎"字对字,句对句"的"硬译"。他要自己的译文"尽量保持原文的一切,句法力求直译而明显,能不添减文字即不添减",甚至包括俄文里没有冠词,简单句中没有连接动词,他也要在译文中尽量移植过来,不加冠词和"是"。由于俄文与中文的差异远远大于与英文的差异,实在不顺时,他才不得不做些变通。但很明显,对英译本的崇拜使他把"拘泥原文"看得重于"迁就译文",这也就难免他译完通读一遍后"不禁愧然",感觉自己的译文"太差了"。②

尽管高植对《复活》翻译的自我评价甚低,但我们还是可以从这一过程中感受到他对翻译工作的一丝不苟。同样,《幼年·少年·青年》的翻译也是如此。他首先在邵力子处借到1929年莫斯科国家出版局出版的托氏全集第一卷中的原书,再从朱自清处借到1928年牛津大学托氏百年纪念版的第三卷英译本,于反复对比校阅中完成全书的翻译,并且附上注解,以及托氏百年纪念版中威廉·里昂·菲尔普斯(William Lyon Phelps)之序和原书序,从而使整个译本严谨整肃。了解他的人提到他的翻译时,也说:

---

① 黄跃.古典的书香:气吞山河的战争史诗[M].广州:世界图书广东出版公司,2014:311.
② 此段阐述主要依据高植:《复活·译者附序》(文化生活出版社1943年版)。(杨义.二十世纪中国翻译文学史三四十年代:俄苏卷[M].天津:百花文艺出版社,2009:318-319.)

每次翻译外国名著之前,他总是本着精益求精的严谨态度,先精读原文,写下笔记,达到读通、读准、读透,力求不误译。在翻译过程中,他总是反复推敲一词、一句、一个人名、一个地名的译音和语言笔调的准确精练,不惜花费巨大精力查阅大量资料,在搜证各种原著版本和各种译本之后,才着笔翻译。若有疑点往往数易其稿,直到满意为止。译本出版以后,他还要反复阅读,并虚心听取读者意见,找问题,找差距,进行修改补充,以便再版时校正。为此,他充分利用时间,白天工作再多再累,晚间也要坚持4小时工作。[①]

1960年,正当壮年的高植因心脏病猝发去世,不能不说是中国翻译界的一大损失。

与高植专注于托尔斯泰著作译介不同,祖籍安徽寿县的金克木(1912~2000)译著的范围十分宽广。他精通梵语、巴利语、印地语、乌尔都语、世界语、英语、法语、德语等多种外国语言文字。早在1934年,22岁的金克木就翻译了保加利亚斯塔玛托夫著、保加利亚克勒斯大诺夫译为世界语的《海滨别墅与公墓》,由中国世界语书社出版。此后,他又翻译了美国科学家纽康著《通俗天文学》(上海商务印书馆1938年版)和英国作家秦思(Sic James Jeans)的天文学著作《流转的星辰》。

自1945年开始,金克木对多个国家文学著作进行译介,成就卓著。1945年,他翻译出版了印度作家泰戈尔的回忆录《我的童年》,由商务印书馆出版。1947年,他依据沃克(A.T. Walker)的拉丁语原本,翻译了出自古罗马凯撒《高卢战记》中的章节,题名《高卢日耳曼风俗记》,发表于《文学杂志》1947年第11期。至于二战中他翻译的《甘地论》与《炮火中的英帝国》,因前文已述,不再多作介绍。

金克木研究印度文学的成果主要集中在20世纪50年代末、60年代初及80年代,其中《梵语文学史》是梵语文学研究的巅峰之作,也是中国第一部由梵语专家撰写的梵语文学史,而且该书"很长一段时间是这一领域里唯一的一种文学史著作"[②]。《梵语文学史》能够取得这样的成绩,首先得益于金克木先生长期以来对梵语文学的翻译、研究,特别是在翻译原典材料上所下的功夫。他是我国现代翻译和推介印度文学的前驱者,在翻译印度诗歌方面作出巨大贡献。仅翻译印度文学的译著就有泰戈尔的《我的童年》(1945),迦梨陀娑的《云使》(1956),以及《印度古代文艺理论文选》(1980)、《伐致呵利三百咏》(1982)、《印度古诗选译》(1984)、《摩诃婆罗多插话选》(1987),等等。其中泰戈尔之作自不待言,迦梨陀娑是1956年世界和平理事会号召纪念的十位世界文化名人之一,有"印度的莎士比亚"之称。他的诗歌和戏剧创作在世界文学史上具有永久的魅力,是世界文学中的瑰宝,不仅对印

---

① 李一轮,高韶新.作家翻译家高植[J].江淮文史,1996(5):119-122.
② 王邦维.北京大学的印度学研究:八十年的回顾[J].北京大学学报(哲学社会科学版),1998(2):100-106.

度文学,而且对亚洲和欧洲文学都产生了深远的影响,《云使》正是他的代表作,被称为"印度文学史上最早的抒情长诗"①,列入印度古代"六大名诗"之一。

而《伐致呵利三百咏》:

> 是印度最流行的梵文诗集,几乎和我们的《唐诗三百首》一样成为普遍传诵的学诗入门。就体裁而言,它既非史诗的朴素的俗调,也不是其他诗人的雕琢的雅曲,而是比较少堆砌做作容易为一般人所欣赏的自然的诗,在这方面是同类却较它更深刻而且高超的,……同时,诗的内容并非完全是主观的抒情而大半是客观的说出一个道理或说明一种情形,又正是印度人所酷好,而且是充满教训短章的梵文学的特色。于是由这流行的《三百咏》的内容中我们更可以窥见为诗的背景而更受诗的影响的印度人的生活与思想。②

另一部《摩诃婆罗多》:

> 这部大书在印度古时被称为"历史传说"。欧洲人照古希腊荷马的书的归类称它为史诗。这里面有印度古人装进去的种种世界缩影。有家谱和说教,那是祠堂和教堂的世界。有数不清的格言和谚语,那是老人教孩子继承传统的世界。有神向人传授宗教哲学被印度人尊为圣典,那是信仰的世界。还有政治、军事、外交、伦理等统称为"正法"的各种各样的世界。有一个大故事是大世界。还有许多小故事是小世界。③

由此可见,金克木译介印度文学,瞄准的就是经典,尽管这些作品的翻译难度极大。例如,《印度古诗选译》所选的印度古诗,运用的是 1000 年以前通行于印度的文化语言——梵语,另外还有些"俗语",如佛教文献中用到的巴利语。因此,谈到自己的翻译过程,金克木坦白地说:

> 诗已经难译,梵语诗更难,译成中文是难上加难,再用白话又多出一层难。梵诗本身习惯于流行譬喻仿佛我们的"玉臂""蛾眉",又过重文字之美,充分利用多语尾变化的语言的紧凑,又寄托音律于字中长短音的曲调而不用脚韵,又多半是四个十几音的句子组成一首小诗,最短的颂(输卢迦)也有四个八音句(译文中作两行)。把它们转为中国靠平仄脚韵的五七言诗就非改作不可;作词曲稍近似而风格规矩不同,更将不伦不类;译为白话诗又没有确定诗体,而且剥去吟诵的调子,与散文无别,也更不像原诗。我明知这多重难关而仍来一闯,只是作个试验。我试作直译,力求避免增字减字(增字加方括号),只加了标点,尽量照原来语法和字序,不变口气,然后不得已稍用脚韵、字数、平仄抑扬,以求其现出诗形。力用

---

① 黄怀军,詹志和.外国文学史[M].长沙:湖南师范大学出版社,2015:348.
② 金克木.金克木集:第7卷[M].北京:生活•读书•新知三联书店,2011:267.
③ 金克木.金克木集:第7卷[M].北京:生活•读书•新知三联书店,2011:4.

近口语的文字,但也夹文言,因于梵诗既非白话,也不像中国古诗,而呼位(Vocative)虚拟(Potential)等的运用更近我们的词曲而远于诗。我的译体只是试验,所竭力避免的是有意的歪曲。①

但是,有了辛勤的付出必有丰厚的回报,金克木的"试验"取得很大的成功。有论者评价:

> 现在看来,在中国的印度文学翻译中,金克木译《云使》是少见的颇为成功的例子。金克木本人就是现代文学史上的重要的诗人,诗人译诗,最为合适。从译文中可以看出,金克木具有非常敏锐的语言审美感受与表现能力,他用标准的现代汉语,很好地、近乎完美地表现了他所说的原诗的"缓进调",既保留了原诗的印度风味,也体现出现代汉语诗意特征,读起来酣畅、圆润、流丽。②

黄保生先生说:

> 金先生是译诗高手……我曾对照梵文读过《云使》译本,对金先生的翻译艺术由衷钦佩。只是国内的翻译理论家们不谙梵语,无法真切体认。我总惋惜金先生翻译的梵语诗歌不够多。梵语诗库中的一些珍品,惟有金先生这样的译笔才能胜任,也不至于辜负印度古代诗人的智慧和才华。③

也有读者读了金先生译的泰戈尔的《我的童年》后说:

> 从译文可以想见原文的浓度密度丰富程度,泰戈尔回忆童年的家乡,印度前工业化的时代,世情、人物、传统不再,对过往的留恋惋惜在不露声色的幽默中一气呵成,仿佛是诗人灵感奔涌一挥而就,仿佛没有经过精心的结构剪裁,那画卷自然而然长成那么浓淡得宜的一样。金先生的译文是如此的文气连绵,想象原文的浓度密度和表达层次之丰富应该是很可观。译文对这异域的画卷全部以纯熟精当的汉语词汇重新化出,又放进汉语不常用的语序和句法结构中,结果却自然酣畅,异域和亲切的分寸恰到好处,竟然没有流露一丝翻译腔。金先生的译笔呈现出一种风格,一种神韵,似乎是专属于这一篇的——有点《从百草园到三味书屋》糅合了《百年孤独》的味道。简直要忘了是译作,更像是阅读一流的母语作者的原作。④

---

① 金克木.金克木集:第7卷[M].北京:生活·读书·新知三联书店,2011:271.
② 王向远.近百年来我国对印度古典文学的翻译与研究[J].北京师范大学学报(社会科学版),2001(3):61-69.
③ 黄宝生.金克木先生的梵学成就:读《梵竺庐集》[J].北京大学学报(哲学社会科学版),2000(6):145-147.
④ najila.金克木译泰戈尔《我的童年》,实在是太好的译作[EB/OL].(2017-02-12). https://book.douban.com/review/8355952/.

第三节 吕荧与《叶甫盖尼·奥涅金》

现代皖籍译者中与高植同样醉心于俄罗斯经典文学译介的还有吕荧。吕荧(1915~1969),原名何佶,安徽天长人。他7岁起读私塾,13岁赴南京读完小学和中学,阅读了鲁迅等人的作品和苏联小说,开始学习诗歌和散文写作。1935年,20岁的吕荧考取北京大学,开始了人生新阶段。在北大,他兼攻历史、文学、哲学与外语,不仅开阔了视野,丰富了学识,而且于一二·九学生运动中参加了中国共产党的外围组织"民族解放先锋队",开始研读马克思、恩格斯、列宁的著作,并成为北京大学进步文艺团体"浪花社"的主要成员。北平沦陷后,吕荧随流亡学生赴武汉,1938年参加中华全国文艺界抗敌协会,并结识了胡风等文艺界知名人士。1939年吕荧去西南联大复读。1940年,26岁的他在《七月》第6辑第1,2期合刊上以"吕荧"为笔名发表第一篇译作——苏联作家卢卡契的《叙述与描写》,此后,他投入大量精力翻译介绍俄国著名作家普希金的作品,并取得了可观的成就。1943年,远方书店出版了吕荧的译著《普希金论》(卢那察尔斯基著),1944年,重庆之围书屋出版了他翻译的普希金诗体小说《叶普盖尼·奥涅金》。1945年,他和夫人潘俊德自费出版论文集《人的花朵》,书中不仅对鲁迅、艾青、田汉、曹禺等革命作家的现实主义作品给予高度评价,而且对普列汉诺夫等人的著作进行了探讨研究。1947年,吕荧的译著《普希金传》(吉尔波丁著)、《叙述与描写》(匈·卢卡契著),由上海新文艺出版社出版。

普希金的名字,很早就已进入中国文化界。1900年,上海光学会刊行的《俄国政俗通考》中就提到了普希金:"俄国亦有著名之诗家,有名普世经者,尤为名震一时。"[①]此后,鲁迅、瞿秋白、郑振铎等人均不止一次地提到这位伟大的俄罗斯作家。但是,当被别林斯基誉为"俄国生活的百科全书"的普希金的名著《叶甫盖尼·奥涅金》被介绍到中国来时,最初只有一些片段的译文。1930年代之初,《时事类编》发表了依据世界语翻译的部分章节,此后,越来越多的章节得以译出,但真正中文译本的出现,一直等到1942年甦夫的《欧根·奥尼金》问世。可惜的是,该版本仅译了原书的八章,而且依据的依然是世界语译本,参考了米川正夫的日译本,并非来自俄文版,因此错误很多。吕荧就曾指出:

(此书)文字枯涩而且粗率,并且很多地方和原诗出入很大。例如一开头,在《献诗》里,译者写道:"实是接自诗神之所授予。"但是普式庚要在

---

① 戈宝权.《叶甫盖尼·奥涅金》和中国[M]//中国当代翻译百论.重庆:重庆大学出版社,1994:338.

第七章的末尾,才向"古典主义表示敬意",才向诗神缪斯歌唱。再如,译者说奥涅金的父亲是个"谨严的官吏"(一章三);奥涅金有"养母抚育","养父管教"(一章三),"满身珠宝"(一章四),"唯一令他深爱的是捧着拿梭的诗集,独自高声地朗诵"(一章八);在乡下,他用"人头税"代替强制劳役(二章四),"骑着驯服的马匹娴雅地到处去觅一些酒食"(四章三九);连斯基是一个"天真纯朴的无智汉"(二章七),还没有结婚就有个"岳母"(三章三六);奥尔伽是"所谓美中之美"(二章二三);妲姬雅娜"用恶毒的视线射向兰斯基的身上去"(三章三六),"她比奥列加更年轻"(七章二五);顶倒霉的:妲姬雅娜被迫着"像要呕吐"(三章十九),"一失脚就掉下"小河(三章三九),还累年老的姆妈跑去送信(三章三五)……这都是在原文中没有的描写,在这些诗句里,奥涅金和妲姬雅娜的形象,甚至普式庚自己,都受到了歪曲和损伤。

....

此外,还有更甚的,甦夫先生将席勒(Schillor)当作雪莱(Shelley),说兰斯基"携带着竖琴放浪于雪莱与歌德的王国的天空下"(二章九);将房达克(Vandyck)当作"文艺复兴时意大利名画家"文西(Vinci)(三章五,注六);道德"无双的"格郎狄森译作"美貌无比的"格郎狄森(三章九);历史上著名的埃及女王克洛佩特拉(Cleopatra)弄成"口笛"的调子(一章一七);odo(颂诗)译作"盛以庄重之内容"的"一种诗体"(四章三三,注十五);菲布斯(Phoebus)和阿波罗(Apollo),只要稍知希腊神话,或是无论考查任何典籍,都可以知道是一个人。菲布斯是阿波罗的别称,就是太阳神及诗神。而甦夫先生认为"虎坡及阿波罗为太阳及诗神之子(出自古希腊神话)"(三章一三,注十九);并且将古特罗战场从爱琴海滨的弗里基亚(Phrigia)弄到地中海滨的腓尼基(Phenicia)(五章三八,东西相去八百英里之远(据海蒙二氏"上古史",Hayes and Moon:Ancient History)。又将妲尼亚(Tanya,妲姬稚娜的爱称)任意改作"安娜"(Anna);法文Madame(马丹或夫人)译作"养母",Mons(麦歇和先生)译作"养父"(一章三),而"夫人"的缩写Mms译作"马默"(三章九,注八);英文Poastbeef(烤牛肉)译成"露斯打米福酒"(一章十六),Beef Steak(牛排)译成可以"呷"的"卑服斯地又"(一章三十七)……①

为纠正这些错误,也为纪念普希金这部长诗出版110周年,1941年一个冬夜,吕荧在昆明开始根据俄文本翻译全部的《欧根·奥涅金》,并于1942年2月在重庆自费出版,1947年由上海希望社正式出版。这是我国第一本依据俄文本直接翻译

---

① 吕荧.《欧根·奥涅金》译本跋[M]//谷羽.从《奥涅金》到《静静的顿河》高尚的理想与不懈的追求上.北京:西苑出版社,2016:144-145.

的《奥涅金》,全书采用诗歌体裁,附有大量注释,可信度与可读性都很高,得到读者的一致认可,问世之后即不断再版。后来,译者又将书名校订为《叶甫盖尼·奥涅金》,被后世译者广泛采用。

众所周知,翻译外国诗歌作品是一项十分困难的工作,翻译普希金的《叶甫盖尼·奥涅金》尤其困难,因此书中存在着一种"奥涅金诗节"。所谓"奥涅金诗节"是1823年5月9日普希金专门为诗体长诗《叶甫盖尼·奥涅金》创立的。它的结构可以看作由前后两部分组成:由两个四行诗(abab ccdd)组成的八行是前一部分,由两个三行诗(eff egg)组成的六行是后一部分;或者分析成三个四行诗(aabb ccdd effe)和一个两行诗(gg)。每一诗节都把叙事和抒情巧妙地结合在一起,与它前后的诗节保持着紧密的联系,使整章诗和整部诗形成一个统一的整体。① 怎样将如此独特的"奥涅金诗节"译成中文,是每位译者都遇到的难题。吕荧自然也不例外,在1947年版的《欧根·奥涅金》之《跋》中,吕荧写出了自己的感受:

> 普式庚的原诗有它独创的韵律,叫做"奥涅金诗节",每一节诗14行,韵脚和音节都有一定。……全部诗作约四百节,都在这个生动和谐的韵律中,以抑扬格(iambus)起伏;所以全诗如一湖清水,静静地皱着涟波,轻逸柔和,几乎不用同样的韵律,难以达到那种诗和音乐交溶的境界。

> 但是中国的文字不是俄文,而是在音韵上音节上,和欧洲的文字有根本的差异。如果勉强顾全音韵的格律,势必将要牺牲语言的纯朴;取形体而舍精神,以韵害诗以词害意,不是普式庚的道路,也不是我们的道路。普式庚的原诗虽然有韵,却从容自然,近似散文;所以我用自由诗来翻译。在韵的方面,我用了最广义的韵。诗——无论叙事或抒情,它的韵,应该不仅谐音,而且也要谐意,与诗的意境相和谐;韵的范围应加扩大;凡是不与诗的意境,不与主音绝对不和,互相冲击或是互相干涉而致枯涩的音,都可以合应成韵。韵应该是自然的音律,而不应是人为的桎梏,尤其不应该弄成文字构思的动因。自由诗并不是无韵的,它摆脱了人为的一定的韵律的狭仄性,却展开了韵律的纯真的自由的海洋。②

时至21世纪,有学者总结了吕本《奥涅金》的贡献:

> 1944年出版的吕荧全译本《欧根·奥涅金》,是首次直接从俄文翻译过来的。吕本的主要贡献有四:
>
> 第一,统一了该书译名。吕本问世以前,译名很不一致,如1907年鲁迅的《阿内庚》、1921~1922年瞿秋白的《欧仁·沃聂琴》、1923年郑振铎的《亚尼微》、1943年庄寿慈的《欧根·奥尼金》、苏夫的《奥尼金》等。后

---

① 赵红.文本的多维视角分析与文学翻译:《叶甫盖尼·奥涅金》的汉译研究[M].上海:复旦大学出版社,2007:95.
② 普式庚.欧根·奥涅金[M].吕荧,译.上海:希望社,1947:389-390.

来得到普及的译名《叶甫盖尼·奥涅金》出自吕荧之笔。1954年吕荧译本再版时,第一版的译名《欧根·奥涅金》改为更接近于原文读音的《叶甫盖尼·奥涅金》。实践证明,这一改动已得到研究界和大多数译者的认可,译者王士燮、王智量、冯春、丁鲁、田国彬、顾蕴璞都沿用了这个名称。第二,吕本把《奥涅金》的基本主题比较清晰而且实事求是地传达了出来,为后来者的译介打下了比较可靠的基础。所谓实事求是,就是把原文的文字忠实地转换成汉语,基本不添不减,保持原味。同时也没有去揣测作者的不言之意,没有冒险去挖掘作者的隐含之意。第三,吕本具有很强的知识性。在国人对俄罗斯历史文化背景普遍陌生的情况下,吕本比较全面、具体地传递了《奥涅金》中的知识,帮助人们扫除阅读中的拦路虎,引导人们阅读《奥涅金》,认识普希金。第四,吕荧在翻译中表现出的严谨、谨慎、永求真理的精神,也为后来的《奥涅金》研究和翻译作出了表率。但吕本在音韵和诗歌的意趣方面,表现出相对的不足,削弱了对读者的吸引力。由于翻译思想的局限,吕本在表达方面还保留有一些欧化的形式,比如不少地方还保留着一连串"的"字结构等。总而言之,在四五十年代工具书和参考资料极端缺乏的情况下,译本完成了历史赋予的任务,它的拓荒作用是毋庸置疑的。①

第四节 刘辽逸与荒芜等人的苏俄文学译介

刘辽逸(1915～2001),原名刘长菘,皖北濉溪县临涣镇人。自明清以来,皖北因灾荒、战乱,早已不是秦汉时代的富足之乡,文化也谈不上发达,但濉溪县的临涣镇是个例外。这是一座具有千年历史的古镇,战国时代的城墙至今巍然屹立在古城四周,始建于唐代的文昌宫静静地诉说着当地人对于文化的尊崇。从先秦时代的秦国大夫蹇叔、东汉太尉徐防,到魏晋时期的嵇康、戴逵等,临涣历史中名人辈出,遂有"濉涣文章地,两岸多奇才"之说。刘辽逸的父亲刘荫远青年时代远离家乡参加新军,成为同盟会早期成员之一,20世纪30年代赴莫斯科中山大学学习,毕业后回国。刘辽逸自幼生活在中国古代文化的熏陶之中,长大后又接受了新思想、新文化的影响,16岁就考入北京大学附属高中,第二年加入中国左翼作家联盟和共产主义青年团。高中毕业后,他进入北京大学法商学院读书,参加了举世闻名的一二·九运动,北京沦陷后,刘辽逸转学至西北联合大学俄文商业系,1943年在桂

---

① 赵红.文本的多维视角分析与文学翻译:《叶甫盖尼·奥涅金》的汉译研究[M].上海:复旦大学出版社,2007:250-251.

林从事介绍俄国和苏联文学的工作,开始了译事生涯。

1944年,抗日战争还没结束,刘辽逸即以"聊伊"为笔名,翻译出版了苏联作家科涅楚克的反映苏联卫国战争的三幕剧《前线》,由重庆新知书店出版。1945年,他翻译出版了意大利作家加尔洛·哥利登尼的三幕轻喜剧《风流寡妇》。很快,刘辽逸的译介工作进入高峰,他接连译出苏联作家布黎士汶著儿童中篇小说《太阳的宝库》(1947),法捷耶夫等的《论文学批评的任务》(1948),S.珂夫巴克的《从布其维里到喀尔巴阡山》(1948),俄国作家L.托尔斯泰的《哈泽·穆拉特》(1948),以及捷克作家伏契克的《绞索套着脖子时的报告》。

新中国成立后,刘辽逸以更高的热情投入苏俄文学的翻译介绍工作,大批优秀译作不断问世。由以下统计数字我们可以清晰地看到整个1950年代刘辽逸的译著之丰,更可看到其处在怎样一种高负荷的翻译运转之中:

1950年,他与沈志合译的苏联作家多尔古慎所写的《李森科的故事》由三联书店出版;1951年,中国人民解放军华北军区政治部出版他翻译的法捷耶夫论的《论作家的劳动》;1952年,他的又一部译作——果戈理的《外套》由人民文学出版社出版;1953年,刘译波列伏依的《贡献》由人民文学出版社出版,《作家与生活:第二届全苏青年作家会议论文集》由文艺翻译出版社出版,苏联文学报专论《文学语言中的几个问题》由新文艺出版社出版,斯达哈诺夫等撰、刘辽逸等译的《回忆斯大林》由工人出版社出版;1954年,刘译阿札耶夫长篇小说《远离莫斯科的地方》由人民文学出版社出版,刘辽逸与蒋路合作,完成翻译布罗茨基主编的三卷本《俄国文学史》,由作家出版社出版;1955年,刘译《伏契克文集》由中国青年出版社出版,高尔基的《童年》由人民文学出版社出版;1957年,刘译普希金的《杜布罗夫斯基》由人民文学出版社出版;1958年,刘译安东诺夫的《春》由作家出版社出版;1959年,刘辽逸等人翻译的Г.谢列布里雅柯娃的《马克思的青年时代》由中国青年出版社出版;1960年,伏尔宾等著,刘辽逸、郑雪来译电影文学剧本《列宁的故事》,由工人出版社出版……

更难得的是,刘辽逸在高产的同时还坚持对译介质量的追求。他的译笔优雅简洁,例如《绞索套着脖子时的报告》的开头:

> 坐着,身子紧张地挺得笔直,两手支持着膝盖,凝然不动的视线盯着彼得柴克宫的拷问室发黄的墙壁——这对于思索完全谈不上是一个最方便的姿势。但能让思想也笔直地坐着不动吗?[①]

又如《哈泽·穆拉特》的开头:

> 我穿过田野回家。正是仲夏时节。草地已经割过了,黑麦刚要动手收割。

---

① 伏契克.绞索套着脖子时的报告[M].刘辽逸,译.北京:生活·读书·新知三联书店,1951:1.

  这季节正是百花齐放:红的、白的、粉红的、芬芳而且毛茸茸的三叶草花;傲慢的延命菊花;乳白的、花蕊黄橙橙的、浓郁袭人的"爱不爱"花;甜蜜蜜的山芥花;亭亭玉立的、郁金香形状的、淡紫的和白色的风轮草花;葡萄缠绕的豌豆花;黄的、红的、粉红的、淡紫的玲珑的山萝卜花;微微有点红晕的茸毛、和微微有点愉快香味的车前草花;在青春时代向着太阳发着青辉的、傍晚即进入暮年、变得又蓝又粗的矢车菊花;以及那娇嫩的、有点杏仁味的、立即就衰萎的菟丝子花。①

  前者简洁明了,正体现了一个坚毅男人的思维;而后者则将列夫·托尔斯泰笔下俄罗斯仲夏时节的美丽,翻译得美轮美奂。

  进入历史新时期以后,刘辽逸将大量精力投入到托尔斯泰作品的翻译中,终于完成了《克莱采奏鸣曲》《战争与和平》等名著的译介,并荣获第一届鲁迅文学奖、全国优秀文学翻译彩虹奖。

  来自淮河之滨凤台县的荒芜(1916~1995),原名李乃仁,笔名黄吾、叶芒、李水、淮南、林抒等。他1933年毕业于上海复旦实验高中,1937年毕业于北京大学历史系,读书期间曾参加一二·九运动。1938年离校后,他加入中华全国文艺界抗敌协会,并任长沙抗日青年军官培训班政治教官,后任重庆《世界日报》明珠副刊主编,开始翻译美国诗人麦凯·惠特曼的诗歌。1945年以后,荒芜翻译出版了赛珍珠的长篇小说《新生》(即《高傲的心》)与中篇小说《生命的旅途》,并与潘家洵等人合译美国作家W.萨洛阳、苏联作家舍格亦夫曾斯基等合著的短篇小说集《沉默的人》,1948年翻译美国作家奥尼尔的喜剧《悲悼》三部曲,并与朱葆光合译英文诗集《朗费罗诗选》。

  在这些译作之中,美国作家赛珍珠的两部作品尤其引人瞩目。赛珍珠(1892~1973)跟随传教士父母在中国长大,在中国度过了长达40年的前半生,以写作中国题材的文学作品踏入文坛,进而闻名于世界,并于1938年获诺贝尔文学奖。瑞典皇家学院的颁奖词是:

  赛珍珠女士以她的文学作品促进了西方世界和中国之间的相互理解和欣赏,为西方世界打开了一条路,使西方人用更深的人性和洞察力,去了解一个陌生而遥远的世界。②

  赛珍珠去世后,时任美国总统尼克松称她为"一座沟通东西方文明的人桥"③。但是,由于她的作品大量描写了中国落后的农民形象,因而虽然在西方国家获得至高无上的荣誉,但是却在中国长期受到冷落,评价褒贬不一,并且不得不在1934年

---

  ① 列夫·托尔斯.哈泽·穆拉特[M].刘辽逸,译.北京:作家出版社,1954:1.
  ② 东南大学人文学院.东南大学文科百年纪行[M].南京:东南大学出版社,2003:101.
  ③ 阎焕东."一座沟通东西方文明的人桥":赛珍珠的"中国心"和她的文化使命[J].中国党政干部论坛,2009(10):61-63.

离开中国。

然而,就在这样的争议之中,1945 年荒芜翻译出版了赛珍珠以美国生活为题材的长篇小说《一颗高傲的心》。1946 年,又以"述云·王玢"为笔名,翻译介绍了她讲述战争故事的《生命的旅途》[①]。1949 年 3 月 2 日,该书编者在"二版校后记"中有这样的记载:

> 从《大地》开始以至以后的几部小说中,在赛珍珠笔下的中国农民可说完全是污秽、懒惰、愚昧、无能的宿命论者。也就是,她心目中的中国农民正是许多"洋大人"心目中的中国农民。
>
> 然而,在本书中的农民,已不是王龙式的农民了。在赛珍珠小说中,我们第一次看到了健康的、为自己的命运而奋斗的农民的影子。无疑的,赛珍珠第一次认识了中国人民。虽然她在中国已居留了几十年了。而她,也第一次肯定了这奋斗的方向。由她定书名为《生命的道路》(Journey of Life)就可以看出来了。虽然她的认识,还嫌不够,但发生在赛珍珠身上,不能不说是一件重要的事情。而本书,也不能不说是她重要的一部作品了。[②]

由此可见,荒芜这两部译作,对于国人此后冷静认识、正确评价赛珍珠,具有重要意义。

新中国成立初期,荒芜的文学翻译主要集中于苏联的文学理论和小说上,先后有《苏联文艺论集》《高尔基论美国》,苏联小说《一个英雄的童年时代》《栗子树下》等译著问世。调任中国社会科学院外国文学研究所研究员后,他以"叶芒"为笔名,再次聚焦于美国文学译介,翻译出版了美国当代小说家、剧作家马尔兹的多种作品,如《马尔兹短篇小说集》(1955)、《马尔兹独幕剧选》(1956)、《马尔兹中篇小说选》(1982)、《马尔兹中短篇小说选》(1983),以及四幕话剧《雨果先生》(1983)。

在《马尔兹中篇小说选》附录中,荒芜写作长文,向国内读者介绍了这位美国作家:

> 马尔兹是当代美国卓有成就的进步戏剧家和小说家。
>
> 1908 年 10 月 28 日,马尔兹生在纽约布鲁克林区一个工人家庭里。他的父母都是从东欧迁到美国的移民。父亲是立陶宛人,当过油漆工人,母亲是波兰人,当过缝纫工人。由于家庭关系,马尔兹熟悉美国的东欧移民生活。他在许多作品里,如《大年夜》和《寒冬一月》里,以充满同情的笔触写到他们。
>
> ....
>
> 马尔兹一开始就走上正确的创作道路,把自己的命运和劳动人民的

---

① 此书现代出版社初版本题名《生路》。
② 赛珍珠.生命的旅途[M].荒芜,译.北京:现代出版社,1949:二版校后记.

命运紧紧联系在一起,原因是多方面的。首先他出身于工人家庭。他开始创作的时候,又正赶上1929年到1933年美国经济大恐慌。当时,百业萧条,失业工人数达一千多万。劳动人民从生活实践中认识到资本主义制度的弊病,开始进行斗争,反对阶级压迫,反对法西斯主义。我们知道,马尔兹早在耶鲁念书的时候,就已经接触到马克思主义了。

············

《世道》和《笑声》写的是种族歧视问题。南北美战争虽然宣布了黑奴的解放,但是八十年来,歧视和压迫黑人问题并未彻底解决。民族问题,归根到底是个阶级问题。当阶级压迫在美国社会中仍是主要统治手段时,种族矛盾是无法解决的。《世道》告诉我们,美国农场主如何把他们的意志强加在黑人身上……①

这些介绍,重在与时代相匹配,凸显了译介一位美国作家的合理性,也委婉地流露出作为多部美国文学作品的译者,荒芜在那一时代所承受的沉重的政治压力。

---

① 荒芜.马尔兹和他的作品[M]//叶芒.马尔兹中篇小说选.杭州:浙江人民出版社,1982:381-390.

第八章 安徽现代文学翻译的两座高峰

第一节 朱光潜文学理论翻译的伟大成就

自1930年开始,皖籍译者群中成长起一批怀抱人文主义思想,并接受了良好文学训练,既有传统文学底蕴,又有扎实英文功底的年轻人。在复杂喧嚣的中国社会中,他们继承了五四时期"人的文学"的精神,同时对影响祖辈的桐城文学观念有冷静的思考与判断,做到了汲取精华,用于翻译。

在皖籍译者中,桐城的朱光潜是其中最为杰出的代表之一。他集美学家、文艺理论家与翻译家于一身,在中国美学史和中国翻译史上具有举足轻重的地位。他一生翻译了马克思主义经典著作和西方美学家、文艺理论家的重要代表作近300万字,成为沟通东西方文化、译介西方美学的先驱者,为我国的翻译事业作出了巨大贡献,成为中国文学翻译史上的一座高峰。朱光潜翻译的许多优秀外国文学作品阐发着自己所追求的文学主张,表现了对传统文学,特别是桐城气韵的继承,更表现了对五四文学精神的弘扬。他对西方美学的研究与引进对于20世纪中国美学的兴起和发展起到了极其重要的推动作用。他一生著述良多,其中尤以西方美学及文艺理论的译介为多。

朱光潜(1897~1986),笔名孟实,安徽桐城人。出生于安徽省桐城县一个书香之家,他6岁起便在做私塾教师的父亲的督导下接受传统教育,15岁升入桐城中学,这是桐城派古文大家吴汝纶创办的学校。朱光潜中学毕业后进入武昌高等师范学校国文系,进一步打下了深厚的中国古典文化基础,深受桐城文化影响。1916年,他在武昌高等师范学校进修,1917年赴香港大学读中文。1925年,朱光潜考上安徽官费留学生,就读于英国爱丁堡大学,毕业后转入伦敦大学学习,主修莎士比亚研究。两年之后,他去到法国巴黎,研究法国文学,并继续心理学的研究,次年又转到斯特拉斯堡大学。1933年,他取得文学博士学位。

在八年的留学期间,朱光潜精通英、法、德等多国语言,大部分时间都在博物馆或图书馆度过,在阅读的同时进行写作和翻译。在英国读书时,他就翻译了自己的第一本书——意大利美学家克罗齐的《美学原理》。这本书是我国系统介绍国外美学的第一本书,也是朱光潜翻译生涯的开始。从此,朱光潜一生的翻译活动都紧紧围绕着"美"的追寻。20世纪50年代,他翻译出版了《柏拉图对话录》、萧伯纳的《萧伯纳戏剧集》。20世纪60年代,他在编撰《西方美学史》的过程中,翻译了德国作家莱辛的美学名著《拉奥孔》。20世纪70年代,又翻译出版了德国作家爱克曼的《歌德谈话录》。1975年译完德国作家黑格尔的《美学》后,又花三年时间从头到尾进行校改。他是20世纪我国翻译西方文论著作最多的学者之一,而且所有的翻译都瞄准了世界一流文艺理论家,为我国的美学建设提供了宝贵的文献资料。

一、朱光潜文学翻译与"美"的理论

由于精通英、法、德等多国语言,朱光潜深知打开国人文学视野的重要性。他认为:

> 在现代研究文学,不精通一两种外国文是一个大缺陷。尽管过去的中国文学如何优美,如果我们坐井观天,以为天下之美尽在此,我们就难免对本国文学也不能尽量了解欣赏……我们需要放宽眼界,多吸收一点新的力量,让我们感发兴起。最好我们学文学的人都能精通一两种外国文,直接阅读外国文学名著。为多数人设想,这一层或不易办到,不得已而思其次,我们必须作大规模的有系统的翻译。[①]

朱光潜的文学翻译注重"美"的理论,不仅渗透出桐城前辈追求文学艺术理论的信息,也显现了五四文学革命引进世界文化新思潮的特点。朱先生始终认为,

> 文学所运用的语言是最好的语言。他向学生着重说明,在语言形式和思想内容方面,外国与中国、外文与中文是不一样的,语言有它的逻辑性,也有它的习惯性,难就难在习惯性上,因此,要经常注意外文与中文的比较。[②]

朱光潜对于诗歌及其翻译也颇有心得,《诗论》和《谈翻译》是他在上述领域的代表作。尤其他的《谈翻译》以及其他散见于各类译后序中的翻译观点都表明了他本人对翻译的思考及对待翻译的态度。虽然诗歌很难翻译,但在实践中他仍在努力。叶芝的诗歌喜欢用含糊而微妙的词,这些词是看似简单易懂,同时又蕴藏着丰富的象征意义。这正是他诗歌美的所在,读者可以欣赏和感受到同样的美,仿佛从另一个隐藏而朦胧的世界里观看美。

---

① 朱光潜.谈翻译[M]//谈文学.上海:开明书店,1946:200.
② 晋阳学刊编辑部.中国现代社会科学家传略:第10辑[M].太原:山西人民出版社,1985:31.

第八章　安徽现代文学翻译的两座高峰

The Lake Isle of Innisfree
By William Butler Yeats

I will arise and go now, and go to Innisfree,
And a small cabin build there, of clay and wattles made:
Nine bean-rows will I have there, a hive for the honey-bee,
And live alone in the bee-loud glade.
And I shall have some peace there, for peace comes dropping slow,
Dropping from the veils of the mourning to where the cricket sings;
There midnight's all a glimmer, and noon a purple glow,
And evening full of the linnet's wings.
I will arise and go now, for always night and day,
I hear lake water lapping with low sounds by the shore;
While I stand on the roadway, or on the pavements grey,
I hear it in the deep heart's core. ①

婴宁湖岛
叶芝
朱光潜译

我想起身就走，走到婴宁岛啊，
用枯枝粘土，在那里盖一茅庐：
栽九行青豆，替蜜蜂安一个窝，
我一个人在嗡嗡蜂声中安居。
我有的是平安，它会徐徐降临
从朝霞散彩，到蟋蟀唧唧喧歌；
那里夜色熹微，正尔遍地朱红，
黄昏里红雀的羽影到处穿梭。
我想起身就走，因为朝朝暮暮，
我听到湖水拍岸的隐约的声响；
当我在灰暗的街头偶然驻步，
我听见那声响深深透入心坎。②

朱光潜注重"形、声、美三美"的翻译原则。在翻译这首诗时，朱光潜试图保留原形，尽可能保持声音的美。他注意到最困难的一点是这首诗中，包括节奏和韵律

---

①② 商金林.朱光潜的文艺观之六[M]//朱光潜与中国现代文学.合肥:安徽教育出版社，1995:66.

在内的声音。叶芝更喜欢最普通的词语,但却充分地包含了声音。如果按字面翻译,没有节奏和韵律效果,那么翻译就枯燥乏味了。

不同于日常语言,文学语言同日常语言之间的最大区别就在于其美学价值,朱光潜先生指出:

> 文学创作的终极目的是使读者能够在阅读过程中产生审美感受。日常语言主要是为了准确地传递信息、达到交际的目的,文学语言的使命是创造美的意境、传达诗的意象、引起情感共鸣。

朱光潜还有一首译诗,更能让我们看到他的文学翻译与桐城气韵的联系。朱光潜曾经为社会否定旧诗而惋惜,他说:"诗词为中土文艺之精髓,近日士子方竞骛于支离破碎之学,此道或送终命绝。"[①]他的译诗也是用文言诗歌写出的。这首诗刊登在 1937 年 6 月 26 日《中央日报·诗刊》第 12 期,华兹华斯有名的"露西组诗"之一的《她住在人迹罕到的路边》便通过传统的韵律、深切的感情、多样化的意象完美地呈现了他情感力量的巨大与深远。华兹华斯原诗为:

She Dwelt Among the Untrodden Ways
By William Wordsworth

Beside the springs of Dove,
A Maid whom there were none to praise
And very few to love:
A violet by a mossy stone
Half hidden from the eye!
—Fair as a star, when only one
Is shining in the sky.
She lived unknown, and few could know
When Lucy ceased to be;
But she is in her grave, and, oh,
The difference to me![②]

朱光潜的翻译是:

> 幽人在空谷,结居傍明泉。知音世所稀,孤芳谁见怜?
> 贞静如幽兰,傍石隐苔藓。皎洁若晨星,孑然耀中天。
> 存不为世知,殁不为世惜?幽明已殊途,予怀独戚戚。[③]

有研究者指出,"朱氏的译法,虽归化于传统诗体,但两者相映却能感受到一种

---

① 朱光潜.朱光潜全集:第 9 卷[M].合肥:安徽教育出版社,1993:72.
② 钱念孙.翻译世界[M]//朱光潜与中西文化.合肥:安徽教育出版社,1995:538-539.
③ 钱念孙.翻译世界[M]//朱光潜与中西文化.合肥:安徽教育出版社,1995:537-538.

独特的审美乐趣"[1],"很符合他所说用本国语文去凝定他的思想感情的一贯理路"[2]。这是十分准确的评价。

二、朱光潜的翻译思想

朱光潜毕生从事美学研究,他遵循的一条原则是:"研究什么,翻译什么。"他认为翻译工作(特别是理论翻译)必须建立在科学研究的基础上。在长期的翻译实践中,朱光潜一边翻译、一边思考,积累了很多关于翻译的感悟,并提出了自己的观点,为中国翻译理论研究和翻译事业的发展作出了卓越的贡献。从朱光潜先生的《谈翻译》《对〈关于费尔巴哈的提纲〉译文的商榷》《谈一词多义的误译》等文章中,我们可以领略到先生的翻译思想,涉及翻译标准、翻译方法、可译性和翻译与创作的关系等。

在中国翻译史上,对翻译标准的看法影响最大的是严复提出的"信、达、雅"三字翻译标准。对于严复的翻译标准,朱光潜先生作了深入分析:

> 其实归根到底,"信"字最不容易办到。原文"达"而"雅",译文不"达"不"雅",那还是不"信";如果原文不"达"不"雅",译文"达"而"雅",过犹不及,那也还是不"信"。所谓"信"是对原文忠实,恰如其分地把它的意思用中文表达出来。[3]

从桐城文化圈走出,朱光潜很认同桐城弟子严复"信、达、雅"的翻译标准,不过,他认为要真正做到这三个标准很不容易,这只是个理想状态,其中"信"最难做到,原因在于中西文字文化意义不同,声音节奏不一,使得原文本身很优美,译文却不免佶屈聱牙、索然无味。虽然他认为林纾、菲茨杰拉德的翻译都不够"忠实",只能算是"创作",并非"翻译",但是仍认为:"好的翻译仍是一种创作"[4],需要作者"用他的本国语文去凝定他的思想感情"[5],"文学作品以语文表达情感思想,情感思想的佳妙处必从语文见出。作者须费一番苦心才能使思想情感凝定于语文,语文妥贴了,作品才算成就。译者也必须经过同样的过程。……也因为这个原因,只有文学家才能胜任翻译文学作品。"[6]关于翻译应用"直译"还是"意译"的方法,朱光潜认为,根本不应该存在直译和意译的分别,忠实于原文的翻译一定是尽量准确的表达原文的意思,语言的变化必然影响意思的表达,一个意思也就只有一个比较精确的说法,所以为了准确翻译原文,要尽量保存原文中的语句表达。因此,在翻译时,也就不存在直译和意译之分,最理想的翻译就是"文从字顺"的翻译。

他在翻译中就运用了这种"文从字顺"的翻译方法,如采用该方法翻译黑格尔

---

① 潘建伟.朱光潜的一首旧体译诗[J].书屋,2014(2):59-62.
②④⑤⑥ 朱光潜.谈翻译[M]//朱光潜全集:第4卷.合肥:安徽教育出版社,1988:301.
③ 朱光潜.谈翻译[M]//朱光潜全集:第4卷.合肥:安徽教育出版社,1988:289.

的《美学》。黑格尔的《美学》在西方美学史上是马克思主义出现以前两本最值得读的美学著作之一,也是深刻理解马克思主义美学思想的必要理论准备。黑格尔的《美学》是既难懂的,又难译的。美学原理都是非常抽象的,特别是黑格尔的《美学》,它是建筑在他的全部哲学系统的基础上的,而且他的语言表达还具有繁琐抽象的习气,非常玄妙深奥。如果用直译来翻译的话,恐怕语句艰涩难懂,所以,朱光潜就采用了"文从字顺"的翻译方法。

我们可以以朱光潜在翻译《美学》中的长句为例,来看看他翻译时是如何尽量采用西文句法组织而不露生吞活剥痕迹的:

> The perversity lies here in this, that in that case the work of art is supposed to have a bearing on something else which is set before our minds as the essential things as what ought to be, so that then the work of art would have validity only as a useful tool for realizing this end which is independently valid on its own account outside the sphere of art. Against this we must maintain that art's vocation is to unveil the truth in the form of sensuous artistic configuration, to set forth the reconciled opposition just mentioned, and so to have its end and aim in itself, in this very setting forth and unveiling.①

朱光潜的译文为:

> 其所以为谬见,是由于它把艺术作品看成追求另一件事物,这另一件事物是作为本质的于理应有的东西而呈现于意识的;这样一来,艺术作品的意义就仅在于它是一个有用的工具,去实现艺术领域以外的一个自有独立意义的目的。与此相反,我们要肯定的是:艺术的使命在于用感性的艺术形象的形式去显现真实,去表现上文所说的那种和解了的矛盾,因此艺术有它自己的目的,这目的就是这里所说的显现和表现。②

朱先生尽量按照原文的脉络进行翻译,保留原文的句法组织。虽然译文读起来有点生硬,但意思都可明白,是"文从字顺"的翻译,达到通过经典著作的翻译对读者潜移默化的思维锻炼的目的。还有一首比较著名的叶芝的诗:

When you are old
By William Butler Yeats

> When you are old and grey and full of sleep,
> And nodding by the fire, take down this book,
> And slowly read, and dream of the soft look
> Your eyes had once, and of their shadows deep;
> How many loved your moments of glad grace,

---

①② 朱光潜.谈美·谈文学[M].北京:人民文学出版社,1988:120.

And loved your beauty, with love false or true,
But one man loved the pilgrim Soul in you,
And loved the sorrows of your changing face;
And bending down beside the glowing bars,
Murmur, a little sadly, how Love fled
And paced upon the mountains overhead
And hid his face amid a crowd of stars.①

你老的时候
朱光潜（译）
叶芝

到了你苍颜白发的光景，
坐在炉边打盹，取这本书
慢慢地读，你回想到当初
你那双眼睛的柔光浓影。
几多人爱你的笑貌欢颜，
爱你美，是假意或是真心，
只一人爱你进香的灵魂，
爱你面上愁容，幻变无常。
你弯下腰，在熊熊火炉旁
低声叹息爱已掉头不顾，
逃到上面山峰，徘徊独步，
在群星当中，把面光潜藏。②

在翻译方法上，朱光潜主要运用了直译的方法，对原诗进行逐字逐句的翻译。从这首诗的题目就可以感受到叶芝在写作时的心境，一种惆怅和对往日的怀念尽上心头。朱光潜的译作更加体现了这种情感，炉边静坐的描写和对往昔"爱"的回忆让读者身临其境，译作的美尽显其中。虽然字面意思相对浅显，但其寓意深刻，读完之后似乎有一种身处异处的感觉。

克罗齐曾说过："要判断但丁，我们就须把自己提升到但丁的水平。"这显然也是朱光潜追求的目标。他一生涉猎过心理学、哲学、逻辑学、文艺理论、语言学与文学等多种学科，思想中留下了中西古今许多美学家、哲学家与文学家的印记，如克罗齐、柏拉图、亚里士多德、黑格尔、康德、歌德、莱辛、维柯、弗洛伊德、马克思以及陶渊明、王国维、庄子等，这些大家的影响在朱光潜的美学著作中都能找到。由于他掌握了英语、德语、法语与俄语，并且对希腊语与拉丁语也有一定的研究，因此朱

---

① 叶芝.叶芝诗选[M].北京:中国宇航出版社,2019:31-32.
② 朱光潜.叶芝诗选[M]//朱光潜全集:第20卷.合肥:安徽教育出版社,1992:67.

光潜的翻译几乎都是参照多种译本进行的。

三、朱光潜的美学翻译

朱光潜的西方美学翻译之所以能成为促进中国现当代美学发展的直接动力之一,与他的美学研究是密不可分的。在翻译各种西方美学经典著作的同时,他选择的是一条把翻译与研究紧密结合在一起的学术路径,在翻译的过程中对这些作品所包含的美学思想进行了深入的学习研究。从柏拉图、克罗齐、黑格尔、马克思再到维柯,朱光潜不仅翻译引进了他们的代表著作,还在文化历史持续性原则指导下,勾勒出西方美学的基本线索。其思维方法、概念与西方审美经验知识的引进不是单独的,而是整体出现的:

> 对于美学的研究,实在是"因为欢喜文学,我被逼到研究批评的标准、艺术与人生、艺术与自然、内容与形式、语文与思想诸问题;因为欢喜心理学,我被逼到研究想象与情感的关系,创造和欣赏的心理活动以及趣味上的个别的差异;因为欢喜哲学,我被逼到研究康德、黑格尔和克罗齐诸人讨论美学的著作。这么一来,美学便成为我所欢喜的几种学问的联络线索了。"①

在欧洲留学期间,随着学术研究的不断深入,朱光潜接触到了黑格尔、康德、克罗齐、柏拉图、尼采等大家的美学思想,而在这之中,又以克罗齐的美学思想对朱光潜的美学研究影响最为深刻和久远,几乎贯穿朱光潜美学研究的一生。

朱光潜认为"时代的背景常把你拉到历史哲学和宗教的范围里去,文艺原理又逼你去问津图画、音乐、美学、心理学等等学问。"这些学科的经典著作又是中国当时美学发展所急需的,对它们的翻译介绍非常必要。为完成这一任务,朱光潜以翻译与研究结合的方式,"随时拿西方文学和中国文学进行比较,写了一些心得,这样就走上美学道路"②,也为中国的美学研究者提供一套现代话语。

朱光潜翻译引进的美学概念不计其数,如果离开朱光潜引进的这些基本概念,中国美学研究实难以进行,如:classics 经典著作、unconscious 隐意识、sublime 雄伟、grace 优美、perception 知觉、theory 认识、practice 实践、sensation 感受、perception 知觉、feeling 感觉、emotion 情绪、idea 理式、ideal 理想、idealized 意象化的、idealism 唯心主义、wesen 本质、humanism 人道主义、anthropological principle 人类学原则等。

此外,朱光潜的改译也很有名。他主张改译列宁的《国家与革命》为《国家政权与革命》,改译马克思的《费尔巴哈和德国古典哲学的终结》为《费尔巴哈和德国古

---

① 朱光潜.谈美·谈文学[M].北京:人民文学出版社,1988:120.
② 朱光潜.谈写作学习[M]//朱光潜读书与做人.北京:国际文化出版公司,2017:107.

典哲学的结果出路》。朱光潜认为,在马克思主义以前,真正具有科学价值而影响深广的西方美学和文艺理论书籍只有两部书,一部是古希腊的亚里士多德的《诗学》,另一部就是19世纪初期黑格尔的《美学》。

对于《美学》这部著作在克罗齐思想体系中的地位,朱光潜认为:

> 克罗齐对于哲学自有一个系统,美学在这个系统里只是一个项目。他写完《美学》以后,继续写了三部书——《逻辑学》《实践活动的哲学》《历史学》——才把他所谓的《心灵的哲学》全部和盘托出。不过后来的三部书的要义都已在《美学》里约略提及,所以《美学》这部书含有他的全部哲学的雏形,不能只当作一部专讲美学的书去看。[①]

美学研究贯穿了朱光潜的整个学术生涯,他独特的美学思想也指导了他学术研究的各个领域。同样,朱光潜的翻译实践和翻译思想的形成深受他美学思想的影响,只有在充分理解他的美学思想的前提下,才能对他的翻译思想和翻译实践做出更加充分的解释。

第二节 杨宪益的中西译介之功

杨宪益(1914～2009),安徽省泗县人,出生于天津。1934年从天津英国教会学校新学书院毕业后,他到英国牛津大学莫顿学院研究古希腊罗马文学、中古法国文学和英国文学。抗日战争初期,他与向达、吕叔湘等在伦敦华侨中宣传抗日救亡。

杨宪益出身于一个中国传统士大夫兼官僚家庭,爷爷是嘉兴知府、浙江巡警道、禁烟督办杨士燮,兄弟四人都是翰林。五叔杨士琦与李鸿章、袁世凯的渊源都很深,曾任上海招商轮船局和电报局两局的督办,并以钦差大臣身份赴南洋群岛。杨宪益的父亲是留学日本后曾经出任天津银行行长的杨毓璋。幼年时代一直到12岁,杨宪益都在家里读私塾,据杨宪益小妹介绍,"我哥从'四书'、'五经'一直读到'说部丛书',以及商务印书馆、中华书局、开明书店出版的国外经典名著的译本、我国五四以来的新文学作品等等,几乎无不尽收眼底"[②]。

杨宪益与许多在同一时期的文坛巨匠一样,完整地接受过中国传统文化的熏陶,也接受过西方现代思想的洗礼,将大半生的时间和精力奉献给了翻译事业。以翻译成就而言,特别是中译英领域,同辈中能望其项背者寥寥。他的"处女作"是一

---

① 朱光潜.朱光潜美学文集:第5卷[M].上海:上海文艺出版社,1989:第一版译者序.
② 姜治文,文军.杨宪益与翻译[M]//翻译批评论.重庆:重庆大学出版社,1999:284.

部章回体小说《鹰哺记》,"每一个回目全是用对仗体写的"①。稍长,他便把"从拜伦到朗费罗以至荷马、莎孚的诗都试译成旧体诗或新诗"②。中国传统文学与新文学在杨宪益心中都深深地扎了根。

他译介到中国的西方文学作品,有荷马的《奥德修纪》,维吉尔的《牧歌》,阿里士多芬的喜剧《鸟》,罗马喜剧《凶宅》,萧伯纳的《凯撒与克丽奥帕特拉》《卖花女》《罗兰之歌》《近代英国诗钞》等。无论是向西方读者介绍中国文学,还是向中国读者介绍西方文学,杨宪益都恪守五四时代的翻译宗旨:翻译名家名作。

出于对中国传统文化的热爱,也由于娶到一位同样热爱文学翻译的英国妻子,杨宪益的文学翻译不同于此前所介绍的任何一位民国皖籍翻译家,他的译作,既将中国文学介绍到国外,也将国外作品介绍到中国。杨宪益夫妇对西方经典文学名著的汉译作出了巨大贡献,但更为重要的贡献还在于英译了大量的中国文学名著。1940年初冬,他与妻子结婚之后,就开始译出一系列分量很重的大部头作品,在长达半个多世纪的时间里,从先秦散文到现当代作品,杨宪益夫妇联袂翻译了百余种作品,近千万字,这在中外文学史上是极其罕见的。

一、杨宪益的翻译贡献

杨宪益是翻译家,也是比较文学家。除了与夫人戴乃迭(Gladys Yang)合作的广为人称道的英译本《红楼梦》外,还有从《诗经》到《老残游记》等一系列中国古典文学作品以及鲁迅、郭沫若等中国现代文学家作品的英译本。

杨宪益夫妇将中国古典文学译成英文的作品有:《诗经选》《离骚》《史记选》《汉魏六朝小说选》《柳毅传——唐代传奇选》《杜十娘怒沉百宝箱——宋明评话选》《不怕鬼的故事——六朝至清代志怪小说》《儒林外史》《关汉卿杂剧》《长生殿》《牡丹亭》(节译)《老残游记》《聊斋选》《红楼梦》《中国古代小说节选——西游记、三国演义、镜花缘》《明代话本选》《唐宋诗文选》《汉魏六朝诗文选》《明清诗文选》《中国古代寓言选》等,此外还有李白、杜甫、王维、温庭筠、李贺、苏轼、陆游等诗人的大量诗歌,韩愈、柳宗元等文学家的散文。

他们将中国现当代文学作品译成英文的有:《鲁迅四卷选集》(后来又有单行本的《呐喊》《彷徨》《野草》《朝花夕拾》《故事新编》《阿Q正传》等)、赵树理的《李家庄的变迁》、郭沫若的《屈原》、丁玲的《太阳照在桑干河上》、冯雪峰的《雪峰寓言》、李季的《王贵与李香香》、贺敬之的《白毛女》、李广田的《阿诗玛》、巴金的《秋天里的春天及其他》、沈从文的《边城》与《湘西散记》、孙犁的《荷花淀》、古华的《芙蓉镇》、张洁的《爱,是不能忘记的》以及《新凤霞回忆录》、《朱自清散文》等;戏曲作品有传统京剧《打渔杀家》与《白蛇传》,川剧《柳荫记》《拉郎配》,昆曲《十五贯》,评剧《秦香

---

①② 姜治文,文军.杨宪益与翻译[M]//翻译批评论.重庆:重庆大学出版社,1999:284.

莲》,晋剧《打金枝》,闽剧《炼印》,粤剧《搜书院》,现代歌剧有《刘三姐》,样板戏有《红灯记》《沙家浜》《智取威虎山》《海港》等。

他们将文学史及文学理论著作译成英文的有鲁迅的《中国小说史略》,陆侃如、冯沅君的《中国古典文学简史》,冯雪峰的《鲁迅生平及他思想发展的梗概》,郭沫若的《伟大的爱国诗人屈原》,《文心雕龙》的《风骨》《情采》《夸饰》《知音》等篇章;此外还翻译了金克木的《中印人民友谊史话》、金受申的《北京的故事》、张受臣的《单口相声》等。

他们还担任了《熊猫丛书》《中国文学》以及《中国大百科全书》古希腊、拉丁文学分册的主编;自己创作了两本诗集,分别是《银翘集》和与人合著的《三家诗》;出版了关于中亚历史文化比较研究的著作《译余偶拾》等,其内容可谓包罗万象;英文版《中国文学》从1951年10月创刊起,最初几年的译作几乎全部都出自杨氏夫妇与另一位美籍学者沙博理(Sidney Shapiro)之手。

杨宪益夫妇的很多译著都被列为国外大学教材,在国际上引起了强烈的反响,获得了广泛的国际赞誉。2009年9月,杨宪益被中国翻译家协会授予"翻译文化终身成就奖",人们称他是"翻译了整个中国"的翻译家。

二、杨宪益的翻译思想

从民国走到新中国,杨宪益坚持以桐城弟子严复提出的"信、达、雅"作为翻译的最高标准。杨宪益认为,我们应将中西两大文明均置于视野之中,应该知道外国的文化遗产,外国也应该了解中国有多么丰富的文化遗产。翻译的目的就是要将中国的经典的古典文学、现代文学和当代文学作品译介到西方,尤其是英语国家,或将自己喜爱的西方作品译介到中国。因此在处理译作时,他们的目的决定了他们的翻译原则和策略。

关于翻译的标准,杨宪益曾在《略谈我从事翻译工作的经历与体会》说道:"翻译的原则,简单说起来,古人已经说过,不过是'信达雅'三个字。……'信'和'达',在翻译中则是缺一不可。……总的原则,我个人认为对原作的内容,不许增减。"由此可见,杨宪益视"忠实"为翻译的第一要义。他认为翻译不能做过多的解释。译者应尽量忠实于原文的形象,既不要夸张,也不要夹带任何别的东西。基于这种原则,夫妻二人在翻译从中国古典文学到中国现代文学等各个门类的作品时,认为翻译就是"信"于西方文明的精神,"信"于近代西方文明的内核,"信"于科学的精神。从《诗经》《楚辞》到鲁迅作品的翻译过程都可以看出,要以忠实的翻译"信"于中国文化的核心,"信"于中国文明的精神。

杨宪益说:"在文学中有许多其他的因素构成原文的某些含意,要是把这些含意传达给文化不同的人则是根本不可能的。譬如:对于中国读者来说,中国诗词中的一棵垂柳就有某种油然而生的联想,译成另外一种语言,则不可能自然而然地引起这种联想。"

翻译有一个历史距离问题,尤其是翻译古典作品。杨宪益认为这一距离是可以消除的。理由有二:一是译者可以设身处地。他说:"我觉得时间倒并不重要。当然,若要翻译几百年前的作品,译者就得把自己置身于那一时期,设法体会当时人们所要表达的意思,然后,在翻译成英文时,再把自己放在今天读者的地位,这样才能使读者懂得那时人们的思想。"这设身处地有二层意思,一是回到作品的历史时期,二是再回到今天读者的地位,只有将二者细心融合,才能忠实传达原作的意义。①

他认为,翻译的第一要义,是"信",译文不能离原文太远。当然光信不达,译文没人读得懂,也不行,至于"雅",那就全看译者的文化修养了。

为了做到"信",杨宪益十分看重考据。王先谦在《续古文辞类纂序》中将"信"解释为"义理为干,而后文有所附,考据有所归"②,校勘、考证、释义是深入解读文学作品的必由之路,也是严肃的为文态度。杨先益对有关文化交流的历史人物、事件,都做出自己独到的探求和论证,这也使他一生翻译事业的质量有了坚实的基础,能够在根本上做到"信"。

为了准确地向世界介绍中国文化,杨宪益十分注重考据,更注重不同文化之间的比较研究。杨宪益翻译之"信"的另一种表现,是对外翻译尽量"直译",因为他需要将中国民族文化尽量完整地呈现给西方世界,并因此对英语世界的文化产生影响。

《红楼梦》是一部反映中国封建社会生活的百科全书,其中充满着富有中国文化的词汇,而对这些词语文化内涵的理解和处理,体现了译者的价值观念。叶匡政早在《南方周末》发表了《杨宪益的逝去在警醒中国翻译界》一文,特别指出:比如《红楼梦》中常出现的"菩萨"一语,英国翻译家霍克斯翻译时改为基督教的"上帝",杨宪益则保持原义。

例:世人都晓神仙好。(《红楼梦》第一回)

杨宪益译:All men long to be immortals.

霍克思译:Man all know that salvation should be won.

这是《红楼梦》中《好了歌》的第一句,《好了歌》意义深刻,点出了世间万物皆空的佛教幻境,其中的"好""了"本来就是只可意会,难以言传的佛学词汇。杨宪益把"神仙"译为"immortals","神仙"是中国道教的概念,道家所追求的最高理想为超凡脱俗、修道成仙、长生不老。而霍克思将其译成"salvation",其中文之意为"拯救",这显然是基督教的概念。此处将原文的道教形象转换为基督教的"圣徒",译文消减了中国道教文化特有的内涵。霍克思的目的是尊重读者,但却导致原文意

---

① 姜治文,文军.杨宪益与翻译[M]//翻译批评论.重庆:重庆大学出版社,1999:289.
② 王先谦.续古文辞类纂序[M]//胡朴安.言文清文观止.上海:上海春江书局,1943:126.

义流失,欠缺对原文的"信"。

例:谋事在人,成事在天。(《红楼梦》第九十五回)

杨宪益译:Man proposes, Heaven disposes.

霍克思译:Man proposes, God disposes.

杨宪益将"God"改换为意指神佛、仙人所居之地的"Heaven",使得原文的佛教文化色彩得以保留,忠实于原文。霍克思则直接引用英语谚语作为译文,对于英语读者更为自然且易于接受,但是却消减了中国文化特有的内涵。杨宪益坚持的不仅仅是直译,而是一种文化传播间对本民族文化底蕴的坚守。在这里,"信"表现的是对中国文化精神的忠诚。

但是,在将西方文学作品翻译到中国时,杨宪益的策略就有了另一种变化。由于英语成为一种世界性的价值和文化标准,一些翻译者不考虑读者的文化心理和语言习惯,一味以"直译"突出文化差异,并称之为"信"。杨宪益在翻译《奥德修纪》和《牧歌》时,译文便具有很强的中国味,异国文化的陌生感被减少到最弱。

比如《奥德修纪》原来是诗歌,但杨宪益却用散文体翻译,在译本序中他说,因为"原文的音乐性和节奏在译文中反正是无法表达出来的,用散文翻译也许还可以更好欣赏古代艺人讲故事的本领"[①]。此外,这个译本在翻译希腊人名时也做了一些处理,去掉了人名末尾的"斯"字,这就使一个人的名字从四、五个字或更多减少下来,有利于中国人的记忆,这倒令人不由在自主地想到了当年吴汝纶先生所说:"凡琐屑不足道之事,不记何伤?"[②]

三、杨宪益的翻译特色

(一)戏曲翻译——以《长生殿》为例

《长生殿》是昆剧中流传最广、影响最深的优秀传统名剧之一。它是清初剧作家洪昇所作的剧本,取材自唐代诗人白居易的长诗《长恨歌》和元代剧作家白朴的剧作《梧桐雨》,讲的是唐明皇李隆基和贵妃杨玉环之间的爱情故事。

原文:今古情场,问谁个真心到底?但果有精诚不散,终成连理。万里何愁南共北,两心那论生和死。笑人间儿女怅缘悭,无情耳。感金石,回天地。昭白日,垂青史,看臣忠子孝,总由情至。先圣不曾删郑、卫,吾侪取义翻宫、徵。借太真外传谱新词,情而已。

杨宪益译:Since ancient times how few lovers

Have really remained constant to the end;

[①] 荷马.奥德修纪[M]//杨宪益,译.北京:中国工人出版社,1995:译本序.

[②] 吴汝纶.答严几道·己亥二月二十三日[M]//牛仰山,孙鸿霓.严复研究资料.福州:海峡文艺出版社,1990:258.

But those who were true have come together at last,
Even though thousands of miles apart,
Even though torn from each other by death. And all
Who curse their unhappy fate are simply those
Lacking in love. True love moves heaven and earth,
Metal and stone, shines like the sun and lights
The pages of old histories: loyal subjects
And filial sons are all of them true lovers;
Even Confucius did not delete the love poems
When he compiled the Songs so we shall now
Take music and the tale of Lady Yang
To offer a new play in praise of love!

这里的"情",首先指的是男女之情,是超越生死、终成连理的生死不渝的爱情。同时,这"情"也包含了忠臣孝子的爱国之情、兴亡之感和故国之思。杨宪益先生的译文尊重原文,采用诗体方式传达,奠定剧目的基调。

(二) 诗歌翻译——以《离骚》为例

杨宪益受到儒家传统和道家学说的影响,虽然身处异国,但对《离骚》的热衷丝毫不减,通过翻译这首鸿篇巨制来抒发内心的焦灼之情与拳拳爱国之心。杨宪益采用"模仿-英雄偶句体"形式翻译《离骚》,模仿了德莱顿的风格。

著名的汉学家大卫·霍克斯(David Hawkes)发表了幽默的评语:"这部《离骚》的诗体译文在精神上与原作的相似程度正如一只巧克力制成的复活节鸡蛋和一只煎蛋卷的相似程度一般大。"杨宪益本人以为这部译作是他对翻译中国古典文学作品所做的努力之一。

"几乎翻译了整个中国"的杨宪益从不把自己看作翻译家。他曾在诗作中慨叹:"卅载辛勤真译匠,半生漂泊假洋人",并感觉到"半生早悔事雕虫,旬月踟蹰语未工"。这里的"真译匠"与"旬月踟蹰语未工"体现了诗歌翻译之难和诗人对完美翻译的追索。

(三) 历史翻译——以《史记》为例

杨宪益与戴乃迭合译的《史记选》(Selections From Records of the Historian)于1979年1月由外文出版社出版。以《史记·孙子吴起列传》为例,杨宪益与戴乃迭在翻译这部著作时表现出忠实又高度凝练的特色。在"吴官教战"中头五十个字的原文和译文如下:

原文:孙子武者,齐人也。以兵法见于吴王阖庐。阖庐曰:"子之十三篇,吾尽观之矣,可以小试勒兵乎?"对曰:"可。"阖庐曰:"可试以妇人乎?"曰:"可。"(50个

字)

杨宪益译:Sun Wu, a native of Qi, gained an audience with King Helu of Wu on the strength of his military theory.

"I have read all thirteen chapters of your book," said the king. "Will you train a few troops as an experiment?"

"Very well," replied Sun Wu.

"Will you try with women?"

"If you wish."(55 个词)

杨宪益与戴乃迭以55个英文词就准确地表达了司马迁这段炼句又炼辞的文字。文中吴王阖庐两次提问,孙武的回答都是"可",但杨宪益与戴乃迭却翻译出了其不同的引申义。对于"小试勒兵",孙武欣然从之,而"试以妇人",即用妇人来试,孙武虽不太情愿,但君命难违,故译为"If you wish",非常传神,点明了孙武的立场,不卑不亢。从这段文字,可以看出译本不仅具有浓厚的英国古典文学的气息,而且仍然是不折不扣的"史记体"。

(四) 小说翻译——以《红楼梦》为例

杨宪益的语言文化基础扎实、百科知识丰富,广博的知识使他翻译的《红楼梦》能忠实传达饮食、服饰、器用、园林、娱乐、礼制、宗教、诗社、科举、民俗等各种中国文化中特有的文化意象。《红楼梦》英译本是一部巨作,杨宪益夫妇采用较为保守的文化异化,尽量避免对原文做出改动,使译作具有文化氛围和历史感。

《葬花吟》中,杨宪益将"一朝春尽红颜老"译作"The day that spring takes wing and beauty fades",看似描述春天随风逝去,但众美凋零的意象仿佛也随着春天而同时在读者眼中闪过,花与人、物与时都交融在一起。

"翻译者的主观因素,其个性、气质、心理禀赋、知识面、语言应用能力,乃至译者的立场、道德因素,无不对翻译活动起着直接而重要的影响。"[①]杨宪益兼善国学、西学,对东西方古典文化情有独钟,文化视野开阔。正是这种博古通今,学贯中西的学识背景,造就了杨宪益特殊的诗人情怀。这种诗人情怀与他写诗、译诗有着密切的联系。

在杨宪益的译作里还可以看出他对民间审美文化的认同和尊重。以《红楼梦》第二十八回冯紫英唱曲为例:

原文:

你是个可人,你是个多情;

你是个刁钻古怪的鬼精灵;

你是个神仙也不灵。

---

① 许钧.文学翻译的理论与实践:翻译对话录[M].南京:译林出版社,2001:22.

我说的话儿你全不信，
只叫你背地里细打听，
才知道我疼你不疼！
杨宪益译：
You can bill and you can coo,
Be an imp of mischief too,
But a fairy? No, not you.
As my word you doubt.
Ask around and you will find out,
I love you, yes, I do.

这段文字反映了《红楼梦》深厚的民间文化基础，准确的翻译再现了杨宪益对民间文化发自内心的喜爱与赞美之情。

（五）中国近现代文学作品翻译

杨宪益通过翻译中外作品弘扬中华文化，宣传西方先进文化思想。杨宪益在翻译《红旗谱》时，就对这本书的书名翻译进行过一番思考。书名中的"红旗"代指"革命"，"谱"是指"家谱"，即家庭传统。如果按照原文直译则读者不易理解，因而杨宪益将其改译为"Keep the Red Flag Flying"。可见译者在翻译实践活动中，自觉或不自觉地使用各种策略，相互补充，使译文流畅、易懂，易为读者所接受。

杨宪益深知在新中国成立之初，亟需将中国现代文学向国外译介，让人们了解中国的真实国情，因此翻译出版了中国现代作家的大量作品。1952年至1955年间，杨宪益参加编辑《鲁迅选集》，该书选题精练，译笔到位，成为欧美各高校汉语专业学生沿用至今畅销不衰的教科书。在所有的鲁迅作品中，杨宪益更加偏爱《阿Q正传》和散文诗集《野草》，他的译作也体现出了两种文化的精髓。

杨宪益翻译的特点是能把中国古典文学中许多难懂的词语译成非常通顺、晓畅的英语。有时读者反而觉得与其阅读中国古典文学作品的原著，倒不如阅读它们的译本来得容易些。杨宪益、戴乃迭以他们独有的翻译思想忠实传达了中国文化的价值与灵魂，塑造了真实的中国文化形象。

附录 现代皖人文学翻译书目

附录选取了部分现代皖人文学翻译相关书目,具体罗列如下。①

1914 年

1.《寄尘短篇小说》,胡寄尘著

1914年上海广益书局铅印本,南京图书馆藏。

胡怀琛(1886~1938),原名有忭,字季仁;后名怀琛,字寄尘。泾县人。胡爱亭第三子,胡韫玉之弟。清光绪二十四年(1898)游学上海,后任《神州日报》编辑。清宣统二年(1910)加入南社,民国后与柳亚子共主《警报》《太平洋报》笔政。1916年辞京奉铁路科员职,后历任文明书局编辑、商务印书馆编辑、上海市通志馆编纂及上海沪江大学、中国公学、国民大学、持志大学、正风文学院等校教授。抗战爆发后忧愤逝世。曾于晚清著有《海天诗话》一卷。

是书录小说《女丈夫》《黄山义盗》《艺苑丛谈》《江湖异人传》《希腊英雄传》五篇,其中《希腊英雄传》为翻译小说。

---

① 有部分图书具体出版日期不详,如:《独眼龙》,[英]奥斯汀著;程小青译。民国铅印本,吉林省图书馆藏。译者生平已见《福尔摩斯探案全集》第六册。是书内录《独眼龙》《验心术》《巴黎之裙》《女间谍》四篇。此书为《柯柯探案》之一种。《廿六个和一个》,[俄]高尔基著;朱溪译。民国北新书局铅印本,胡在钧《程修兹一家与徽州文教界渊源》(载《绩溪文史资料第二辑》,1988年版第137页)著录。译者生平已见《裁判官的威严》。是书为短篇小说集。

1915 年

1.《孤雏劫》,瘦腰郎译;胡寄尘改编

1915 年上海进步书局铅印本,天津图书馆藏。

胡寄尘,名怀琛,生平已见《寄尘短篇小说》。

是书封面标有"奇情小说",前有著者"弁言"。

"弁言"称:"此书本系某君自西文译出,原书写孤儿之凄凉、奸人之阴险,颇能动人。固结构虽佳,而篇幅甚短,粗枝大叶,未能委屈描摹。余因本其意演为八章,得三万字。又以己意妄为增损,较原译更为曲折详尽,而移原译篇首置篇末,自谓格局亦复生动。"

2.《黄金劫》,胡寄尘编译

1915 年上海文明书局铅印本,首都图书馆藏。

胡寄尘,名怀琛,生平已见《寄尘短篇小说》。

是书封面标有"奇情小说",故事发生在美国,书中未载原作者。

3.《血巾案宋紫瑚》,胡寄尘编译

1915 年上海文明书局铅印本,首都图书馆藏。

胡寄尘,名怀琛,生平已见《寄尘短篇小说》。

是书二十章,封面标有"奇情小说",内以文言叙发生于德国之侦探故事,原著者不详。

1916 年

1.《福尔摩斯探案全集》第六册,[英]柯南道尔著;独鹤,小青译

1916 年上海中华书局铅印本,超星数字图书馆著录。

小青(1893~1976),乳名程福林,官名青心,又名辉斋,笔名小青、程小青,别署金铿,晚号茧翁,以笔名行世。安庆人,生于上海。少时曾为钟表店学徒,十六岁入音乐学校,二十三岁迁居苏州。先后任教于东吴大学附属中学、景海女子师范学校。曾加入青社、星社,创办《太湖》杂志,编辑《侦探世界》半月刊、《新月》月刊,与徐碧波合编《橄榄》月刊。抗战胜利后任教于东吴大学附中。1946年一度任《新侦探》半月刊主编。

是书署名独鹤、小青。内录侦探小说《孤舟浩劫》《窟中密宝》《午夜枪声》《偻背眩人》。

又:《福尔摩斯探案全集》,[英]柯南道尔著;周瘦鹃,程小青等译。

是编为十二册文言本,前有《凡例》《英勋士柯南道尔小传》。

2.《福尔摩斯探案全集》第七册,[英]柯南道尔著;独鹤,小青译

1916年上海中华书局铅印本,超星数字图书馆著录。

译者小青生平已见《福尔摩斯探案全集》第六册。

是书署名独鹤、小青。内录侦探小说《客邸病夫》《希腊舌人》《海军密约》《悬崖撒手》。

3.《福尔摩斯探案全集》第十一册,[英]柯南道尔著;瘦鹃,小青,霆锐,渔火译

1916年上海中华书局铅印本,超星数字图书馆著录。

译者小青生平已见《福尔摩斯探案全集》第六册。

是书署名瘦鹃、小青、霆锐、渔火。内录侦探小说《魔足》《红圆会》《病诡》《窃图案》。

4.《福尔摩斯探案全集》第十二册,[英]柯南道尔著;小青译

1916年上海中华书局铅印本,超星数字图书馆著录。

译者生平已见《福尔摩斯探案全集》第六册。

是书内录侦探小说《罪薮》。

5.《小说名画大观》,胡寄尘辑

1916年上海文明书局石印本,中国国家图书馆藏。

胡寄尘,名怀琛,生平已见《寄尘短篇小说》。

是书前有"提要"、天笑生、周瘦鹃序各一及编者序,内分教育类、伦理类、道德类、家庭类、历史类、政治类、爱国类、外交类、军事类、科学类、冒险类、侦探类、言情类、哀情类、侠情类、奇情类、社会类、警世类、滑稽类、神怪类。

"提要"称:"是编所辑短篇小说,为近今著名小说家译撰之作。自伦理、教育,以至侦探、社会、言情等凡二十类,类各十余篇,每篇附以精图,均倩时下名手为之,图与事合,惟妙惟肖,诸君既读小说,又玩名画,一举两得,趣味无穷也。"

1917 年

1.《冬青树》,程小青译述

1917年上海中华书局铅印本,首都图书馆藏。
译者生平已见《福尔摩斯探案全集》第六册。
是书十章,为文言翻译言情小说。

2.《慧劫》,[英]可林克洛悌原著;刘泽沛,高卓译

1917年上海商务印书馆铅印本,中国国家图书馆藏。
刘泽沛,字安农,号蛰叟,蛰庐。桐城人。刘雨沛弟,刘豁公次兄。早年入江南陆师学堂,曾任贵州兵备处暨陆军学堂总办。
是书为长篇小说,上卷九章,中卷九章,下卷二章。
中卷前有蛰叟(刘泽沛)注,称:"此卷即可林克洛悌所得《老猿遗著》,自述其进化之历史,暨与罗平共营之事业。与前卷至有映照。书中所称为'予'者,即老猿自谓之词,幸读者稍留意焉。"
此书收入《说部丛书》。

3.《铁血美人》,胡寄尘译述

1917年上海进步书局铅印本,天津图书馆藏。
胡寄尘,名怀琛,生平已见《寄尘短篇小说》。
是书为十六回弹词,封面标:"侠情小说"。前有提要,内述俄国虚无党两姊妹为父报仇故事。
此书1920年连载于《小说月报》。

1918 年

1.《傀儡家庭》,[挪威]易卜生著;陈嘏译

1918年上海商务印书馆铅印本,中国国家图书馆藏。
陈嘏(?~1956),原名遐年。怀宁人。陈独秀长兄陈健生之子。早年留学日本,曾任《青年杂志》英文编辑。后任教于安庆高级工业学校、宣城师范学校、怀宁文课中学、怀宁中学、安徽大学。

是书为三幕剧,据英译本转译。

此书辑入《说部丛书》。

1919 年

1.《短篇小说第一集》,[法]都德等著;胡适译

1919年上海亚东图书馆铅印本,安徽省图书馆藏。

胡适(1891~1962),原名嗣穈,学名洪骍,字希疆,后改名胡适,字适之,笔名天风、藏晖等。绩溪人。胡传之子。清光绪三十二年(1906)考入中国公学,清宣统二年(1910)考取"庚子赔款"留学生,先后就读于康乃尔大学农学院、文学院,哥伦比亚大学研究院。1917年回国,加入《新青年》编辑部。历任北京大学教授、文学院院长,辅仁大学教授及董事,中华民国驻美利坚合众国特命全权大使,美国国会图书馆东方部名誉顾问,北京大学校长,中央研究院院士,普林斯顿大学葛思德东方图书馆馆长,中华民国中央研究院院长等职。有多种历史学、哲学等著述存世。

是书前有译者自序,内录 Daudet《最后一课》《柏林之围》,Kipling《百愁门》,Teleshov《决斗》,Maupassant《梅吕哀》《二渔夫》《杀父母的儿子》,Chekov《一件美术品》,Strinderg《爱情与面包》,Castelnuava《一封未寄的信》。书后附《论短篇小说》,此文系译者在北京大学国文研究所小说科之演讲材料,曾刊载于《北京大学日刊》。其中三篇小说系文言。

"自序"称:"这些是我八年来翻译的短篇小说十种,代表七个小说名家,共计法国的五篇,英国的一篇,俄国的两篇,瑞典的一篇,意大利的一篇。……我这十篇不是一时译的,所以有几篇是用文言译的,现在也来不及改译了。近一两年来,国内渐渐有人能赏识短篇小说的好处,渐渐有人能自己著作颇有文学价值的短篇小说,那些'某生,某处人,美丰姿……'的小说渐渐不大看见了,这是文学界极可乐观的一种现象。我是极想提倡短篇小说的一个人,可惜我不能创作,只能介绍几篇名著给后来的新文人作参考的资料。"

又:《短篇小说第一集》,[法]都德等著;胡适译

1920年上海亚东图书馆铅印本,中国国家图书馆藏。

此书增加 Garky《他的情人》一篇。

2.《欧美名家侦探小说大观》第一集,周瘦鹃主编;周瘦鹃,程小青等译

1919年上海交通图书馆铅印本,首都图书馆藏。

程小青生平已见《福尔摩斯探案全集》第六册。

是书录[英]柯南道尔《黄眉虎》《双耳记》《死神》《艇中图》《橹中女》《岩屋破奸》。

3.《欧美名家侦探小说大观》第二集,周瘦鹃主编;周瘦鹃,程小青等译

1919年上海交通图书馆铅印本,首都图书馆藏。

程小青生平已见《福尔摩斯探案全集》第六册。

是书录[美]亚塞李芙《墨异》《地震表》《X光》《火魔》《钢门》《百宝箱》。

4.《欧美名家侦探小说大观》第三集,周瘦鹃主编;周瘦鹃,程小青等译

1919年上海交通图书馆铅印本,首都图书馆藏。

程小青生平已见《福尔摩斯探案全集》第六册。

是书收录[美]维廉·莆利门《璧返珠还》《镜诡》《牛角》《飞刀》《情海一波》。

5.《再世为人》,[英]汤姆·格伦原著;何世枚译述

1919年上海商务印书馆铅印本,中国国家图书馆藏。

何世枚(1896~1975),字朴忱,号澹园。望江人。何世桢之弟。1921年毕业于上海东吴大学法学院,后保送至美国密西根大学研究院,获法学博士学位。回国后任东吴大学、上海大学教授,次年与兄何世桢创办上海私立持志大学,任副校长兼教务长。后任和康地产公司经理,抗战胜利后,与兄在沪成立法律事务所。

是书为文言翻译长篇小说,原名 *Just as He Is Borm*。

1920年

1.《欧美名家侦探小说大观》第四集,周瘦鹃主编;周瘦鹃,程小青等译

1920年上海交通图书馆铅印本,首都图书馆藏。

程小青生平已见《福尔摩斯探案全集》第六册。

是书录侦探小说《小金盒》《毒药罇》《金箱》《颈圈》《伪票》《黄钻石》《毒梳》,未署原著者名。

2.《欧美名家侦探小说大观》第五集,周瘦鹃主编;周瘦鹃,程小青等译

1920年上海交通图书馆铅印本,首都图书馆藏。

程小青生平已见《福尔摩斯探案全集》第六册。

是书录侦探小说《伪病》《贼妻》《化身人》《药酒》《狱秘》《幕后人》,未署原著者名。

3.《西洋名著译读》,胡适,周作人等译

民国河北女子师范学院铅印本,中国国家图书馆藏。

胡适生平已见《短篇小说第一集》。

是书末附周作人1920年所写《空大鼓·旧序》,内录胡适译莫泊桑《杀父母的儿子》、柴甫霍《一件美术品》,周作人译柴甫霍《可爱的人》、安徒生《卖火柴的女儿》等17篇小说、戏剧、诗歌。

《周序》称:"这一册里所收的二十一篇小说,都是近两年中——一九一八年一月至一九一九年十二月——的翻译,已经在杂志及日报上发表过一次的。……这几篇小说的两件特别的地方——一,直译的文体,二,人道主义的精神。"

1921 年

1.《易卜生集一》,[挪]易卜生著;潘家洵译,胡适校

1921年上海商务印书馆铅印本,天津图书馆藏。

胡适生平已见《短篇小说第一集》。

是书卷首有译者所撰《易卜生传》,内录《娜拉》(三幕剧)、《群鬼》(三幕剧)、《国民公敌》(五幕剧),末附胡适所撰《易卜生主义》。

1922 年

1.《欧美名家侦探小说大观》第六集,周瘦鹃主编;周瘦鹃,程小青等译

1922年上海交通图书馆铅印本,首都图书馆藏。

程小青生平已见《福尔摩斯探案全集》第六册。

是书录《移尸案》《情人失踪》《牛蒡子》《一串珠》《错姻缘》《伪装》,未署原著者名。

2.《小物件》,[法]都德著;李劼人译;黄仲苏校

1922年上海少年中国学会铅印本,天津图书馆藏。

黄仲苏(1895~1975),原名黄玄,笔名更生、醒郎。舒城人。1918年与李大钊等人组织少年中国学会,1921年毕业于美国伊利诺斯大学文学院,1924年获法国巴黎大学文学硕士学位。曾任《少年中国》《少年世界》主编,武昌师范大学、南京东南大学、上海大夏大学和光华大学教授,上海特别市政府秘书,国民政府外交部秘书,1931年曾出任驻墨尔本领事。

1923 年

1.《第二号室》,[英]瓦拉斯著;程小青译

民国上海世界书局铅印本,南京图书馆藏。
译者生平已见《福尔摩斯探案全集》第六册。
是书于1923年连载于《侦探世界》7～15期。

2.《文学评论之原理》,[英]温切斯特著;景昌极,钱坤新译;梅光迪校

1923年上海商务印书馆铅印本,安徽大学图书馆藏。

梅光迪(1890～1945),一字迪生、觐庄。宣城人。南社社员。清宣统三年(1911)考取清华学校,后官费赴美,先后考入西北大学、哈佛大学文学院,获文学博士学位。1920年回国,历任南开大学英语系主任、南京东南大学英语系主任、哈佛大学中文讲师、浙江大学文理学院副院长、浙江大学文学院院长。曾与吴宓等人创办《学衡》杂志。1945年病故。是书前有译者识,内八章,分别为"定义与范围""何谓文学""文学上之感情原素""想象""文学上之理智原素""文学上之形式原素""散体小说""结论"。

程正民,程凯著《中国现代文学理论知识体系的建构:文学理论教材与教学的历史沿革》(北京大学出版社2005年版第37页)称,此书"是第一本翻译成书的西方文学基础理论原著,自然影响深远"。

3.《新俄罗斯》,[日]川上俊彦著;王揖唐译

1923年上海商务印书馆铅印本,中国国家图书馆藏。

王揖唐(1878～1948),名志洋,字慎吾,后更名王赓,字一堂,号揖唐、逸塘。合肥人,王锡元之子。清光绪三十年(1904)考取进士,授兵部主事,后入日本振武学校学习军事。清光绪三十三年(1907)回国,历任东三省督练处参议、吉林兵备分处总办、陆军协统等职。民国后历任内务总长、国会议长、安徽省长,抗战爆发后任伪国民政府考试院院长、华北政务委员会委员长兼内务署督办、伪全国经济委员会副委员长、新国民运动促进委员会委员、中央政治委员会委员。1948年以汉奸罪被枪决。

是书为著者游苏归国后所写介绍十月革命后苏俄情况之散文,末附《旅行琐记》。

4.《易卜生集二》,[挪]易卜生著;潘家洵译;胡适校

1923年上海商务印书馆铅印本,天津图书馆藏。

校者生平已见《短篇小说第一集》。

是书内录三幕剧《少年党》和《大匠》。

1924 年

1.《路曼尼亚民歌一斑》,朱湘译

1924年上海商务印书馆铅印本,安徽大学图书馆藏。

朱湘(1904~1933),字子沅。原籍安徽太湖,生于湖南沅陵。朱延熙之子。1920年入清华大学,参加清华文学社活动。1927年赴美国留学,先后于威斯康星州劳伦斯大学、芝加哥大学、俄亥俄大学就读。1929年回国,任教于安徽大学外文系,1932年去职,1933年自尽。

是书前有译者序,内录罗马尼亚民歌《无儿》《母亲悼子歌》《花孩子》《孤女》《咒语》《干姊妹相和歌》《纺纱歌》《月亮》《吉普赛的歌》《军人的歌》《疯》《独居》《被诅咒的歌》和《未亡人》14首。末附《采集人小传》和《重译人跋》。

"译者序"称,此书选译自哀阑拿·伐佳列司珂采集的《丹波危查的歌者》一书。

2.《前德皇威廉二世自传》,[德]弗里德里希·威廉·维克多·阿尔伯特著;王揖唐译

1924年上海商务印书馆铅印本,天津图书馆藏。

译者生平已见《新俄罗斯》。

是书系威廉二世于第一次世界大战战败后,亡命荷兰期间所写回忆录,共十八章。末附《德皇最近之状况》。

3.《世界十大成功人传》,[美]波尔登夫人著;刘麟生译

1924年上海商务印书馆铅印本,上海图书馆藏

刘麟生(1894~1980),字宣阁,号茗边。庐江人。刘体蕃长子。早年毕业于上海圣约翰大学文科,后任上海商务印书馆及中华书局编辑,南京金陵女子文理学院国文系教授兼主任,上海交通大学及圣约翰大学教授等职。1947年起先后于日本东京及美国华盛顿任外交工作。

是书前有著者"小引",内录皮博带、伊资、华特、马孙、巴里赛、法拉台、白遂贸、夏夸德、康奈尔、爱迪孙等十位西方人物传记。

1925 年

1.《古灯》,[法]勒白朗著;程小青,周瘦鹃译

1925年上海大东书局铅印本,上海图书馆藏。
译者生平已见《福尔摩斯探案全集》第六册。
是书为《亚森罗苹案全集》之八。

1926 年

1.《穷人》,[俄]陀思妥也夫斯基著;韦丛芜译

1926年北平未名社出版部铅印本,中国国家图书馆藏。
韦丛芜(1905～1978),原名韦崇武,又名立人、若愚。霍邱人。早年先后求学于湖南法政学校、省立第三师范、湖南岳阳湖滨大学附中、北京崇实中学,1925年参与创办未名社,1929年毕业于燕京大学,任天津女子师范英文系教授。1933年返乡办学,旋任国民党霍邱县长。抗战爆发后弃文经商。
是书据英译本转译。书前有鲁迅《小引》,英文版《引言》。
此书为《未名丛刊》之一。

2.《外套》,[俄]果戈理著;韦漱园,司徒乔译

1926年上海北新书局铅印本,南京图书馆藏。
韦漱园(1902～1932),又名素园。霍邱人。韦丛芜之兄。早年曾赴苏联学习,后主持未名社日常工作,1926年接编《莽原》半月刊。
是书为中篇小说。前有译者序,介绍作者创作。
此书为《未名丛刊》之一。

3.《往星中》,[俄]安特列夫著;李霁野译

1926年北平未名社铅印本,中国国家图书馆藏。
李霁野(1904～1997),霍邱人。1927年肄业于燕京大学中文系,历任河北天津女师学院、辅仁大学、百洲女师学院、台湾大学外语系教授、系主任等职。
是书为四幕剧,据英译本转译。书前有韦素园序,介绍安特列夫,末有译者

《后记》。

此书为《未名丛刊》之一。

1927 年

1.《古坛之怪》,[英]柯南道尔著；程小青等译

1927 年上海世界书局铅印本,天津图书馆藏。
译者生平已见《福尔摩斯探案全集》第六册。
是书为《标点白话福尔摩斯探案大全集》第十一册。

2.《归来记》,[英]柯南道尔著；程小青等译

1927 年上海世界书局铅印本,天津图书馆藏。
译者生平已见《福尔摩斯探案全集》第六册。
是书为《标点白话福尔摩斯探案大全集》第五、六册。

3.《回忆录》,[英]柯南道尔著；程小青等译

1927 年上海世界书局铅印本,天津图书馆藏。
译者生平已见《福尔摩斯探案全集》第六册。
是书为《标点白话福尔摩斯探案大全集》第三、四册。

4.《恐怖谷》,[英]柯南道尔著；程小青等译

1927 年上海世界书局铅印本,天津图书馆藏。
译者生平已见《福尔摩斯探案全集》第六册。
是书为《标点白话福尔摩斯探案大全集》第十二册。

5.《冒险史》,[英]柯南道尔著；程小青等译

1927 年上海世界书局铅印本,天津图书馆藏。
译者生平已见《福尔摩斯探案全集》第六册。
是书为《标点白话福尔摩斯探案大全集》第一、二册。
又:《标点白话福尔摩斯探案大全集》,[英]柯南道尔著；程小青等译。
是编十三册。卷首有[美]威尔逊序,程小青序,以及《柯南道尔小传》《关于福尔摩斯的话》,内录侦探小说 54 篇。第一、二册为《冒险史》,第三、四册为《回忆录》,第五、六册为《归来记》,第七、八册为《新探案》,第九册为《血字研究》,第十册为《四签名》,第十一册为《古坛之怪》,第十二册为《恐怖谷》,最后一册为插图集。

6.《少女日记》,章衣萍,铁民译

1927年上海北新书局铅印本,复旦大学图书馆藏。

章衣萍(1902～1946),乳名灶辉,又名洪熙。绩溪人。早年先后就学于安徽省立第二师范学校、北京大学预科。毕业后参加左联,主编教育改进社杂志。后任上海大东书局总编辑,参与筹办《语丝》月刊。1928年任暨南大学校长秘书兼文学系教授,抗战后任成都大学教授。

章铁民(1899～?),笔名铁民,别名章造汉,号古梦。绩溪人。南社社员。早年毕业于北京大学,1927年为上海暨南大学事务处出版科主任,与汪静之等组织秋野社,编辑《秋野》月刊。后任教于青岛、汕头。

是书前有"原序"及章衣萍"小记",内分上下卷。

"原序"称,此日记是"一个属于文明社会当青春发动期的少女的心灵"。

"小记"称,此书是在《语丝》第80期周作人文章中见到,在翻译过程中,亦得到周作人先生恳切的指教,翻译目的在于"使中国的道学家教育家和正值的绅士们长些见识"。

7.《四签名》,[英]柯南道尔著;程小青等译

1927年上海世界书局铅印本,天津图书馆藏。

译者生平已见《福尔摩斯探案全集》第六册。

是书为《标点白话福尔摩斯探案大全集》第十册。

8.《新探案》,[英]柯南道尔著;程小青等译

1927年上海世界书局铅印本,天津图书馆藏。

译者生平已见《福尔摩斯探案全集》第六册。

是书为《标点白话福尔摩斯探案大全集》第七、八册。

9.《血字研究》,[英]柯南道尔著;程小青等译

1927年上海世界书局铅印本,天津图书馆藏。

译者生平已见《福尔摩斯探案全集》第六册。

是书为《标点白话福尔摩斯探案大全集》第九册。

1928 年

1.《波斯故事》,章铁民译

1928 年上海北新书局铅印本,北京大学图书馆藏。

著者生平已见《少女日记》。

是书前有译者"小序",内录民间故事《狼和羊》《乌有城》《卜卦者》《燕子石》《摩须吉儿加沙》《妒忌的姊姊》《王子和神女》《豌豆先生》《傻孩子做国王》《小孩变百灵》《狼姑母》等 30 篇。

是书所录篇章据英国罗利谟兄弟所辑《波斯传说》上部《可马尼传说》译出。

2.《裁判官的威严》,[俄]高尔基等著;朱溪译

1928 年上海北新书局铅印本,南京图书馆藏。

朱溪(1906~1952),名程朱溪,行名家丁。绩溪人。程修兹第五子。早年就读于安徽省立第二师范、南开中学,1925 年入中国大学学习。1928 年与刘天华等人创办《音乐杂志》,任编辑。后曾任国民党全国慰劳总会总干事、党部书记长、空袭服务总会总干事、国民党重庆市党部书记长、安徽省党部委员、安徽省第十区行政督查专员兼保安司令、南京社会部总务司司长等职。

是书前有"译者小言"。内录小说[俄]高尔基《我的旅伴》,[法]法郎士《裁判官的威严》两篇。

此书为《欧美名家小说丛刊》之一。

3.《草原上》,[俄]高尔基著;朱溪译

1928 年上海人间书店铅印本,上海图书馆藏。

译者生平已见《裁判官的威严》。

是书前有译者序,内录小说《裁判官的威严》《伙伴》《一个秋夜》《我们二十六人同另外一位》。

"译者序"以散文笔调记载决定翻译是书之原因及译者之艰辛,并介绍高尔基其人。

4.《妒杀案》,程小青编译

1928 年上海文明书局铅印本,陕西省图书馆藏。

译者生平已见《福尔摩斯探案全集》第六册。

程小青于《侦探小说的多方面》(载吴福辉编辑《二十世纪中国小说理论资料第

三卷 1928～1937》,北京大学出版社 1997 年版第 227 页)中称:"我在好几年前,写了一篇霍桑探长篇,取名叫做《冤狱》,写的是一件因恋爱争妒的凶案,后来经某书局的编辑先生的好意,给我改了一个题目,叫做《妒杀案》,那就变得一览无遗,味同嚼蜡了!"

5.《格里佛游记一集》,[英]斯伟夫特著;韦丛芜译

1928 年北平未名社出版部铅印本,中国国家图书馆藏。

译者生平已见《穷人》。

是书前有译者"小引",评介著者及其作品,并称此书据 London. G. Bell and Sons, Ltd. 出版的 *Bohn's Popular Library* 版本翻译。

6.《黑假面人》,[俄]安特列夫著;李霁野译

1928 年北平未名社铅印本,南京图书馆藏。

译者生平已见《往星中》。

是书为二幕剧,据英译本转译。前有译者序,介绍安特列夫的戏剧观,并称此剧翻译得到韦素园和鲁迅帮助。

此书为《未名丛刊》之一。

7.《贫女和王子》,程本海编译

1928 年铅印本,聂光甫《山西公立图书馆目录初编》(太原晋新书社 1933 年版第 423 页)著录。

程本海(1898～1980),绩溪人。早年为上海亚东图书馆店员,后任中华书局新文化部编辑。1923 年参与发起徽社,出版《微音》月刊。1927 年入晓庄学校,后创办浙江省立湘湖乡村师范、劳山中学,主持和平学园、广东龙川简易师范学校、百侯中学,1935 年始,任安徽省教育厅辅导室主任等职。抗战胜利后任职于浙江温州国立英士大学训导处,并曾任教于上海育才中学、储能中学、敬业中学,1948 年赴台湾任教育主管部门督学。

又:《贫女和王子》,程本海译,1933 年上海中华书局铅印本(9 版),上海图书馆藏。

是书为《儿童文学丛书小说》之一种。

8.《仆人》,汪原放译

1928 年上海亚东图书馆铅印本,中国国家图书馆藏。

汪原放(1897～1980),又名家瑾、麟伯,笔名士敏、白石、严约、方泉等。绩溪人。清宣统二年(1910)入科学图书社为学徒,1913 年入上海亚东图书馆。此后曾任《民国日报》经理、国际编辑,中共中央出版局局长,1927 年后返回亚东图书馆。

是书卷首有译者序。内录小说《六裁判》《一只小小的猪》《富翁的客》《穷人和富人》《旅行人和斧子》《母亲的遗念》《红箱子和绿匣子》《没了亲娘的女儿》《王子开森》《伊文和怪兽》十篇。

是书前有"译者的话",内录[俄]西梅亚乐甫《仆人》,[俄]托尔斯泰《只有上帝知道》,[俄]契柯夫《赌东道》,[法]莫泊三《过继》《一个女疯子》,[俄]梭罗古勃《捉迷藏》五部短篇小说。俄国各篇曾刊载于《学灯》杂志,法国各篇曾刊载于《觉悟》杂志。

9.《若邈玖裛新弹词》,[英]莎士比亚著;邓以蛰译

1928年上海新月书店铅印本,北京大学图书馆藏。

邓以蛰(1892~1973),字叔存。怀宁人。邓艺孙之子,邓稼先之父。早年留学日本、美国,后任教于清华大学、北京大学、燕京大学、厦门大学。

是书系五幕悲剧《罗密欧与朱丽叶》中之一段。曾于1924年4月25日、26日连载于《晨报副刊》。书前有演出剧照及著者识。

"著者识"称,此书创作源自五六年前初次观看《罗密欧与朱丽叶》之后。"当时悦慕之情,数日如狂……不得已,只得翻开莎翁原作,朗诵数过,兴还不止;乃摇笔将'园会'一段,演绎出来……"

10.《文学与革命》,[俄]特罗茨基著;韦素园,李霁野合译

1928年北平未名社出版部铅印本,安徽省图书馆藏。

韦素园生平已见《外套》。

李霁野生平已见《往星中》。

是书前有原著者"引言",末有李霁野所撰"后记"。全书八章,分别介绍《十月革命以前的文学》《十月革命底文学"同路人"》《亚历山大·勃洛克》《未来主义》《诗歌底形式派与马克思主义》《无产阶级的文化与无产阶级的艺术》《共产党对艺术的政策》《革命的与社会主义的艺术》。《后记》介绍本书著者托洛茨基。

11.《最后的光芒》,[俄]契诃夫等著;韦漱园译

1928年上海商务印书馆铅印本,上海师范大学图书馆藏。

译者生平已见《外套》。

是书为俄国短篇小说集。前有译者小序,内录契诃夫《渴睡》《恐怖》《无名》,科罗连珂《最后的光芒》,戈理奇《人之诞生》,安特列夫《小天使》《笑》《马赛曲》,梭罗古勃《往绮玛忤斯去的路》《邂逅》《伶俐的姑娘》,扎伊采夫《极乐世界》。

著者"小序"称,安特列夫三篇为李霁野译。

1929 年

1.《砭俗纪闻三卷》,胡之灿评辑

1929 年石印本,首都图书馆藏。

胡之灿,字少拙,号玉梅居士。太平人。早年就读于安徽敬敷书院,曾任浙江盐政事。清光绪十五年(1889)后赴京,民国后寓居汉口,1932 年还乡。著者曾于清光绪间撰有《玉梅弦歌集》六卷。

是书封面为谭宗迟题签,内有陈维远题"砭俗纪闻",陈铭枢题《玉梅居士别集》。前有编辑余言、著者六旬小影、余鹤俦《麻川玉梅居士小传》,并黄质胜、余瑞瑛、余鹤俦、明珠题字。卷上有伟略、新政、法制、外交、军事、教育、图书、科学篇;卷中有良吏、爱国、礼教、音乐、经济、实业、市政、交通篇;卷下有卫生、体育、娱乐、家庭、婚嫁、遗产、废疾、珍闻篇。每篇内录著者见闻若干则,如《总理诞日纪念总理之事迹》《银幕上和平之神》《李将军解甲经商》《宇宙中心之最近发现》《何夫人捍卫党国》《老佣妇保护小主人》等,多则后有玉梅居士评赞。

"编辑余言"称,此书所录为著者 1924~1929 年之作。

2.《波斯传说》,章铁民译

1929 年上海亚东图书馆铅印本,安徽省图书馆藏。

译者生平已见《少女日记》。

是书前有"译者的话",内收《神鸟》《两个金兄弟》《猎人和白蛇》《牧牛童弄醒公主》等故事 28 篇,系依据英国罗利谟兄弟所辑《波斯传说》下部《巴克第里亚传说》译出。

3.《不幸的一群》,李霁野译

1929 年北平未名社铅印本,中国国家图书馆藏。

译者生平已见《往星中》。

是书内录[俄]陀思妥夫斯基《诚实的贼》,[俄]安特列夫《马赛曲》,[俄]但兼珂《善忘的伊凡底命运》,[波]式曼斯基《一撮盐》《木匠科瓦尔斯基》《从鲁巴托夫来的斯罗尔》,[波]什朗斯基《预兆》,[美]F.B.哈提《扑克滩氏被逐者》等八篇小说。末附译者《后记》,称此书最初翻译动机来自狱中生活。

此书为《霁野译丛》之一。

4.《冬天的春笑:新俄短篇小说》,[苏]索波里等著;华维素译

1929年上海泰东图书局铅印本,上海图书馆藏。

华维素,蒋光慈笔名。蒋光慈(1901~1931),原名蒋侠僧,笔名光赤、光慈、华维素等。六安人。1921年赴莫斯科东方大学学习,加入中国共产党。回国后曾任上海大学教授,1927年参与发起太阳社,编辑《太阳月刊》《时代文艺》《新流》《拓荒者》《海风周报汇刊》等文学刊物。

是书录短篇小说八篇,计有:索波里《寨主》、爱莲堡《冬天的春笑》、谢芙林娜《信》、谢廖也夫《都霞》、里别丁斯《一周间》、曹斯前珂《最后的老爷》、弗尔曼诺夫《狱囚》、罗曼诺夫《技术的语言》。

此书辑入《世界文学丛书》。

5.《佛学寓言》,胡寄尘译著

1929年上海世界佛教居士林铅印本,胡小静《胡怀琛传略》(载晋阳学刊编辑部编辑《中国现代社会科学家传略·第八辑》,山西人民出版社1987年版第361页)著录。

译者生平已见《寄尘短篇小说》。

又:《佛学寓言》,胡寄尘译著。

1933年上海佛学书局铅印本,上海图书馆藏。

是书前有著者识,内录《近视的医生》《不自知的狂人》《痴呆的王子》《农人的苦恼》《蛇之自杀》等寓言30篇。

"著者识"称:"我前回曾做了佛学寓言十多条,登在报纸上。我的意思是要将佛学妙理,拿极普通的文字写出来,使一般的人,都能领会,并不是专门给研究佛学的人看的。凡是关于佛学的专门名词,一概不用。又间引周秦诸子中的寓言,互相对证。……世界佛教居士林同志,复从佛经中抄录许多寓言,叫我照前例演为普通之文,我自然是很愿意干这件事。下面所述,便是我的文字。至其大意,大概是照原意,没有改变。按语和原来的说明,略有出入,见仁见智,这是不必相同的。"

6.《黄花集》,韦素园译

1929年未名社出版部铅印本,上海图书馆藏。

译者生平已见《外套》。

是书为北欧诗歌小品集。前有译者序,内分三部分。其一为散文,内录[俄]契里珂夫《献花的女郎》,[俄]勃洛克《孤寂的海湾》两篇;其二为散文诗,内录[俄]都介涅夫《门坎》《玫瑰》《马莎》,[俄]科罗连珂《小小的火》,[俄]戈理奇《海莺歌》,[俄]安特列夫《巨人》,[俄]契里珂夫《冢上一朵小花》,[波]解特玛尔《幸福》,[丹麦]哈漠生《奇谈》等17篇;其三为诗歌,内录[俄]玛伊珂夫《诗人的想象》,[俄]蒲

宁《不要用雷闪来骇我》，[俄]梭罗古勃《蛇睛集选》，[俄]名思奇《我怕说》等八首。

7.《近代文艺批评断片》，李霁野译

1929年北平未名社铅印本，中国国家图书馆藏。

译者生平已见《往星中》。

是书内录A. France《吹笛者底争辩》，J. Iemaitre《批评中的人格》《传统与爱好》，R. de Gourmont《文学的影响》《视觉与情绪》，F. Hebbel《艺术箴言》，W. Dilthey《经验与创造》，R. M. Meyer《近代的诗人》，R. Mueller-Freienfels《生活中的创造艺术》，J. Galsworthy《艺术》《六个小说家底侧影》，A. Clutton-Brock《艺术家和他底听众》，H. L. Mencken《清教徒与美国文学》等13篇文艺论文。其中11篇译自美国L. Lewisohn所辑的 *A. Modern Book of Criticisms*。因该书已有傅东华的全译本，故本书名后加"断片"二字。

此书为《未名丛刊》之一。

8.《决斗》，[俄]契诃夫著；张友松，朱溪译

1929年上海北新书局铅印本，中国国家图书馆藏。

朱溪，程朱溪笔名，生平已见《裁判官的威严》。

是书内录张友松译短篇小说《猎人》《凡卡》《一个没有结局的故事》《一件事情》《活动产》等五篇，朱溪译中篇小说《决斗》。全书据英译本转译。

9.《契诃夫随笔》，[俄]契诃夫著；章衣萍，朱溪译

1929年上海北新书局铅印本，南京图书馆藏。

章衣萍生平已见《少女日记》。

朱溪生平已见《裁判官的威严》。

是书前有章衣萍所撰"译者前记"，内录契诃夫1892～1904年间所撰琐记，全书据英译本转译。末附"短文、思想、杂记、断片"。

10.《少妇日记》，[英]娜克丝著；章铁民译

1929年上海北新书局铅印本，安徽省图书馆藏。

译者生平已见《少女日记》。

是书前有译者序与原序。

译者序称，此书原名为《一个时髦的少妇从一七六四年到一七六五年的日记》。

11.《睡美人》，[法]贝罗著；韦丛芜译

1929年上海北新书局铅印本，山西省图书馆藏。

译者生平已见《穷人》。

是书录童话故事七篇。

12.《新俄大学生日记》,[苏]N.奥格涅夫著;江绍原译

1929年上海春潮书局铅印本,北京师范大学图书馆藏。

江绍原(1898～1983),旌德人。江绍铨之弟。曾任北京大学及中山大学教授、系主任、文学院院长,国民党政府教育部特约编纂。

是书前有英译者的引言、重译者序。

13.《伊所伯的寓言》,汪原放译

1929年上海亚东图书馆铅印本,北京大学图书馆藏。

译者生平已见《仆人》。

是书前有译者的话、《原序》节译、《伊所伯传》、音译专名释义,内录寓言300余篇。

"译者的话"称:"我现在这个译本是依据乔治弗莱棠生(Gorge Fyler Townsend)的英文译本译成的,他这个译本,我承认他是一个最完善的译本,一个'集大成'的译本。"

14.《英国近代短篇小说》,朱湘译

1929年上海北新书店出版,安徽大学图书馆藏。

译者生平已见《路曼尼亚民歌一斑》。

是书内录怀特《卫推克君的退股》、加涅忒《哑的神判》、史提文生《马克汉》、吉辛《一个穷的绅士》、雅考布斯《猴爪》、莫里生《楼梯上》、阑白恩女士《圣诞节的礼物》、摩亨《大班》、布拉玛《孙衡的磨炼》、艾尔文《稳当》等短篇小说十篇。

15.《战鼓》,蒋光慈著

1929年上海北新书局铅印本,中国国家图书馆藏。

著者生平已见《冬天的春笑:新俄短篇小说》。

是书上下两卷,前有高语罕序及自序。上卷录1921～1924年诗作,下卷录1924～1927年诗作,计有《红笑》《十月革命纪念》《无穷的路》《我应当怎样呢》《梦中的疑境》《余痛》《我们所爱者一定在那里》《罢工》《寄友》等57首,末四首为译诗。

此书大部分作品曾收录于《新梦》《哀中国》,《寄友》为增补之作。

16.《张的梦》,[俄]蒲宁著;韦丛芜译

1929年上海北新书局铅印本,北京大学图书馆藏。

译者生平已见《穷人》。

是书前有译者小引,介绍著者生平创作。内录小说《张的梦》《轻微的唏嘘》《儿

子》三篇。

此书为我国最早发行的蒲宁作品单行本。

1930 年

1.《愁斯丹和绮瑟的故事》,[法]柏地耶著;朱孟实译

1930 年上海开明书店铅印本,广东省立中山图书馆图书馆藏。

朱孟实,朱光潜笔名。朱光潜(1897～1986),笔名孟实、盟石。桐城人。先后就读于桐城中学、武昌高等师范学校、香港大学文学院、英国爱丁堡大学、伦敦大学、法国巴黎大学、斯塔斯堡大学,1933 回国,曾分别任教于北京大学、四川大学、武汉大学。

是书为爱情小说。前有原序节译与译者序。

2.《饿》,[挪威]哈姆生著;章铁民译

1930 年上海水沫书店铅印本,天津图书馆藏。

译者生平已见《少女日记》。

是书为自传体长篇小说,前有译者前言,简介作者。

3.《回忆陀思妥耶夫斯基》,[俄]陀思妥耶夫斯基夫人著;韦丛芜译

1930 年上海现代书局铅印本,中国国家图书馆藏。

译者生平已见《穷人》。

是书为著者关于陀思妥耶夫斯基 1871、1872 年间生活之回忆。末附《陀思妥耶夫斯基致兄书》,及契希金编《陀思妥耶夫斯基年谱》。

4.《文二十八种病》,[日]遍照金刚著;储皖峰校

1930 年中国述学社出版部铅印本,北京大学图书馆藏。

校者生平已见《东方大同学案》。

是书卷首有校者《引论》、杨守敬《文镜秘府论提要》,末附校者《校勘记》并日本铃木虎雄作、校者译《文镜秘府论校勘记》。

5.《一千零一夜》,汪原放译

1930 年上海亚东图书馆铅印本,贾植芳,俞元桂《中国现代文学总书目》(福建教育出版社 1993 年版第 727 页)著录。

译者生平已见《仆人》。

又:《一千零一夜》,汪原放译,1931年上海亚东图书馆铅印本(第3版),中国国家图书馆藏。

是书前有原序、楔子,末附《译后题记》,内录阿拉伯民间故事20篇,据A. L. Lane英译本译出。

6.《一周间》,[苏]U.利贝丁斯基著;华维素译

1930年上海北新书局铅印本,中国国家图书馆藏。

译者生平已见《冬天的春笑:新俄短篇小说》。

7.《印度七十四故事》,[印度]萧野曼·升喀著;汪原放译

1930年上海亚东图书馆铅印本,首都图书馆藏。

译者生平已见《仆人》。

是书前有译者序、原作者序,系依据编者编译的英文本译出,内录印度民间故事74篇。

"译者序"称:"这是一部印度的民间故事,也可以说是一部印度的大众文艺,也可以说是一部印度的方言文学。……《印度的聪明才智》是这书的正名,《印度朝野滑稽故事集》是这书的副名。我译成之后,把所有的故事数了一数,一共是七十四个,我觉得不如老老实实的侧重数目,叫它做现在这个名字的好。"

8.《英国文学:拜伦时代》,韦丛芜译

1930年北平未名社出版部铅印本,北京大学图书馆藏。

译者生平已见《穷人》。

是书据R. Garnett 和 E. Gosse 合著的 *An illustrated history of English literature* 一书第四册译出,内容包括拜伦时代30多名英国文学家评传。

9.《罪与罚》,[俄]陀思妥耶夫斯基著;韦丛芜译

1930年南京正中书店铅印本,南京图书馆藏。

译者生平已见《穷人》。

是书据英译本转译,并参照俄文原本。卷首有译者序。

1931年

1.《柴霍夫书信集》,[苏]柴霍夫著;程万孚译

1931年上海亚东图书馆铅印本(第2版),上海图书馆藏。

程万孚(1904～1968),原名家甲,字广濑。绩溪人。程修兹第四子。早年就读于省立二师、北京今是中学、北京大学。1930年创办上海人间书店,出版《人间》,次年赴法国巴黎留学。1933年归国后任职于福建省建设厅,后任豫鄂皖边区清剿总指挥部秘书处长。西安事变后任安徽大学图书馆职员、教授。抗战期间任安徽省教育厅督学、皖报社社长、皖南粮食管理处副处长、公路养路处长。抗战胜利后任西北民生实业公司业务处长。

是书据英译本转译,前有《译后志》与《柴霍夫小传》,内录著者自1876～1904年间所写书信百余封。

2.《全线》又名:《暴力团记》,[日]村山知义著;华蒂译

1931年上海文艺新闻社铅印本,超星数字图书馆收录。

华蒂(1911～1966),原名叶元灿,又名叶华蒂,笔名以群、华蒂。歙县人。1929年留学日本东京法政大学经济系。1931年回国参加中国左翼作家联盟,任组织部长。次年加入中国共产党。1945年主编文学期刊《文哨》,次年赴上海创办新群出版社。

是书为反映中国工人"二·七"大罢工的四幕九场话剧,系《曙星剧社脚本丛刊》之一种。

此剧1929年发表于《战旗》杂志,并曾于东京左翼剧场演出。

3.《世界名家侦探小说集》,[美]来特辑;程小青译

1931年上海大东书局铅印本,南京图书馆藏。

译者生平已见《福尔摩斯探案全集》第六册。

是书前有译者自序,内录[美]哀迪笳挨伦坡《麦格路的凶案》,[英]奥塞柯南道尔《父与子》,[英]奥斯汀福礼门《血证》,[美]麦尔维尔达维森波士德《草人》,[英]夫勒拆《市长书室中的凶案》,[英]亨利贝力《小屋》,[法]毛利司勒勃朗《雪中足印》,[俄]安东乞呵甫《瑞典火柴》等15篇作品,均附作者小传。

4.《西藏的故事》,[英]谢尔顿编;程万孚译

1931年上海亚东图书馆铅印本,中国国家图书馆藏。

译者生平已见《柴霍夫书信集》。

是书前有原编者序与译者序,内录《聪明的蝙蝠》《老虎和蛙儿》等民间故事49篇、民歌一首,均据编者收集英文译本转译。

1932 年

1.《爱的分野》,[苏]罗曼诺夫著;蒋光慈,陈情合译

1932年上海亚东图书馆铅印本,上海图书馆藏。

蒋光慈生平已见《冬天的春笑:新俄短篇小说》。

是书前有译者序,称:"本书……主旨是在于描写新旧恋爱观的冲突。这不是普通的恋爱小说可比,它实在含有伟大的意义,我们由此不但了解革命后的男女关系,而且了解革命的趋向。读了这一部书之后,那我们就可以看见我们中国现今的恋爱小说,是如何地无聊,是如何地浅薄了"。

2.《百喻经浅说》,胡寄尘译述

1932年上海佛学书局铅印本,复旦大学图书馆藏。

译者生平已见《寄尘短篇小说》。

是书前有唐大圆序、自序。正文前有:"尊者信伽斯那撰,萧齐天竺三藏求那毗地译,泾县胡寄尘浅说"。全书录佛经故事百篇。

"自序"称:"百喻经者,释氏之寓言也,托物寓意,以醒世人,丰于兴趣,而用意至深。此类寓言,多由梵文译为西文。近十年来,复由西文译为汉文,读者未察,以为俄国之创作,而不知其由印度来也,更不知中国旧有译本也。六七年前,余偶以此意公之于世,读者颇有以为然,而知印度寓言者遂多矣。"

3.《贝森血案》,[美]范达痕著;程小青译

1932年上海世界书局铅印本,南京图书馆藏。

译者生平已见《福尔摩斯探案全集》第六册。

是书前有译者序,介绍著者。

此书为《斐洛凡士探案》之一。

4.《几点钟?时钟的故事》,[苏]伊宁著;董纯才译;丁柱中校

1932年上海正午书局铅印本,华东师范大学图书馆藏。

丁柱中(1892~1940),怀宁人。1917年考取安徽省立第一师范,1922年考入上海震旦大学,次年保送赴法国里昂留学,攻读电机工程。1927年任南京晓庄师范物理教师。1931年返乡创办世则小学。1936年任安庆高级工业专科学校教导主任,1938年任怀宁县动员委员会指导员。

是书据英译本转译,封面及书脊著者译名为伊林。内以文艺笔调面向儿童介绍时钟用途及特点。

5.《金丝雀》,[美]范达痕著;程小青译

1932年上海世界书局铅印本,南京图书馆藏。

译者生平已见《福尔摩斯探案全集》第六册。

是书前有译者序。

此书为《斐洛凡士探案》之二。

6.《劳动的音乐》,[苏]高尔基著;钱谦吾选译

1932年上海合众书店铅印本,上海图书馆藏。

钱谦吾,钱杏邨笔名。钱杏邨(1900～1977),原名钱德富,又名钱德赋。主要笔名阿英、钱谦吾、张若英、阮无名、徐衍存、黄英、鹰隼、魏如晦、戴叔清、黄锦涛、寒星等。芜湖人。1926年加入中国共产党,次年底参与发起组织太阳社,倡导无产阶级革命文学,先后当选为中国左翼作家联盟常务委员、中国左翼文化同盟常务委员,担任《救亡日报》和《文献》杂志主编。1941年后历任《新知识》和《盐阜日报》副刊主编,华中文协常委,《江淮文化》主编,华中大学文学院院长,华东局文委书记。

是书由高尔基自传体三部曲及其他短篇小说中节录编成。计有《劳动的音乐》《巴士金》《棕色马》《可笑得很》《读书班》《我的教育》等。

此书以介绍"普罗意识"为由,于1935年遭国民党查禁。

又:《母亲的结婚》,[苏]高尔基著;钱谦吾译。1935年上海龙虎书店铅印本,中国国家图书馆藏。

是书内容同上书。

又:《高尔基名著精选》又名《我的教育》,[苏]高尔基著;钱谦吾选译。1947年上海新陆书局铅印本,上海图书馆藏。

是书内容同上书,1948年再版时更名为《我的教育》。

7.《欧美之光》,吕碧城编译

1932年上海开明书店出版,中国国家图书馆藏。

编者生平已见《信芳集》。

是书前有凌楣民序及例言。内记述著者参加世界动物保护大会、国际蔬食大会及游历欧洲各国见闻;编译涉及生物、医学、政治、教育、风俗等方面欧美书刊文章29篇;录著者于维也纳世界动物保护大会上之演说。

8.《现代英吉利谣俗及谣俗学》,[英]瑞爱德等著;江绍原译

1932年上海中华书局铅印本,中国国家图书馆藏。

译者生平已见《新俄大学生日记》。

是书前有周作人序及著者序,内录"导言""生婚丧葬""业务与工作"(习惯法与各业谣俗)、"时令""动植物和无生物""鬼和超自然存在""占卜,征兆,和运气"(吉凶趋避)、"厌殃法,便方,和黑白巫术""尾论"九章。末附瑞爱德《英国谣俗学的新领土》,妥玛斯《谣俗学的由来和分部》(附书目),哈黎戴《晚近谣俗学研究的趋势》(附书目)《各辞典中的谣俗学论》《书目拾遗》《谣俗学诸次国际大会》《关于 Folklore. Volkskunde 和"民学"的讨论》《关于民间文学的改造》。

9.《隐秘的爱》,[苏]高尔基著;华蒂,森堡译

1932 年上海湖风书局铅印本,上海图书馆藏。

华蒂,叶元灿笔名,生平已见《全线》。

是书据外村史郎的日译本转译,前有译者《译序》,内录小说《隐秘的爱》《英雄的故事》《嘉拉莫拉》《逸话》四篇。

又:《英雄的故事》,[苏]高尔基著;华蒂,森堡译。1941 年重庆上海杂志公司再版,安徽大学图书馆藏。

是书系上书更名再版。

10.《姊妹花》,[美]范达痕著;程小青译

1932 年上海世界书局铅印本,南京图书馆藏。

译者生平已见《福尔摩斯探案全集》第六册。

是书前有译者序。

此书为《斐洛凡士探案》之三。

1933 年

1.《短篇小说第二集》,[美]哈特,[俄]契诃夫等著;胡适译

1933 年上海亚东图书馆铅印本,安徽省图书馆藏。

译者生平已见《短篇小说第一集》。

是书前有译者自序,内录 Francis Bret Harte《米格儿》《扑克坦赶出的人》,O. henry《戒酒》,Chekov《洛斯大奇尔德提琴》《苦恼》,Arthur Morrison《楼梯上》六篇小说。

"自序"称:"这几篇小说本来不预备收在一块的。契诃夫的两篇是十年前我想选一部契诃夫小说时翻译的,三篇美国小说是我预备选译一部美国短篇小说用的。后来这两个计划都不曾做到,这几篇就被收在一块,印作我译的《短篇小说第二集》。"

2.《房龙世界地理》,[美]房龙著;陈瘦石,胡淀咸译

1933年上海世界出版合作社铅印本,中国国家图书馆藏。

胡淀咸(1910~1990),谱名朝渤,字解湄。芜湖人。胡稼胎之弟。曾任江苏国学图书馆编校,后任教于四川乐山中学、四川大学、安徽大学、安徽师范大学。

是书四十七章,前有著者序、译者序,内介绍世界各个地区和国家地理概况。

"著者序"称,此书为"一本以地理为纬的人类生存史"。

"译者序"称:"作者赋有文学天才,一经他的渲染,寻常的山水草木便显得栩栩欲活,过去的历史事实亦仿佛在眼前重演,……这不能不算冶文学与科学于一炉的创举。"

3.《福尔摩斯新探案大全集》,[英]柯南道尔著;杨尘因译

1933年上海三星书局铅印本(第3版),上海图书馆藏。

译者生平已见《新华春梦记》。

是书内录《黑衣女怪侠》《蒙面女侠盗》《侠女复仇记》。

4.《黑女寻神记》,[英]萧伯纳著;汪倜然译

1933年上海读书界书店铅印本,上海图书馆藏。

译者生平已见《希腊神话 ABC》。

又:《黑女寻神记》,[英]萧伯纳著;汪倜然译。1937年上海启明书局铅印本,超星数字图书馆收录。

是书为中篇小说。前有1937年译者小言,称此书为萧伯纳小说"精心之作,宛如他著作中的一件'珍品',不但足以表现他的一切特点,抑且充分泄露他的思想意见。所以我觉得,译出此书以介绍于读者,不但能使读者认识文学家萧伯纳,还能使读者认识思想家的萧伯纳,这当然是一举两得之事"。

5.《黑棋子》,[美]范达痕著;程小青译

1933年上海世界书局铅印本,南京图书馆藏。

译者生平已见《福尔摩斯探案全集》第六册。

是书前有译者序。

此书为《斐洛凡士探案》之四。

6.《苦儿努力记》,[法]莫内德著;林雪清,章衣萍译

1933年上海儿童书局铅印本,南京图书馆藏。

译者生平已见《少女日记》。

是书为上下册翻译小说。前有蔡元培题词及《本书的总评》,上册二十五章,下

册二十三章。

7.《两个罗曼司》,刘麟生,伍蠡甫合译

1933年上海黎明书局铅印本,中国国家图书馆藏。

刘麟生生平已见《世界十大成功人传》。

是书内录刘麟生译《俄卡珊和聂珂莱》、伍蠡甫译《阿密士和阿密力士》两篇恋爱故事。

8.《六裁判》,汪原放译

1933年上海亚东图书馆铅印本,上海图书馆藏。

译者生平已见《仆人》。

"译者序"称:"这十个故事,有的是从英美的儿童读物里译来的,有的是从俄国的儿童读物里译来的……这十个故事,只有《一只小小的猪》是民国十二年译的,其它都是民国十年一年中译的。"

此书收入《儿童故事译丛》。

9.《祈祷》,[日]洼川绮妮子著;华蒂译

1933年上海光华书局铅印本,超星数字图书馆收录。

译者生平已见《全线》。

是书为描写日本女工生活之小说,曾于1931年连载于《读书月刊》1931年第1~2期和第4期。书前有森堡所著《洼川绮妮子访问记》,曾发表于《读书月刊》1931年第1~2期。书末有署名森堡之《日本新兴文学战野里的女斗士们》。

10.《心灵电报:世界短篇杰作选》,汪倜然译

1933年上海现代书局铅印本,中国国家图书馆藏。

译者生平已见《希腊神话ABC》。

是书前有译者前言,内录[波]显克微支《忠于艺术》、[法]都德《打弹子》、[波]伯鲁士《心灵电报》等13篇短篇小说,系自英译本转译。

"前言"称:"这是一本世界短篇小说选择集,共代表九国十三个国家。我在一九二九年以后所译的小说都在这里了。"

11.《一个妇人的情书》,[奥]斯奇凡·蔡格著;章衣萍译

1933年上海华通书局铅印本,中国国家图书馆藏。

译者生平已见《少女日记》。

是书为中篇小说,原题:《一个陌生女人的来信》。

此书著者今译"茨威格"。

此书收入《文艺春秋社丛书》。

12.《作文门径》,胡怀琛著

1933年上海中央书店铅印本,广东省立中山图书馆藏。

著者生平已见《寄尘短篇小说》。

是书分"对于'文'的认识"和"关于'文'的作法"两部分,末附"小品文选读",录周作人、孙福熙、徐志摩、鲁迅、朱自清等人散文及两篇译作。

1934 年

1.《被侮辱与被损害的》,[俄]陀思妥耶夫斯基著;李霁野译

1934年上海商务印书馆铅印本,安徽省图书馆藏。

译者生平已见《往星中》。

是书为长篇小说。

2.《古甲虫》,[美]范达痕著;程小青译

1934年上海世界书局铅印本,南京图书馆藏。

译者生平已见《福尔摩斯探案全集》第六册。

是书前有译者序。

此书为《斐洛凡士探案》之五。

3.《海滨别墅与公墓》,[保]斯塔玛托夫著;[保]克勒斯大诺夫世译;金克木汉译

1934年中国世界语书社铅印本,中国国家图书馆藏。

金克木(1912~2000),字止默,笔名辛竹。寿县人,生于江西。1930年赴北平求学,曾任北京大学图书馆职员。1941年至印度任报纸编辑,于鹿野苑研习佛学、梵文和巴利文。1946年回国,出任武汉大学哲学系教授。

是书为世汉对照短篇小说世界语书名:Vilao apud la maro kaj en la tombejo。本书据世译本转译,内录《海滨别墅》《公墓》两篇。

4.《木偶游菲记》,[意]契勒尼著;江曼如译;汪倜然校订

1934年上海开明书店铅印本,谢天振、查明建主编。《中国现代翻译文学史》(上海外语教育出版社,2004年版第529页)著录。

汪倜然(1906~1988),原名绍箕,笔名倜然、华侃、杨健、周人、洪广。黟县人。1923年考入上海大同大学英文专修科,毕业后历任上海私立泉漳中学国文、英文教师,中国公学大学部国文教授,中华艺术大学英文及西洋文学教授,世界书局编辑。九·一八事变后历任《大晚报》要闻编辑、编辑主任、代主笔、总主笔,启明书局编辑。

又:《木偶游菲记》,[意]契勃尼著;江曼如译;汪倜然校订。1937年上海读书界书店铅印本,首都图书馆藏。

是书为童话,据 A. Patri 的英译本转译。

书前有译者序。

5.《木足盗》,[英]柯南道尔著;杨尘因译

1934年上海三星书局铅印本(第5版),重庆图书馆藏。

杨尘因(1889～1961),原名道隆,号雪门、烟生,早期斋号"曼陀罗庵",后期斋号"鲍系书屋",用于剧评时,号"春雨梨花馆"。全椒人。杨攀龙之子。早年毕业于日本早稻田大学,加入同盟会。民国初任《申报》副刊编辑。1937年回乡,先后出任县临时参议会秘书,省立三临中、霍邱师范教员。抗战胜利后任嘉山中学教师。是书为《福尔摩斯新探案》之七。

6.《神秘的宇宙》,[英]琼司著;周煦良译

1934年上海开明书店铅印本,中国国家图书馆藏。

周煦良(1905～1984),笔名舟斋、贺若璧。至德人。周学海之孙,周明达第二子。1924年毕业于上海大同学院,1928年毕业于光华大学化学系,1932年毕业于英国爱丁堡大学文学系,获硕士学位。归国后历任暨南大学、四川大学、光华大学、武汉大学教授等职。

是书为科普散文。前有译者序,内分"消逝着的太阳""近代物理学下的新世界""物质与放射""相对论与以太""知识的深渊"等五章。

"译者序"称:"金斯是现今很少数的,能用新兴物理学题材,写成轻快文学的人。《神秘的宇宙》写来有如一部科学的童话,作者使我们如艾丽斯一样,身历相对论和量子论所揭示的宇宙的奇境,同时很愉快地把握著物理学在哲学上引起的许多重要问题,这些也是现在科学界和哲学界讨论得最生动的问题。"

7.《未来世界》,[英]威尔士著;章衣萍,陈若水译

1934年上海天马书店铅印本,上海图书馆藏。

译者生平已见《少女日记》。

是书为长篇科幻小说。前有译者《前记》与《导言》。全书二卷,分别为"今天和明天""明天以后"。原著共五卷,本译本为前二卷。

"前记"称,此书"是从世界的历史,政治,经济,社会,工业各方面精密研究的预言书……他所预言的,是从1929年到2105年的世界"。

1935 年

1.《福尔摩斯探案全集下册》,[英]柯南道尔著;程小青等译

1935 年上海世界书局铅印本,重庆图书馆藏。

译者生平已见《福尔摩斯探案全集》第六册。

是书内录《病侦探》《红圈党》《魔鬼之足》《潜艇之图》《石桥女尸》《吸血妇》《专制魔王》《网中鱼》《怪教授》等故事。

2.《柯柯探案集》,[英]奥斯汀著;程小青译

1935 年上海世界书局铅印本,苏州图书馆藏。

译者生平已见《福尔摩斯探案全集》第六册。

是书内录侦探小说《独眼龙》《验心术》《巴黎之裙》《女间谍》四篇。

1936 年

1.《巴斯德传》,[法]瓦莱里-拉多著;丁柱中译

1936 年上海中华书局铅印本,南京图书馆藏。

译者生平已见《几点钟?时钟的故事》。

是书前有译者引言,介绍巴斯德生平、成就,并述及翻译动机和经过。内录十四章,以时间排序为传。原著为法文,转译自英文本。

2.《高尔基给文学青年的信》,[苏]高尔基著;以群译

1936 年上海读书生活出版社铅印本,上海师范大学图书馆藏。

译者生平已见《全线》。

是书录高尔基致文学青年信 23 通,末附《给象征主义者安菲塔特洛夫的信》《高尔基和肖伯纳的通信》。

3.《广田弘毅传》,[日]岩崎荣著;汪静之,吴力生译

1936 年上海商务印书馆铅印本,安徽大学图书馆藏。

汪静之(1902~1996),绩溪人。早年求学于屯溪茶务学校,1921 年考入浙江省第一师范学校,参与创立湖畔诗社。后历任武昌旅鄂湖南中学、保定育德中学、安徽第二农业学校国文教师,北伐军总司令部政治部编纂人员,《革命军日报》《劳工月刊》编辑,上海建设大学、安徽大学、暨南大学中文系教授,商务印书馆特约编辑,国民党中央军校广州分校国文教官,江苏学院教授等职。

是书前有著者译序,全书介绍日本第三十二任首相广田弘毅生平活动,自其幼年写至1936年"二·二六"事件后广田弘毅组阁。

"译序"称:"读者诸君如问为什么要译这本书,那答案是很简单的:日本正在积极执行它的大陆政策,我们遭遇着这政策之执行的民族,无论抗拒与否,都有对这执行国及其权利阶级加以认识的必要。读日本闻人的传记,可以帮助我们的认识。"

4.《简·爱自传》,[英]C.白朗底著;李霁野译

1936年上海生活书店铅印本,中国国家图书馆藏。

译者生平已见《往星中》。

是书为长篇小说,后通译为《简·爱》。

此书辑入《世界文学名著丛书》。

又:《简爱》,[英]莎绿蒂·勃朗特著;李霁野译。1945年重庆文化生活出版社铅印本,上海图书馆藏上下册,中国国家图书馆藏中册。

是书为长篇小说,前有译者序。

5.《魔鬼的门徒》,[英]萧伯讷著;姚克译

1936年上海文化生活出版社铅印本,安徽大学图书馆藏。

姚克(1905~1991),原名志伊、姚莘农、笔名姚克。歙县人,生于福建厦门。早年毕业于东吴大学,1937年参与发起中国剧作家协会,后赴美国耶鲁大学戏剧学院进修。1940年回国,任教于圣约翰大学、复旦大学,并参加上海剧艺社戏剧活动。抗战胜利后担任兰心剧场经理,1948年赴香港。

是书为三幕剧,前有译者序,介绍著者、翻译经过及翻译的问题。

6.《书的故事》,[苏]伊林著;张允和译

1936年上海中华书局铅印本,中国国家图书馆藏。

张允和(1909~2002),合肥人,长于苏州。张冀牖第二女,周有光之妻。早年毕业于上海光华大学历史系。

是书为儿童文学,根据法译本转译,前有译者序言。

7.《苏联文学讲话》,[苏]塞维林,多里福诺夫著;以群译

1936年上海读书生活出版社铅印本,上海图书馆藏。

译者生平已见《全线》。

是书据日译本转译,内分"十月革命前的俄国文学""国内战争时期的苏联文学""复兴期的苏联文学""改造期的苏联文学""苏联文学发展底基本道路及其前途"等五章。前四章均包括总论和作家论两部分,作家论介绍该时期苏联代表作家高尔基、别德内、马雅可夫斯基、绥拉菲莫维奇、里亚西科、潘菲罗夫、别济缅斯基七人。末附《近代俄国文学年表》及译者后记。

8.《泰戈尔的苦行者》,[印]泰谷尔著;方乐天译

1936年上海商务印书馆出版,广东省立中山图书馆藏。

方乐天,桐城人。

是书为英汉对照本。前有1934年译者序,内录诗剧《苦行者》《麦伶俐》。

9.《我的家庭》,[俄]阿克撒科夫原著;J.D.达夫英译;李霁野重译

1936年上海商务印书馆铅印本,中国国家图书馆藏。

李霁野生平已见《往星中》。

是书为长篇小说,前有译者序,称此书原名为《家庭历史》,并据英译本篇首摘要介绍著者生平。

此书辑入《世界文学名著丛书》。

10.《狱中寄给英儿的信》,[印度]尼鲁著;余楠秋,吴道存译

1936年上海中华书局铅印本,上海图书馆藏。

吴道存(1905~1995),笔名首子、吴幼伊。黟县人。1931年毕业于复旦大学历史系,1937年返乡,参与开办东吴附中、复旦附中,任高中英文教师。1939年赴重庆,历任朝阳学院、四川教育学院、上海诚明文学院、上海学院、上海第一师范学院教授,复旦大学副教授。

是书为英汉对照本,系印度尼鲁(即尼赫鲁)在狱中写给女儿之信。

1937年

1.《世界三大独裁》,[美]根室著;余楠秋,吴道存译

1937年上海中华书局铅印本,上海图书馆藏。

吴道存生平已见《狱中寄给英儿的信》。

是书为传记。全书三章,介绍墨索里尼、希特勒和斯大林三人身世、性格、生活和政治主张。

此书译自美国《哈泼斯》(Harpes)杂志。《墨索里尼》一章译自1936年2月号,《希特勒》一章译自1936年12月号,《斯大林》一章译自1935年12月号。

2.《文艺复兴期之文艺批评》,[美]J.E 斯宾加恩著;孙伟佛,常任侠译

1937年南京正中书局铅印本,南京图书馆藏。

常任侠(1904~1996),乳名复生,原名家选,字季青。颍上人。1922年入南京美术专科学校。曾参加学生军北伐,后入中央大学文学院。1935年留学日本东京帝国大学研究东方艺术史,回国后执教于中央大学。抗战期间历任中英庚款董事会艺术考古员、四川省立教育学院教授、国立艺专教授、昆明东方语言专科学校教授、印度泰戈尔国际大学中国文化史教授、北平国立艺专教授。

是书前有孙伟佛撰译者序,著者初版之序言,内分"意大利之文艺批评""法兰西之文艺批评""英吉利之文艺批评"三辑。末有结论与附录。

3.《新文学教程:到文学之路》,[苏]维诺格拉多夫著;叶以群译

1937年上海读书书局铅印本,上海师范大学图书馆藏。

译者生平已见《全线》。

是书前有《译者的话》《原著者的话》,内分《总论》《主题与结构》《艺术作品的风格与形态》三篇。《总论》一章,论文学定义;《主题与结构》七章,分别论述主题、幽默与讽刺、典型、描写、本事、写景、结构;《艺术作品的风格与形态》八章,论述文学的风格、方法、种类,叙事、抒情、戏剧、口头文学作品的形态等。末附《人名注释》《引用书中文译本目录》。

1938 年

1.《小说:译自苏联"文学百科全书"》,[匈]卢卡契著;叶以群译

1938年汉口生活书店铅印本,上海图书馆藏。

译者生平已见《全线》。

是书录《短篇小说》《长篇小说》两篇,分别介绍其历史与理论。

1939 年

1.《爱的受难》,[英]利德原著;予且译

1939年昆明中华书局铅印本,南京图书馆藏。

潘序祖笔名予且。潘序祖(1902~1990),字子端,笔名予且、潘予且、水绕花堤馆主。泾县人。早年入上海圣约翰大学、光华大学,毕业后任教于光华大学附中,后任中华书局编辑。

是书原名:*The cloister and the hearth*,系长篇小说,本书据 M. West 之改写本译出。

此书编入《世界少年文学丛书》。

2.《百乐门血案》,[美]欧尔特毕格斯著;程小青等译

1939年上海中央书店铅印本,上海图书馆藏。
程小青生平已见《福尔摩斯探案全集》第六册。
是书为《陈查礼探案系列》之二。

3.《幕后秘密》,[美]欧尔特毕格斯著;程小青等译

1939年上海中央书店铅印本,安徽省图书馆藏。
译者生平已见《福尔摩斯探案全集》第六册。
是书为《陈查礼探案系列》之一。

4.《西行访问记》,[美]斯诺夫人著;华侃译

1939年上海光明书局铅印本,上海社会科学院图书馆藏。
译者生平已见《木偶游菲记》。

是书原名《革命人物传》。前有《献词》《作者序》《译者前言》,内分"绪论""七十领袖""朱德的生活史""徐向前""肖克""罗炳辉""项英"(斯诺著)、"蔡树藩""中国共产党年表"。末附译者后记及毛泽东、朱德、作者等照片26帧。

"译者前言"称:"第一是,毛泽东自传已见《西行漫记》,故此处对'朱毛'只记朱一人。第二是,朱德传在《西行漫记》也登过一些,但所登者就是韦尔斯女士底一部份初稿(斯诺在书中说起的),而此处则为全文,故仍照译。再则,我所译者都是原稿'足本',与作者在美出版那部书中之一部份'节本'是不同的,这一点要请读者注意","同时,承斯诺先生以新脱稿而尚未发表过的《项英》一章,先交给译者在本书中发表,使此书底范围能包括到最近的抗战动态,实大足为本书生色"。

5.《夜光表》,[美]欧尔特毕格斯著;程小青等译

1939年上海中央书店铅印本,吉林省图书馆藏。

译者生平已见《福尔摩斯探案全集》第六册。

是书为《陈查礼探案系列》之三。

1940年

1.《贝登堡》,吴道存译

1940年昆明中华书局铅印本,南京大学图书馆藏。

译者生平已见《狱中寄给英儿的信》。

是书为传记。前有原著者序《童军首创者贝登堡》,内十六章,记述贝登堡一生,末附《生活年历》。

2.《苦女努力记》,[法]马洛著;章衣萍,林雪清译

1940年上海启明书局铅印本。

译者生平已见《少女日记》。

又:《苦女努力记》,[法]马洛著;章衣萍,林雪清译。1941年上海启明书局铅印本(第3版),苏州图书馆藏。

是书前有译者小引,称此书为《苦儿流浪记》姊妹篇。小说介绍了"一个能刻苦善砥砺而终于得以战胜环境的女孩子"。

3.《世界名著代表作》,胡适,周作人等译

1940年上海国光书店铅印本,吉林省图书馆藏。

胡适生平已见《短篇小说第一集》。

是书录42篇短篇小说、童话和戏剧故事。包括:[俄]柴霍甫著、谢颂义译《九岁的学徒》,[丹麦]安徒生著、谢颂义译《大克老司和小克老司》,[意]薄伽邱著、陈德明译《坚忍不拔的格丽赛尔达》,[俄]库普林著、沈泽民译《快乐》,[俄]科罗连珂著、耿济之译《撞钟老人》,[俄]高尔基著、适夷译《一个人的出生》,[法]佐拉著、刘半农译《失业》,[法]莫泊三著、傅浚译《疯妇》,[波]显克微支著、周作人译《愿你有福气》,[犹太]潘莱士著、沈雁冰译《禁食节》,[法]莫泊三著、胡适译《杀父母的儿子》等。

4.《窝赃大王》,[英]杞德烈斯著;程小青译

1940年上海联华广告公司出版部铅印本,上海图书馆藏。

译者生平已见《福尔摩斯探案全集》第六册。

此书为《圣徒奇案系列》之三。

1941年

1.《爱情的面包》,史特林堡等著;胡适等译

1941年上海启明书局铅印本,北京大学图书馆藏。

译者生平已见《短篇小说第一集》。

是书录[挪]哈姆生著、古有成译《生的叫喊》,[丹麦]安徒生著、周作人译《卖火柴的女儿》,[瑞典]史特林堡著、胡适译《爱情的面包》,[丹麦]亚勒吉阿著、鲁迅译《父亲在亚美利加》,[比利时]魏尔哈仑著、徐霞村译《善终旅店》等短篇小说12部。

2.《戴高乐》,卡里考斯著;朱海观译

1941年重庆中国编译出版社铅印本,中国国家图书馆藏。

朱海观(1908~1985),名文澜。寿县人。1937年毕业于南京金陵大学英文系和历史系,后历任文化工作委员会秘书、中苏文化协会研究委员会委员兼秘书、苏联塔斯通讯社驻中国总社英文翻译等职。

是书为传记。内分"坦克""不巩固的边境""厄难""戴高乐的为人""戴高乐-专门技术家""他的工作""他的抱负"六章。

3.《德国四年记》,[美]马莎托德著;吴道存译

1941年福建南平国民书店铅印本,中国社会科学院图书馆藏。

译者生平已见《狱中寄给英儿的信》。

是书著者为美国驻德大使W.E.Dodd之女,于1933~1937年随其父出使德国。本书为此期间著者回忆录。书前有《译序》,内录《一个破例的任命》《德国的第一印象》《交游广阔起来》《一九三四年的清党》《到苏联去》《纳粹人物》《间谍、压迫和恐怖所完成的独裁》《苦刑》《柏林外交》《法西斯怎样对待我们》十篇。

"译序"称,"《到苏联去》和《纳粹人物》两章曾刊发于我以文摘社名义代陪都国民公报所编的副刊《周报》。"

4.《伏尔加河上》,[苏]高尔基著;钱谦吾译

1941年上海香海书店铅印本,上海图书馆藏。

译者生平已见《劳动的音乐》。

是书录散文《劳动的音乐》《巴士金》《棕色马》《可笑得很》《读书班》《地狱城》《伏尔加河上》《秋天的深夜》《那个迷路的人》《我的教育》等26篇。

5.《歌女之死》,[美]欧尔特毕格斯著;程小青等译

1941年上海中央书店铅印本,安徽省图书馆藏。

译者生平已见《福尔摩斯探案全集》第六册。

是书为《陈查礼探案系列》之五。

6.《给初学写作者及其它:高尔基文艺书信集》,[苏]高尔基著;以群译

1941年上海读书出版社铅印本,张泽贤《现代文学书影新编》(上海远东出版社2007年版第156页)著录。

译者生平已见《全线》。

是书前有译者《高尔基与初学写作者——作为青年的导师的高尔基》(代序)。全书内分五部分:其一,录著者致初学作者信28通,涉及文学创作中各种问题;其二,录著者致契诃夫信4通;其三,录著者致安特列夫信7通;其四,录著者"给象征主义者安菲塔特洛夫"信4通;其五,录著者与萧伯纳通信。

7.《黑骆驼》,[美]欧尔特毕格斯著;程小青等译

1941年上海中央书店铅印本,上海图书馆藏。

译者生平已见《福尔摩斯探案全集》第六册。

是书为《陈查礼探案系列》之四。

8.《女罪人》,[英]巴克斯特著;高植译;王一之校

1941年重庆五十年代出版社铅印本,中国国家图书馆藏。

高植(1911~1960),笔名高地等。巢县人。1932年毕业于中央大学社会学系,曾任中山文化教育馆编辑、金陵大学教授。

是书前有著者序,内分"希特勒的格言""影响希特勒的神秘女人""里宾特罗甫夫人到伦敦来的使命""完善的德国女子出现了""希特勒的坤伶女友""欧洲最危险的女人""她满可以和太子结婚却和伯爵结婚了""使保加利亚攒如德国网罗内的一位公主""奴役一个国王的纳粹女子""站在法国覆败幕后的一个女人""海伦成为纳粹的工具了""英国的女人又怎样呢?""在荒原上一个女人的呼声"等13章,记述二战时纳粹女间谍活动。

9.《神秘之犬》,[美]范达痕著;程小青译

1941年上海世界书局铅印本,南京图书馆藏。
译者生平已见《福尔摩斯探案全集》第六册。
是书前有译者序。
此书为《斐洛凡士探案》之六。

10.《苏联作家论》,[苏]塞唯林著;以群译

1941年上海杂志公司铅印本,南京图书馆藏。
译者生平已见《全线》。
是书前有《苏联文学的总论》(代序),内录《高尔基论》《别德内依论》《玛耶可夫斯基论》《绥拉菲莫维支论》《里亚西科论》《潘菲洛夫论》《倍兹明斯基论》七篇。

11.《鹦鹉声》,[美]欧尔特毕格斯著;程小青等译

民国上海中央书局铅印本,南京图书馆藏。
译者生平已见《福尔摩斯探案全集》第六册。
是书曾于1941年连载于《小说月报》10～12期。
此书为《陈查礼探案系列》之六。

12.《战争与和平》,[俄]列夫·托尔斯泰著;高植译

1941年重庆文化生活出版社铅印本,重庆图书馆藏。
译者生平已见《女罪人》。
是书直接从1941年苏联国家出版社俄文版译出。
此书辑入《译文丛书》。

13.《紫色屋》,[美]范达痕著;程小青译

1941年上海世界书局铅印本,中国社会科学院图书馆藏。
译者生平已见《福尔摩斯探案全集》第六册。
是书前有译者序。
此书为《斐洛凡士探案》之八。

14.《罪人》,[英]卡多著;方土人,高林,高植合译

1941年重庆五十年代出版社铅印本,中国国家图书馆藏。
高植生平已见《女罪人》。

1942 年

1.《半枝别针》,[美]欧尔特毕格斯著;程小青等译

1942 年大连森茂文具店铅印本,辽宁省图书馆藏。
译者生平已见《福尔摩斯探案全集》第六册。
此书属《陈查礼侦探案》系列。

1943 年

1.《福尔摩斯侦探案》,[英]柯南道尔著;程小青编译

1943 年桂林南光书店铅印本,重庆图书馆藏。
译者生平已见《福尔摩斯探案全集》第六册。
是书内录《病侦探》《红圈党》《怪教授》《为祖国》《潜艇图》《石桥女尸》《可怕的纸包》《吸血妇》等八篇。

2.《复活》,[俄]列夫·托尔斯泰著;高植译

1943 年重庆文化生活出版社铅印本,南京图书馆藏。
译者生平已见《女罪人》。
是书末有 N.K.顾德岁所撰《〈复活〉各章节内容概览》。
此书辑入《译文丛书》。

3.《金丝鸟》,[美]范达痕著;程小青译

1943 年上海世界书局铅印本(第 2 版)。
译者生平已见《福尔摩斯探案全集》第六册。

4.《龙池惨剧》,[美]范达痕著;程小青译

1943 年上海世界书局铅印本(第 2 版),上海图书馆藏。
译者生平已见《福尔摩斯探案全集》第六册。
是书前有译者序,为《斐洛凡士探案》之七。

5.《普式庚论》,[苏]卢那卡尔斯基等著;吕荧译

1943年桂林远方书店铅印本,上海图书馆藏。

吕荧(1915~1969),原名何佶,笔名吕荧。天长人。1935年就读于北京大学历史系,次年加入"民族解放先锋队"。曾任贵州大学、台湾师范学院教授等职。

是书据苏联对外文化协会英文本译出,内录论述普希金的文章13篇,包括卢那卡尔斯基《俄国的春天》、高尔基《〈普式庚论〉草稿》,以及《普式庚的抒情诗》《普式庚的叙事诗》《普式庚的散文》《普式庚与民间传说》《高尔基论普式庚》《普式庚与西方文学》等。

6.《学生捕盗记》,[德]凯司特涅著;程小青译

1943年桂林南光书店铅印本,中国国家图书馆藏。

译者生平已见《福尔摩斯探案全集》第六册。

7.《钟》,方令孺译

1943年成都中西书局铅印本,中国国家图书馆藏。

方令孺(1897~1976),桐城人。方守敦之女。1923年赴美,先后于华盛顿州立大学、威士康辛大学攻读西方文学。1929年后历任青岛大学讲师、重庆国立戏剧专科学校教授、国立编译馆编审、复旦大学语言文学系教授等职。

是书内录著者所译作品五篇,计有:[英]士梯文生《投宿》,[俄]屠格涅夫《胜利的恋歌》,[俄]高尔基《钟》等小说三篇;独幕剧[比利时]梅特林克《室内》一篇;小说节译[南非]阿列夫须莱纳《在一个远远的世界里》一篇。每篇后有《译者附识》,简介作者及作品。

此书辑入《中西文艺丛书》。

1944 年

1.《哈罗尔德的旅行及其它》,[英]拜伦等著;袁水拍,方然等译

1944年重庆文阵社铅印本,重庆图书馆藏。

方然(1919~1966),原名朱声,笔名穆海青、柏寒。怀宁人。1938年赴延安,入陕北公学学习,1940年考入成都金陵大学中文系。1946~1947年于成都编辑文学刊物《呼吸》。

是书录[英]拜伦作,袁水拍译《哈罗尔德的旅行》;[英]雪莱作,方然译《阿多拉司》;袁水拍译《雪莱诗抄》七首;[德]歌德作,冯至译《哀弗立昂》;[德]海涅作,

李嘉译《山歌》;冠峨子、邹绛译《惠特曼诗抄》四首。末有《附记》,系本书原作者小传。

2.《虎皮武士》,[格鲁吉亚]罗司泰凡里著;李霁野译

1944年重庆南方印书馆铅印本,中国国家图书馆藏。

译者生平已见《往星中》。

是书封面题:中世纪乔治亚民族史诗。

此书据苏联出版英译本译,前有译者《引言》及苏牧长篇评介文章《肖泰·罗司泰凡里及其诗篇〈虎皮武士〉》。

3.《解放了的普罗米修斯》,[英]雪莱著;方然译

1944年桂林雅典书屋铅印本,北京大学图书馆藏。

译者生平已见《哈罗尔德的旅行及其它》。

是书为四幕诗剧。前有雪莱自序,末有注释及《雪莱小史》《译后记》,并灵珠所撰《〈解放了的普罗米修斯〉之时代意义》《出版人的几句话》。

"译后记"称:"此诗译文根据柏其(Page)教授所编《十九世纪之英国诗人》本译出。"

4.《忙里偷闲》,李霁野编译

1944年重庆新知书店铅印本,中国国家图书馆藏。

编译者生平已见《往星中》。

是书为中英对照读物。内录[美]克罗泽尔《忙里偷闲》,[美]葛越生《论乡居》,[英]加丁奈尔《旅伴》,[英]克拉唐·布罗克《论友谊》,[爱尔兰]林得《我们的身体》等散文六篇。有注释及著者简介。

5.《欧根·奥涅金》,[俄]A.普式庚著;吕荧译

1944年重庆云圃书屋铅印本,中国国家图书馆藏。

译者生平已见《普式庚论》。

6.《七十一队,上升!》,[美]肯莱纳等著;高地译

1944年重庆国民图书出版社铅印本,天津图书馆藏。

译者生平已见《女罪人》。

是书内录肯纳来口述、拜利笔记描写战争之报告文学《七十一队,上升!》,并描写美国现代生活短篇小说5篇:爱生保《坐屋顶者》,司徒阿特《富人们》,考姆罗夫《安得鲁》《流浪者之死》,萨罗阳《长老会唱诗班的唱歌员》。末有附记。

此书收入《文艺丛书》。

7. 前线 [苏]科涅楚克著；聊伊译

1944年重庆新知书店铅印本，天津图书馆藏。

聊伊(1915～2001)，原名刘长松，后更名刘辽逸，曾用笔名聊伊、长松、向葵。濉溪县人。左联成员。1931年考入北平大学附属高中，次年参加左联。1939年毕业于西北联合大学俄文商学系，曾任国民党军委会顾问事务处翻译。1946年参加东江纵队，后至大连光华书店任编辑。

是书为三幕剧，卷首有戈宝权《考纳丘克及其得奖的戏剧〈前线〉》和佚名撰《论考纳丘克的戏剧〈前线〉》两文。

8.《沈茜》，[英]雪莱著；方然译

1944年重庆新地出版社铅印本，上海图书馆藏。

译者生平已见《哈罗尔德的旅行及其它》。

是书为五幕悲剧。前有雪莱致友人之献词，自序，末有译后序。

"译后序"称，此书为雪莱26岁时所著，译本依据为Edward Dowden所编，Macmillan1913年版《雪莱诗选》。

9.《幼年·少年·青年》，[俄]列夫·托尔斯泰著；高植译

1944年重庆文化生活出版社铅印本，中国国家图书馆藏。

译者生平已见《女罪人》。

是书为自传体三部曲。

是书前有译者附记，称此书"原文是在1929年莫斯科国家出版局托氏全集第一卷中。英译本是1928年牛津大学托氏百年纪念版的第三卷，卷前Phelps的序文简明扼要，爰译出附冠书前"。

1945年

1.《风流寡妇》，[意]加尔洛·哥利登尼著；聊伊译

1945年重庆建国书店铅印本，南京大学图书馆藏。

译者生平已见《前线》。

是书为三幕喜剧。

1946 年

1.《百万镑》,[英]杞德烈斯著;程小青译

1946 年上海世界书局铅印本,上海图书馆藏。

译者生平已见《福尔摩斯探案全集》第六册。

是书前有译者《引言》,内录《百万镑》《恫赫信》两篇。

此书为《圣徒奇案系列》之八。

2.《不要把活的交给他》,[俄]高尔基著;许幸之改编

1946 年上海联华书局铅印本,苏州大学图书馆藏。

许幸之(1904~1991),学名许达,笔名冤路、天马、屈文、丹沙,歙县人,生于江苏扬州。早年入上海美专与东方艺术研究所学习,1924 年赴日勤工俭学,入川端画会学习素描,翌年考入东京美术学校,1927 年春至北伐军总政治部宣传科从事美术工作,后赴东京参加中共东京支部社会科学研究会和青年艺术家联盟,1929 年任上海中华艺大西洋画科主任、副教授,次年参与发起左翼美术团体时代美术社,并被推选为中国左联美术家联盟主席,1940 年赴苏北解放区,参与筹建鲁艺华中分院并任教,后历任中山大学师范学院、上海剧专、南京剧专、苏州社教学院教授。

是书前有自序,内录《狂风暴雨的一夜》《不要把活的留给他》《没有祖国的孩子》《英雄与美人》四部剧作,分别依据高尔基著作《秋夜》《二十六个和一个》《一个人的诞生》《马加尔·周达》改编。

"自序"称:"我为了学习高尔基,和他的生涯、思想、与事业,所以才改编他的作品。虽然,在这四个剧本中,除了《英雄与美人》,更多的保存了他原有的风格之外,其余的三个剧本,与其说是改编,不如说是借高尔基作品的灵魂,进行自己的创作罢了。"

3.《发明家》,[英]杞德烈斯著;程小青译

1946 年上海世界书局铅印本,上海图书馆藏。

译者生平已见《福尔摩斯探案全集》第六册。

是书前有译者引言,内录《发明家》《玩具爱好者》《被欺侮的女人》《王冕的变幻》四篇。

此书为《圣徒奇案系列》之九。

4.《花园枪声》,[美]范达痕著;程小青译

1946年上海世界书局铅印本(第2版),辽宁省图书馆藏。
译者生平已见《福尔摩斯探案全集》第六册。
是书前有译者序。1943年曾连载于《新闻报》副刊《茶话》。
此书为《斐洛凡士探案》之九。

5.《假警士》,[英]杞德烈斯著;程小青译

1946年上海世界书局铅印本,上海图书馆藏。
译者生平已见《福尔摩斯探案全集》第六册。
是书前有译者写于1943年之引言。
此书为《圣徒奇案系列》之二。

6.《惊人的决战》,[英]杞德烈斯著;程小青译

1946年上海世界书局铅印本,上海图书馆藏。
译者生平已见《福尔摩斯探案全集》第六册。
是书前有译者写于1943年之引言。
此书为《圣徒奇案系列》之七。

7.《咖啡馆》,[美]范达痕著;程小青译

1946年上海世界书局铅印本,重庆图书馆藏。
译者生平已见《福尔摩斯探案全集》第六册。
是书前有译者序,为《斐洛凡士探案》之十一。

8.《摩登奴隶》,[英]杞德烈斯著;程小青译

1946年上海世界书局铅印本,吉林省图书馆藏。
译者生平已见《福尔摩斯探案全集》第六册。
是书前有译者写于1943年之引言,内录《摩登奴隶》《通术》《一对宝贝》《艺术摄影师》《须的引线》五篇。
此书为《圣徒奇案系列》之十。

9.《女首领》,[英]杞德烈斯著;程小青译

1946年上海世界书局铅印本,上海图书馆藏。
译者生平已见《福尔摩斯探案全集》第六册。
是书前有译者引言。
此书为《圣徒奇案系列》之六。

10.《神秘大夫》,[英]杞德烈斯著;程小青译

1946年上海世界书局铅印本,上海图书馆藏。
译者生平已见《福尔摩斯探案全集》第六册。
是书前有译者引言。
此书为《圣徒奇案系列》之四。

11.《希腊棺材》,[美]爱雷·奎宁著;程小青译

1946年上海中央书店铅印本,南京图书馆藏。
译者生平已见《福尔摩斯探案全集》第六册。
是书曾于1941~1942年《万象》第一年1~12期,第二年1~12期,第三年1~2期连载,署名程小青、庞啸龙合译。
此书属《奎宁探案系列》。

1947 年

1.《地球末日记》,[美]E.巴尔默,[美]P.威利著;周煦良译

1947年上海龙门联合书局铅印本,中国国家图书馆藏。
译者生平已见《神秘的宇宙》。
是书为科幻小说。前有译后记,内分"古怪的使命""末日联合会""从空间来的不速之客""末日之后的黎明""地球上最后一晚""两个世界的撞击""宇宙征服者"等二十七章。
"译后记"称:"这本一九三二年的科学小说,在今日一九四七年,原子弹或原子能战争可能把世界人类大部分毁灭的时代,好像更有一读的理由。"

2.《赌窟奇案》,[美]范达痕著;程小青译

1947年上海世界书局铅印本,南京图书馆藏。
译者生平已见《福尔摩斯探案全集》第六册。
是书前有译者序。
此书为《斐洛凡士探案》之十。

3.《黑手党》,程小青编译

1947年上海广益书局铅印本,上海图书馆藏。
译者生平已见《福尔摩斯探案全集》第六册。

此书为《短篇侦探小说选》之四。

4.《化身博士》，[英]史蒂文森著；李霁野译

1947年上海开明图书馆铅印本，天津图书馆藏。

译者生平已见《往星中》。

是书为长篇小说，原名《杰克尔大夫和哈第先生》。内分"门的故事""寻找哈第先生""杰克尔大夫十分从容""卡路被杀案""信的事件""兰尼昂大夫的可惊事件""窗前的事件""最后一夜""兰尼昂大夫的记述""亨利•杰克尔关于这件事件的完全记载"十章，末有《译后记》。

5.《画中线索》，R.F.沙贝利茨，W.A.巴伯著；程小青译

1947年上海艺文书局铅印本，中国国家图书馆藏。

译者生平已见《福尔摩斯探案全集》第六册。

是书辑入《艺文侦探丛书》。

6.《老残游记》，[清]刘鹗著；杨宪益，戴乃迭译

1947年南京独立出版社铅印本，中国国家图书馆藏。

杨宪益（1915～2009），祖籍泗州，生于天津。杨士燮之孙，杨毓璋之子。1934年毕业于天津英国教会学校新学书院，后赴英国留学，1940年回国，历任重庆中央大学副教授、贵阳师院英语系主任、国立编译馆编纂。

是书为英汉对照本。前有杨宪益撰《关于〈老残游记〉》，介绍作者及作品。

7.《鲁滨逊漂流记》，[英]笛福著；汪原放译

1947年上海建文书店铅印本，上海图书馆藏。

译者生平已见《仆人》。

是书前有《原序》《著者传略》之一、《著者传略》之二、《著者传略》之三，理查德德•斯提尔作《亚历山大•森尔刻克》，末附译者的话，述翻译此书过程。

8.《美学原理》，[意]克罗齐原著；D.安斯利苑原译；朱光潜重译

1947年上海正中书局铅印本，中国国家图书馆藏。

朱光潜生平已见《愁斯丹和绮瑟的故事》。

是书前有译者序，内分"直觉与表现""直觉与艺术""艺术与哲学""美学中底史性主义与理智主义""文学与艺术的历史"等十八章。

"译者序"称："我根据的本子是昂斯勒（Douglas Ainslie）的英译本，一九二二年伦敦麦美伦书店出版……译时并参照意大利原文本第五版。因为我发现英译本常有错误或不妥处，原因在译者的哲学训练不太够，而且他根据修正的是原文第四

版(一九〇九年版),克罗齐在第五版(一九二二年版)里已略有更正。"

9.《普式庚传》,[苏]V.吉尔波丁著;吕荧译

1947年上海国际文化服务社铅印本,中国国家图书馆藏。

译者生平已见《普式庚论》。

是书内分"普式庚的时代""普式庚的童年""高等学校""普式庚毕业后咋爱圣彼得堡的生活""普式庚流放到南方""普式庚流芳在米哈伊罗夫斯基村""普式庚和尼古拉一世""一八三〇年秋天在波尔吉诺""结婚之后""迫害和孤独""决斗和死""人民的悲伤"十二节。

10.《穷人及其它》,[俄]陀思妥耶夫斯基著;韦丛芜译

1947年上海正中书局铅印本,中国国家图书馆藏。

译者生平已见《穷人》。

是书据英译本转译,收入长篇小说《穷人》、中篇小说《女房东》。书前有译者《陀思妥夫斯基全集总序》,末附陀思妥耶夫斯基夫人《回忆陀思妥耶夫斯基》《陀思妥耶夫斯基致兄书》及《陀思妥耶夫斯基年谱》。

11.《人性:灵魂的斗争》,[美]奥尼尔著,唐绍华译

1947年上海中国文化事业社铅印本上海图书馆藏

唐绍华(1909~2008),笔名南巢父、华尚文。巢县人。早年毕业于南京国立中央大学,曾任《中央日报》记者,创办《文化杂志》《中国人》《良心话》《新世纪》等杂志。1945年后任编剧、导演。抗战胜利后于上海成立中国第一影业公司及群星影业公司。

是书为奥尼尔唯一一部长篇文艺作品。全书十章,前有著者介绍。

12.《死人之家》,[俄]陀思妥耶夫斯基著;韦丛芜译

1947年上海正中书局铅印本,上海图书馆藏。

译者生平已见《穷人》。

是书为自传体长篇小说,前有著者引言。

13.《四季随笔》,[英]吉辛著;李霁野译

1947年台湾省编译馆铅印本,上海图书馆藏。

译者生平已见《往星中》。

是书为散文,前有原书序,内分春、夏、秋、冬四部分,末有译者后记。

此书辑入《名著译丛》。

14.《太阳的宝库》,[苏]布黎士汶著;刘辽逸译

1947年哈尔滨光华书店铅印本,南京图书馆藏。

译者生平已见《前线》。

是书为童话。末附译后记,评介本作品。

15.《叙述与描写》,[苏]G·卢卡契著;吕荧译

1947年上海新新出版社铅印本,北京大学图书馆藏。

译者生平已见《普式庚论》。

是书前有1944年译者小引,内列举佐拉、托尔斯泰、福楼拜、司汤达、巴尔扎克等著名作家创作实例,介绍文学作品创作原则与创作方法。末有译注。

16.《一个女人的自传》,杨步伟著;赵元任译

1947年纽约John Day铅印本,赵如兰《杂记赵家·新版序言二》著录。

杨步伟(1889~1981),字韵卿,小名兰仙,传弟。石埭人,生于南京。杨文会孙女,杨自新之女,赵元任之妻。清光绪三十三年(1907)入上海中西女塾,1912年任崇实女子中学校长。次年赴日本东京帝国大学医科攻读医学,获医学博士学位。1919年回国创办北京森仁医院。1926年任女子学院讲师,同时于北京设立生产限制诊所,后任北京女子师范大学体育系教授。1939年随赵元任赴美国侨居,次年任美国战时赈济中国委员会委员。

是书前有著者与丈夫赵元任1947年写于麻省剑桥之《书前》。

又:《杂记赵家》,杨步伟著。1999年中国文联出版社铅印本,中国国家图书馆藏。

是书前有朱德熙新版序言一,赵如兰新版序言二。全书由《一个女人的自传》和《杂记赵家》两部分组成。《一个女人的自传》前有著者《我写自传的动机》、赵元任《英译本"书前"》,内以著者自身生活历程为重点,共35章。

1948年

1.《沉默的人》,荒芜等译

1948年上海中华书局铅印本,广东省立中山图书馆藏。

荒芜(1916~1995),原名乃仁,笔名黄吾、叶芒、李水、淮南、林抒、方吾。凤台人。1937年毕业于北京大学,次年参加中华全国文艺界抗敌协会,并任长沙抗日青年军官培训班政治教官,后任重庆《世界日报》明珠副刊主编。1945年后曾任太

平洋美军夏威夷华语中心教官、法国通讯社英文编辑、上海《文汇报》副刊编辑、国民党第十一战区设计委员会参议、中华文协北平分会理事、北方大学和华北大学文艺研究员。

是书内录短篇小说24篇,其中[美]W.萨洛阳著《沉默的人》,[苏]舍格亦夫曾斯基著《医生之死》,均为荒芜译。

2.《赤练蛇》,[英]杞德烈斯著;程小青译

1948年上海世界书局铅印本,吉林省图书馆藏。

译者生平已见《福尔摩斯探案全集》第六册。

是书前有译者引言。

此书为《圣徒奇案系列》之一。

3.《从布其维里到喀尔巴阡山》,[苏]科夫巴克著;刘辽逸译

1948年哈尔滨光华书店铅印本,安徽省图书馆藏。

译者生平已见《前线》。

是书为回忆录,记述苏联卫国战争时期一支游击队战斗事迹。

4.《古邸中的三件盗案》,[英]奥塞·玛利逊等著;[美]来特辑;程小青译

1948年上海大东书局铅印本,重庆图书馆藏。

译者生平已见《福尔摩斯探案全集》第六册。

是书内录[英]奥塞·玛利逊《古邸中的三件盗案》,J.S.夫勒拆《市长书室中的凶案》2篇。

此书为《世界名家侦探小说》之七。

5.《瞽侦探》,[英]厄涅斯德布累马等著;[美]来特辑;程小青译

1948年上海大东书局铅印本,超星数字图书馆收录。

译者生平已见《福尔摩斯探案全集》第六册。

是书前有新序和译者自序,内录[英]厄涅斯德布累马《瞽侦探》,[德]陶哀屈烈克梯邺《美的证据》两篇。

"新序"称,本书于十年前曾由大东书局出版,现重排袖珍本。此书为《世界名家侦探小说》之五。

6.《怪旅店》,[英]杞德烈斯著;程小青译

1948年上海世界书局铅印本,吉林省图书馆藏。

译者生平已见《福尔摩斯探案全集》第六册。

是书前有译者引言。

此书为《圣徒奇案系》之五。

7.《哈泽·穆拉特》,[俄]L.托尔斯泰著;刘辽逸译

1948年哈尔滨光华书店铅印本,天津图书馆藏。

译者生平已见《前线》。

是书为中篇小说。

8.《黑窨中》,程小青编译

1948年上海广益书局铅印本,湖南省图书馆藏。

译者生平已见《福尔摩斯探案全集》第六册。

是书内录《黑窨中》《飞来横祸》《钮子与烟灰》《一个指印》《天然证据》《往事》六篇。

此书为《短篇侦探小说选》之六。

9.《红幔下》,程小青编译

1948年上海广益书局铅印本,湖南省图书馆藏。

译者生平已见《福尔摩斯探案全集》第六册。

是书内录《红幔下》《怪梦》《疯人》《谣言》四篇。

此书为《短篇侦探小说选》之九。

10.《绞索勒着脖子时的报告》,[捷克]尤利斯·伏契克著;刘辽逸译

1948年哈尔滨光华书店铅印本,天津图书馆藏。

译者生平已见《前线》。

是书为报告文学,据俄译本转译。

11.《近代英国诗钞》,豪斯曼等著;杨宪益译

1948年上海中华书局铅印本,上海图书馆藏。

译者生平已见《老残游记》。

是书前有译者序,内选译豪斯曼《最可爱的树》《栗树落下火炬似的繁英》《在我的故乡我觉得无聊》《我的心充满了忧愁》,波顿尼《初春》,爱德华唐墨斯《丛丛的荆棘》,古尔德《人生》,安德鲁杨《最后的雪》,白冷顿《穷人的猪》,阿伯克伦昆《墓铭》,以及萨松、卢勃伯鲁克、韦斯利等25人诗作50首。

12.《漏点》,程小青编译

1948年上海广益书局铅印本,湖南省图书馆藏。

译者生平已见《福尔摩斯探案全集》第六册。

是书录《漏点》《自作孽》《葡萄棚下》《轩轩戏》《懊恼事件》《碧海一浪》六篇。
此书为《短篇侦探小说选》之五。

13.《论文学批评的任务》,[苏]法捷耶夫等著;刘辽逸译

1948年哈尔滨光华书店铅印本,安徽大学图书馆藏。

译者生平已见《前线》。

是书内录文学论文《论文学的党性》《表现苏维埃人》《社会主义的现实主义中的革命浪漫主义原则》《旧现实主义中的浪漫主义原则》《论媚外风气》《社会主义的现实主义比较旧现实主义的优点》《我们的思想敌人》《我们思想敌人的诡计》《文学形式问题》《文学批评的教育作用》《文学批评在民族问题上的缺点》《在我们文学批评中积极进步的一面》《文学理论的几个问题》《争取富有思想性的文学批评》14篇。末有附记。

14.《麦格路的凶案奇怪的迹象》,[美]哀迪笳·埃仑·坡,[匈]鲍尔邺·葛洛楼著;[美]来特辑;程小青译

1948年上海大东书局铅印本,重庆图书馆藏。

译者生平已见《福尔摩斯探案全集》第六册。

是书录《麦格路的凶案》《奇怪的迹象》两篇。

此书为《世界名家侦探小说》之一。

又:《世界名家侦探小说》,[美]来特辑;程小青译。1948年上海大东书局铅印本。

是编内录:[美]哀迪笳·埃仑·坡,[匈]鲍尔邺·葛洛楼著《麦格路的凶案·奇怪的迹象》;[美]安那·喀德麟·格林著《盲医生》;[英]厄涅斯德布累马等著《瞽侦探》;[法]毛利司勒勃朗,[俄]安东乞呵甫等著《瑞典火柴》;[英]奥塞·玛利逊等著《古邸中的三件盗案》;[英]亨利贝力等著《小屋》。

15.《盲医生》,[美]安那·喀德麟·格林著;[美]来特辑;程小青译

1948年上海大东书局铅印本,上海图书馆藏。

译者生平已见《福尔摩斯探案全集》第六册。

是书卷首有作者小传,为《世界名家侦探小说》之二。

16.《幕面人》,程小青编译

1948年上海广益书局铅印本(2版),上海图书馆藏。

译者生平已见《福尔摩斯探案全集》第六册。

是书录《幕面人》《最后胜利》《神和枪弹》《魔神》《种瓜得瓜》《意外机缘》六篇。

此书为《短篇侦探小说选》之二。

又:《短篇侦探小说选十种》,程小青编译。

是编内录《黑手党》《幕面人》《谁是奸细》《天刑》《红幔下》《三跛子》《漏点》《黑窖中》《圈套》《石像之秘》。

17.《瑞典火柴》,[美]来特辑;程小青译

1948年上海大东书局铅印本,上海图书馆藏。

译者生平已见《福尔摩斯探案全集》第六册。

是书前有新序,内录[法]毛利司勒勃朗《雪中足印》、[俄]安东乞呵甫《瑞典火柴》,每篇前有作者小传。

此书为《世界名家侦探小说》之六。

18.《三跛子》,程小青编译

1948年上海广益书局铅印本,上海图书馆藏。

译者生平已见《福尔摩斯探案全集》第六册。

是书录《三跛子》《第一课》《暮炮》。

此书为《短篇侦探小说选》之十。

19.《谁是奸细》,程小青编译

1948年上海广益书局铅印本,上海图书馆藏。

译者生平已见《福尔摩斯探案全集》第六册。

是书录《谁是奸细》《蓝钻石》《一杯酒》《不祥之花》《侥幸的自由》《心刑》6篇。

此书为《短篇侦探小说选》之三。

20.《斯达林格勒》,[苏]V.涅克拉索夫著;李霁野译

1948年中兴出版社铅印本,中国国家图书馆藏。

译者生平已见《往星中》。

是书为表现苏联卫国战争之长篇小说,辑入《中苏文化协会文学丛书》。

21.《天刑》,程小青编译

1948年上海广益书局铅印本,吉林省图书馆藏。

译者生平已见《福尔摩斯探案全集》第六册。

是书录《天刑》《一张古画》《降灵会》《业余罪徒》《倒指印》《爱之转变》六篇。

此书为《短篇侦探小说选》之八。

22.《陷坑第三部》,胡怀琛著;秦文漪译

1948年中兴出版社铅印本,超星数字图书馆收录。

胡怀琛生平已见《寄尘短篇小说》。

《陷坑》为长篇小说。第一部为[苏]库布尔著;秦文漪译。1948年中兴出版社铅印本。

23.《小屋》,[英]亨利贝力等著;[美]来特辑;程小青译

1948年上海大东书局铅印本,重庆图书馆藏。

译者生平已见《福尔摩斯探案全集》第六册。

是书录[英]亨利贝力《小屋》,[美]麦尔维尔·达维森·波士德《草人》。

此书为《世界名家侦探小说》之八。

1949年至今

1.《安娜·卡列尼娜》,[俄]列夫·托尔斯泰著;高植译

1949年上海文化生活出版社铅印本,上海图书馆藏。

译者生平已见《女罪人》。

是书辑入《译文丛书》。

2.《悲悼》,[美]奥尼尔著;荒芜译

1949年上海晨光出版公司铅印本,中国国家图书馆藏。

译者生平已见《沉默的人》。

是书前有赵家璧出版者言。书名原文:*Mourning Becomes Electra*。内为三部曲戏剧,包括《归家》(四幕剧,三部曲之一)、《猎》(五幕剧,三部曲之二)、《崇》(四幕剧,三部曲之三)。

此书辑入《美国文学丛书》。

3.《朗费罗诗选》,[美]朗费罗著;简企之译

1949年上海晨光出版公司铅印本,中国国家图书馆藏。

是书为荒芜、朱葆光合译。荒芜生平已见《沉默的人》。

此书辑入《美国文学译丛》。

4.《栗子树下》,[苏]西蒙诺夫著;荒芜译

1949年北平天下图书公司铅印本,中国国家图书馆藏。

译者生平已见《沉默的人》。

是书为多幕剧,辑入《苏联名剧译丛》。

5.《社会主义的现实主义》,[苏]范西里夫著;荒芜译

1949年北平天下图书公司铅印本,中国国家图书馆藏。

译者生平已见《沉默的人》。

是书分别讨论"社会主义的现实主义"之定义、原则、内容、形式等问题。

6.《生命的旅途》,[美]赛珍珠著;荒芜译

1949年上海现代出版社铅印本(第2版),上海图书馆藏。

译者生平已见《沉默的人》。

是书末附编者二版校后记,称此书一版署名"述云、王玢","述云"为荒芜学名,二版时荒芜远在旧金山,编辑决定署名"荒芜"。此书初版时被删去七处之多,二版也完全补入。

此书辑入《现代文艺丛书》。

7.《石像之秘》,程小青编译

1949年上海广益书局铅印本(第3版),中国国家图书馆藏。

译者生平已见《福尔摩斯探案全集》第六册。

是书内录《石像之秘》《余恋》《诱惑力》《险交易》《殉葬品》《一条项串》6篇。

此书为《短篇侦探小说选》之一。

8.《苏联文艺论集》,[苏]阿玛卓夫等著;荒芜译

1949年北平五十年代出版社铅印本,中国国家图书馆藏。

译者生平已见《沉默的人》。

是书内录论文《论文学的倾向性》《论文学的自由》《苏联文学诸问题》《高尔基的美学》《论法捷耶夫》《论格罗斯曼》《论潘菲洛夫》《论肖洛霍夫》《莎士比亚在俄国》等九篇,末附译者写于河北正定华北大学之《后记》。

9.《苏联文艺论集:社会主义现实主义的问题》,[苏]瓦希里耶夫等著;朱海观译

1949年上海棠棣出版社铅印本,复旦大学图书馆藏。

译者生平已见《戴高乐》。

是书内录:[苏]A.K.瓦希里耶夫《社会主义现实主义的性质》,[苏]A.法捷耶夫《伯林斯基论》,[苏]A.泰拉森科夫《苏联文学中之社会主义现实主义》,[苏]N.奇敦娜娃《高尔基与社会主义美学》,[苏]伊戈尔.赛茨《论文艺写作的自由》,[苏]E.阿尔玛索夫《论文艺的倾向性》,[苏]E.河尔麦佐夫《关于文学史与文艺批评问题》,[苏]V.弗立德《论资产阶级形式主义的艺术》。

10.《一个英雄的童年时代》,[苏]潘文塞夫著;荒芜译

1949年上海晨光图书公司铅印本,南京图书馆藏。

译者生平已见《沉默的人》。

是书为长篇小说,辑入《晨光世界文学丛书》。

11.《希罗普郡少年》,[英]A.E.霍斯曼著;周煦良译

1983年湖南人民出版社铅印本,南京图书馆藏。

著者生平已见《神秘的宇宙》。

是书前有译者序,称此书翻译开始于1937年初,完成于1948年。全书录诗63首,内有注释。《序言》与注释详尽介绍了此书翻译过程、翻译思想及其在诗歌音韵方面的努力。